精霊王をレモンペッパーでとりこにしています
~美味しい香りの異世界レシピ~

遊森謡子
Uako Yumori Presents

fairy kiss

この作品はフィクションです。
実際の人物・団体・事件などに一切関係ありません。

精霊王をレモンペッパーでとりこにしています
～美味しい香りの異世界レシピ～

第一章　目覚めのレモン

カフェの中には、お客さんたちが楽しく美味《おい》しく過ごした時間が、香りとなってたゆたっている。

ワインのような豊かさ、ナッツのような芳《こう》ばしさは、コーヒーの香り。

爽やかな青葉や、ひかえめに咲く花の香りは、ハーブティ。

そして、そこにスコーンやキッシュ、タルトなどをこんがり焼いた匂いが加わって、今日も誰かのお腹《なか》と心を幸せにできたのだと教えてくれる。

「素敵なお店ですね。まるでヨーロッパの田舎《いなか》の方に来たみたいで、落ち着くな」

その壮年の男性は、店の中を見回した。

時刻は、夜の九時を少し回ったところだ。ペンダントライトに照らされた店内の様子が、暗い窓ガラスに映っている。閉店後なのでお客はおらず、店の中は私と母とその男性だけだ。

ここは、私の母の経営する喫茶店……いや、カフェだ。元々は昭和の匂いのする『喫茶店』だったけど、今時っぽく改装したんだから、『カフェ』といったら『カフェ』なのだ。

改装といってもお金がないので、私と母とで日曜大工を頑張った。薄汚れたクリーム色だった壁はブルーグレイに、茶色の窓枠は白に塗り直し、ソファには素朴な柄のファブリック。木箱に入れた植物を店内のあちこちに置き、天井には適当に木の板を渡して、束にしたドライフラワーや唐辛子なんかを吊るしてある。

もちろん、お店の顔である看板も綺麗《きれい》に作り直した。『カフェ・グルマン』……フランス語で食いしん坊という意味のその名も、かっこよく書かれている、と思う。

「泪《るい》が、インテリアを色々と考えてくれたの」

母が機嫌よく、テーブルに紅茶のカップを置いた。男性はうなずき、私に視線を戻す。

「お店の雰囲気にぴったりの娘さんだと思ったら、やっぱり」

私はとりあえず営業スマイルを作りつつ、落ち着かない気分で自分のエプロンのしわを伸ばした。

黒のロングワンピースにフリルのついた白エプロン、付け加えるなら白フリルのヘッドドレス――そう、メイドの格好だ。

そりゃあ、店のために店に合わせた格好してるんだから、雰囲気ぴったりでしょうよ！　ああもう、お母さんの彼氏が来ると知ってたら着替えたのにっ！　ていうか私も彼氏ほしい！

そんな内心の絶叫はおくびにも出さず、私は笑顔のままで母を手招きする。

「ほら、お母さんも座りなよー」

「あ、そうねっ」

母はトレイをカウンターの上に置くと、私の隣――ではなく男性の隣に座ってしまった。

おーい。

母子家庭の娘としては複雑な気分だけど、母は私の機嫌を窺うかのように、肩を縮めて上目遣いになっている。何せ、母が何度もおかしな男に引っかかってきたせいで、娘の私は苦労の連続だったのだ。今度失敗したら親子の縁を切ると言い渡してあるので、ビクビクしながら『判定』を待っているのだろう。

私は咳払いをして、言った。

「それで、あの、自然食品を扱う会社にお勤めだと……母から聞きました」

「はい。そこで、主に精油の販売に携わっています」

男性は、ジャケットの内ポケットから名刺入れを出して、私に名刺を一枚くれた。二十二歳の私をちゃんと大人扱いしてくれて、なかなか感じがいい。日本人にしてはちょっと彫りの深い顔立ちが濃《こ》ゆいけど。

私は、名刺に記された名前を口の中で「足立《あだち》さん」と確認するように唱えてから、顔を上げた。

「アロマテラピーのアドバイザーもされてるんですね。いい香りがすると思いました」

足立さんというその男性は、袖をまくった薄手のジャケットに白い清潔なシャツという、爽やかな格好をしている。ほんのりと、まるで初夏の庭にいるかのような香りがした。若々しい緑の木々に、まぶしい黄色の果実……。

「いや、やはり今日は第一印象をよくしなくてはと思って」

足立さんはちょっと照れ笑いをして母を見ると、私に視線を戻して姿勢を正した。

「突然、お母さんとお付き合いさせていただきたいと言っても、知らない男なのに泪さんも困るでしょうから……よかったら今度、僕のアロマテラピーの講習会に来てみて下さい」

うむ。今のところ、とても感じのいい人だ。変に私に媚《こ》びることもないし、自分を知ってもらおうという誠実な強さも感じる。

私はうなずいた。

「はい。ぜひ」

母が安心したように、胸に手をやった。

……実は、もう行ったんだけどね、講習会。様子を見に。

ちょっと後ろめたく思いながら、私は名刺をテーブルに置いた。

母は純真でお人好しな上に、トラブルを引き寄せやすい。そもそもうちの店が貧乏なのも、母の前の彼氏が売り上げを持ち逃げしたからで……あー、思い出しただけで腹が立つ！　店が潰れないよう、改装してメイドの格好して、軌道に乗るまでこっちは必死だったんだから！

まあそんなわけで数週間前、母に新しい恋人ができたと知った私は、母が深みにはまる前に相手を値踏みしようと思い立った。そして、足立さんが勤めている会社が主催するアロマテラピー講習会に、メガネと濃いめの化粧で変装して潜りこんだのだ。

足立さんの講習会は、とても面白かった。

匂い、すなわち嗅覚というものは五感の中で最も鮮明に記憶を呼び覚ますものだという話から始まって、簡単な香水の歴史や現在における使われ方、そして自分で好きな香りの入浴剤を作る体験まで。説明もわかりやすいし親しみやすくて、講習会の後もたくさんの人が質問してたっけ。

市販の入浴剤やハーブティにも、ラベンダーやミントなど色々な香りがある。自分に必要な香りが一番心地いいと感じるように身体がなっているそうなので、講習会以来ちょっと気にして品物を選ぶようになったものだ。

——今度こそ、母がいい人を見つけて幸せになるなら、娘としても嬉しい。もちろん仕事とプライベートは別だから、プライベートの足立さんはどんな人なのか確かめなくちゃいけないけど。

「泪、足立さん夕食まだなんだけど、お出ししていい？」

母に聞かれて「もちろん」と答えると、母はいそいそと立ち上がってカウンターの内側に入って行った。お店のキッシュとスープが残ってるはずだから、温めに行ったんだろう。

「今日はこんな時間まで、お仕事だったんですか？」

話を振ると、足立さんは「そうなんです」とうなずいてから、こう言った。

「お店の中、いい匂いですね。……『グルマンノート』ってご存じですか？」

不意に店の名前が出て、私はびっくりして首を振った。

「いいえ」

「香水の世界で、お菓子みたいな甘い香りのことを言うんです。チョコレートとか、バニラとか」

足立さんは楽しそうに説明してくれる。本当に、仕事が大好き、といった感じだ。彼は足元の荷物入れ用の籠から、自身の鞄を持ち上げた。

「泪さんはどんな香りが好きですか？　参考までにお聞きしてみたいな」

講習会で使っていた、小さな青いボトルが、いくつかテーブルに並べられる。手の中に収まるくらいの、小さなボトルだ。

エッセンシャルオイル――精油。植物に含まれている、香りの元になる物質を取り出したものだ。光に弱いから、こういう色付きの瓶で保管するんだよね。

足立さんは、ごく細い紙の短冊のようなものも出した。

「これにオイルを垂らして、試してみて下さい。ムエットという試験紙です」

ええはい、講習会でやったから知っております。

そうは言えず、私は話を合わせて言われた通りにした。

あ、これ……。脳内に紫の可憐な花が揺れる。

「ラベンダーですよね」

「はい。ラベンダーって、とても有名な香りなんですけど、そのままだとあまり人気ないんですよね。他の香りとブレンドした方が好まれるようです。これとか」

「あっ、オレンジ！　すごく合いますね、気取らない感じだし、甘すぎないし。こっちは……うーん、何だか、お香っぽい」

「フランキンセンスですね」

「知らないなぁ」

「ええと、乳香《にゅうこう》って言ったらわかりますか？」

「あー、聞いたことあります！」

元々、アロマオイルとか香水に興味がなかったわけではない。その手のお店でテスターの香水をつけてみることはよくある。

女子力を上げたい、なんて思いつつも、一生懸命になって自分をガラリと変えたいわけじゃない
――そんな私みたいなタイプには、シュッとひと噴きで女子力が上がったような気分になれる香水は、すごくいいなと思う。お店に香水をつけて出るわけにはいかないけど、休日くらいは私も……。

「足立さんは、どうして香りに興味を持ったんですか?」

聞いてみると、足立さんは顎に手を当てる。

「自分でも不思議なんですよね。子どもの頃からとにかく、手あたり次第に色々なものの匂いを嗅ぐのが好きだったんです」

「ええ? 何か面白い」

匂いフェチ? とか思っているうちに、足立さんは続けた。

「そんなことをしてるうちに、匂いを細かく嗅ぎ分けられるようになったので、こういう仕事もいいかもなと。作りたい香りもあったし」

「理想の香り作り、ですか」

「理想というか……」

足立さんは、真剣な顔をしている。

「……使命感、みたいなものですかね。こういう香りを作らなきゃ、という気持ちがいつもどこかにあって。たぶん、いつかどこかで嗅いだんでしょうけれど」

「匂いって、記憶に残りますもんね」

「そう、そうなんです」

深く同意されて、私はまたまた後ろめたくなる。匂いが記憶に残るという話は、当の足立さんから講習会の時に聞いたものだからだ。

「実は、数年前にその香りを作ることに成功したんです。これなんですけどね」

足立さんはもう一度鞄を開け、中から茶色の瓶を取り出した。

「同じ香りを作ったはいいものの、元が何の香りだったのかは思い出せなくて、会う人会う人に試してもらってるんですよ」

「私も試したんだけど、わからないのよねぇ」

母が、トレイにキッシュとスープの器を載せてカウンターから出てくる。

「ちょっと泪も試してよ」

「うん、いいけど」

私は足立さんから瓶を受け取った。

キャップをひねって開け、いきなり吸い込まないようにちょっと顔から離して持ち、手であおぐようにする。香りが、ふわりと私の鼻に届いた。

「……甘い香り……爽やかなんだけど、ちょっと癖があるような、忘れられないような」

感じたまま言いながら、私はもう少し瓶を顔に近づけた。

「いい香りの煙草《たばこ》っぽい？　土臭い感じもします。それに何か、森の……」

不意に、背中がぞわっ、とした。

何だか、怖い。香りの向こうに、今見えている景色と違うものが見えそうな気がする。

古代、香水は宗教儀式にも使われたっていうけど……まさか、幻覚作用？

カンッ、と音を立てて瓶を置くと、母と足立さんが驚いたように私を見た。

「泪？」

「泪さん？」

「ちょ、ちょっと私、外の空気を」

私は、店の出入り口の方へ行こうとして立ち上がった。

くらり、と目眩《めまい》。

そのとたん、手が、テーブルに置かれていたペッパーミルにぶつかって——。

「あっ」

テーブルからペッパーミルが落ちていくのが、スローモーションで見えた。

とっさにそれを拾おうとして、手を伸ばしたところまでは、覚えている。

‡　‡　‡

目を開けると、青空が見えた。

ぼうっとして、空を見つめる。緑の木々に囲まれた視界を、小鳥が横切っていく。

……何で、私、外に？

急いで起き上がると、私が座り込んでいるのは草の生えた地面の上だった。

すぐ左に煉瓦《れんが》を埋め込んだ歩道が通り、歩道沿いに美しい花々が咲き乱れている。花壇の向こうには温室も見える。

視線で歩道をずーっとたどっていくと、その先に大きな洋館があった。赤茶色の壁に焦げ茶の格子窓、それぞれの窓に装飾的な白い屋根がついていて可愛らしい。

のどかな風景に戸惑っていた、その時。

「これは、何の匂いかな」

真後ろで、柔らかな男性の声がした。

ぱっ、と振り向くと――。

片膝をついた男性が、私の顔を覗き込んでいた。

何て綺麗な顔だろう。真珠のように艶《つや》やかな白い髪がさらりと流れ、切れ長の瞳は琥珀色《こはくいろ》にきらめいて、薄い唇は淡い珊瑚色《さんごいろ》。なめらかな肌が、しっとりした輝きを放っている。

その人は、何か確かめるかのように私の髪に触れた。私はボーっと見惚《みと》れながら、されるがままになっていたんだけれど……。

直後、その顔が自分の顔から十センチくらいしか離れていないことに気づいた。

想像してほしい。美術館に展示されている至高の芸術品に、立ち入り禁止の線を越えて近づいてしまっている不届き者の気持ちを。

「ひゃあ！」

反射的に、ぐわっとのけぞった。ついでに芸術品と自分の間を遮断すべく、右手をパッと上げる。

「うっ⁉」

そのとたん、目の前の芸術品が、あろうことか美しい顔をゆがめた。

「ぶっ、ぶえっくしょん！」

芸術品は顔を背け、盛大にくしゃみを始める。

「な、何だこれは、ぶほっ、っくしゅっ！」

「…………………………あれ？」

私は恐る恐る、自分の右手が握っているものを見た。

木製のペッパーミルだ。中に、ブラックペッパーの粒がぎっしり入っている。

ミルの部分に……挽《ひ》かれたブラックペッパーが、残ってた？

男性は、まだ顔を覆ってクシャミをしている。花の顔《かんばせ》が台無しだ、何てもったいない。

誰だよ、この人をこんな目に遭わせたのは！

……私だよ！　私がコショウをぶっかけちゃったんだよ！　だ、だってあんなに顔が近いからっ。

何なの？　私の匂いを嗅いでた？

「ヴァシル様⁉」

「どうなさいました！」

数人の男女が駆けつけてくる気配がする。振り向いた私はギョッとした。

汚れたエプロンに帽子を被った、いかにも庭仕事中のガーデナーといった格好のおじさんやおばさんたちだ。しかし皆、肩のあたりがガッチリしていたり、胸板が厚かったり……ムキムキ屈強！

手には鍬《くわ》や熊手や剪定《せんてい》バサミ！

その屈強集団が、ザザッと私を取り囲んだ。

ひいっ！

美術館で芸術品をぶっ壊し、警報が鳴り、警備員に取り囲まれる自分を、瞬間的に想像する。

彼らは私を見下ろし、キッと睨みつけて一斉に言った。

「あんた、ヴァシル様に何をした⁉」

「す、すみません、とっさに！　あの、これです、これ！」

ペッパーミルを差し出したのに、おじさんおばさんたちの目つきは険しさマックスのままだ。おじさんの一人が、ドスのきいた声で言う。

「おかしなものをヴァシル様に！　覚悟はできているんだろうな？」

うええっ⁉

顔から血の気が引くのを感じる。男性はまだ「っくしっ」と小さくくしゃみをしながら口元を覆っていた。

どうしよう、すごいお屋敷のすごい庭にいたこの男の人、きっとすごい偉い人なんだ。外国から来た要人かも。そういう人に無礼を働いた私、手打ちにされて人生終わりそうな勢いなんだけど⁉

しかし、おじさんはこう続けた。

「それは何だ⁉　毒か⁉」

……ん？

「さっさと白状しろ。それは何だ！」

……は？　だから、見せてるじゃん。見ればわかるじゃん。

コショウです、なんてまともに答えたら、逆にふざけてると思われそう。ためらっていると、

「言えないようなものか⁉」

と殺気立った言葉が飛んでくるので、私は仕方なく言った。

「コショウ……です」

絶対「そんなことはわかっている！」って言われるだろうなと思ったのに。

ガーデナーのおじさんは言った。

「コショウとは何だ！」

いや、何って。

「コショウはコショウです。ブラックペッパー……」

言いかけて、我に返る。こんな言い争いをしている場合じゃない、私が偉い人にコショウぶっかけてクシャミさせたのは間違いないんだから。

私は、ぴょん、と正座すると、ようやくクシャミが収まった様子の男性に頭を下げた。

「ごめんなさいっ、目が覚めたら知らない人がいたので、びっくりしただけでっ」

うつむいていた男性は、片手を上げてガーデナーさんたちを制した。そして顔をゆっくりと上げ、私を見る。

あっ、ちょっと涙目。ホントごめんなさい。

そんなことを思いながらも、あまりに綺麗なお顔から目が離せなくなってしまった。

白いウェーブヘアは襟足でカールしていて、金の額飾りに孔雀色《くじゃくいろ》のローブを身につけたその姿は、まるで映画に出てくるエルフみたい。ローブをちょっと肩をずらした風に着崩していて……でも、それがだらしなく見えない。似合っている。

何だか、私の周りとこの人の周りでは、空気さえ違うんじゃないかという気がした。

男性は軽く目を細めながら、薄い唇を開いた。

「君は？」

その声までが神秘的で、深く響いて、私はボーッとなりながら答えた。

「あ……楠木《くすのき》涙と言います」

「クスノ・キルイ」

えっと……あ、そうか、日本の人じゃないんだ。

「涙で結構です」

そう言うと、男性は鷹揚《おうよう》にうなずいた。

「ルイですね。私はヴァシル」

そう、さっきガーデナーさんたちが名前を言ってた。ヴァシルさんか。

丁寧な言葉遣いだし、柔らかな口調だったので、少し安心する。

彼は私の手元に視線を落とし、口を開いた。

「それで？　コショウ、ですか。なかなか物騒ですね」

「普通、よそのお宅にコショウなんて持ち込まないですよね、あはは」

「まるで凶器ですからね」

……あ……れ……？

「あ、場合によっては凶器かも？　コショウ爆弾、なんて言いますし。はは」

反射的に笑ってごまかそうとしたつもりが、「爆弾」という単語にガーデナーさんたちがざわついた。何か言おうとしたおじさんの一人を、ヴァシルさんは再び手で制して、美しく微笑《ほほえ》む。

「ほう。爆弾、ですか」

「あっ、いえ、もちろんものの例えというか、ええと」

「私の館に、凶器を持ち込み、振り回したわけですね。そのことについて、ルイはどう思っていますか？」

「ほ、本当に申し訳なく思っております……」

な、何か、不穏な気配。

縮こまっていると、ヴァシルさんはスッ、と立ち上がった。

ゆったりしたローブを着ていてもわかる、すらりとした身体つき。背が高い、頭、小さい。

そんな美しい人が、微笑んだまま、こう言った。

「ならば、ルイは償《つぐな》わなくてはなりませんね。労働で償ってもらいましょうか」

……はい？

「あの……それはどういう」

ポカンとして聞き返す私に、ヴァシルさんはやはり微笑みを崩さない。

「償う、という言葉の意味がわかりませんか？」

「いえ、わかりますけど、労働っていう……のは……」

声が勝手に、尻すぼみになる。

ヴァシルさんは、さっきよりも一層艶やかに微笑んだ。声だけが柔らかなまま、少し低くなる。

「私にクシャミをさせた分、私の館で働きなさい、と言っています」

えええええ!?

ぶわっ、と冷や汗が額に滲《にじ》むのがわかった。

お、怒ってる、顔は笑ってるけどこの人怒ってる。ただでは帰してもらえないんだ!?

日本の常識は通用しないのかもしれない。これは言うことを聞いた方がいい。きっと皿洗いとかそういうアレだろうし、やっといた方がいい！

私は正座したまま、しゃきん、と背筋を伸ばした。

「わ、わかりましたっ！　働かせていただきます！」

「ヴァシル様、お身体《からだ》は!?」

さっきの屈強ガーデナーさんの一人が心配そうに言ったけれど、ヴァシルさんはもはやクシャミ事件などなかったかのように、館の方を振り向きながら言った。

「もう大丈夫です。あれは、どうやら食べられる植物のようだ」

私は急いで言う。

「あのっ、家に連絡だけしてもいいですか⁉」

何がどうして自分がここにいるのかわからないけど、夜が明けちゃってる。お店、今日はお母さん一人で何とかしてもらわないと。あ、足立さんはどうしたかな。

するとヴァシルさんは、私をちらりと見下ろした。その視線が微妙に、ひんやりしているような。

「立ちなさい。後で役所の人間に会わせます」

役所。

やっぱりあれか、偉い外国人のお屋敷から外に連絡するには、手続きみたいなものが必要なの？

「わ、わかりました」

立ち上がりながら返事をすると、ヴァシルさんが煉瓦敷きの歩道を歩き出した。

小柄な私は、必死で後をついていく。道は、館の正面玄関に続いている。

すると、彼はいったん足を止め、肩越しに私を見た。

「君は使用人用の出入り口です」

長くて白い指が差したのは、館の脇、裏手に回る小道の方。

「あっ、はいっ」

うわっ、偉い人とは出入り口まで別なんだ。ひー、物腰柔らかな美形なのに威圧感が半端ない、人に命令することに慣れていそうな雰囲気！

つい、言われた通りに急いで使用人出入り口へ向かおうとすると、ふとヴァシルさんがこちらに一歩、踏み出した。

すっ、と美しい顔が近づき、私の耳元でささやく。

「いつまでも使用人でいられても困りますがね。早く正面玄関から来るようになさい」

え？　どういう意味？

「おら、仕事だ仕事！」

ガーデナーさんたちがまた私を取り囲むように壁を作り、私はあわてて小走りに裏口に向かった。

何だかよくわからないけど、働かなきゃ！


「……つまり、厨房メイドの面接に来たってこと？」

三十代後半くらいの女性が、顔を上げた。黒のワンピースに赤い刺繍《ししゅう》エプロンのその人は、明らかに警戒している様子で私をじろじろと見る。

「それで、いきなり庭でヴァシル様に突撃、ねぇ」

「す、すみません……露骨に怪しいですよね……」

煉瓦の壁に鉄の扉のついたオーブンがある、ちょっと古い感じの厨房だ。そこのテーブルを挟んで、私は冷や汗をかきながらこの栗色の髪の女性と向き合って座っている。

女性はテーブルの上で両手を重ね、綺麗な青い瞳を細めて私を見ながらいぶかしげに続けた。

「さっきそこの窓から、あなたがヴァシル様と話してるのを見てたわ。すぐに働ける格好で来るなんて、面接に受かる気満々で堂々としたものね。まあ、そういうの嫌いじゃないけど」

「へっ⁉」

ハッとして、私は自分の格好を見下ろした。

ぎゃあ！　メイド服のままだったー！

「違うんですっ、これは私の家がお店をやっていて、そこの制服みたいなもので！」

ここの制服とたまたま似てたってことなんだろうけど、いわば私のメイド服はコスプレ衣装。こんな大きなお屋敷で、本職のメイドさん並みに働けるってことでは全然ないので、ほんと、先に色々と謝っときたい。

「ええと、ヴァシル、様？　に失礼なことをしてしまったので、お詫びに働かせていただきたいんです。厨房ならお役に立てると思います、店でも厨房と接客の両方をやっていたので」

一応面接らしく、自己アピールしてみた。女性は少し興味を持ってくれたようだ。

「そう……。何のお店？」

「カフェです。スコーンとかキッシュとか作ってました」

「すこーん？」

何やら軽く首を傾げた彼女だったけれど、一つうなずいて声の調子を変える。

「まあいいわ。ヴァシル様が働けっておっしゃったんだから、とにかく働いてみてもらいましょう。私は家政婦長アネリアです」

「泪です、よろしくお願いします！　何でもやります！」

私は頭を下げる。

「働く前に、それ」

アネリアさんは、軽く目をすがめて私の前を指さした。

テーブルに、ペッパーミルが置かれている。ガーデナーさんの一人が私から取り上げ、慎重に捧げるようにしてここまで持ってきたものだ。爆弾だなんて、うっかり言うんじゃなかった。

「何て言ったかしら」

「コショウですか？」

「そう、それ。ヴァシル様は食べられるっておっしゃってたそうだけど……本当にそうなの？」

だからー、調味料だよ、知らないわけないでしょ⁉

からかわれてるんじゃないかという気持ちをぬぐえないけど、本当に知らないのなら下手なことは言えない。私はアネリアさんがコショウを知っていても知らなくてもいいような言い回しを考え、エヘヘと笑いながら言った。

「コショウも色々ありますけど、このブラックペッパーのきいた料理、私、大好きなんですー」

すると、アネリアさんは顎に片手を当てて少し考えてから、一つうなずいた。

「じゃあ、簡単なものでいいから何か作って。試したいわ」

うっそーん……おかしなことになったぞ。

気がつくと、厨房にいた他の料理人さんたちも、こちらを興味津々で見ている。遠巻きにしているのは、私の爆弾発言――まさしく文字通り――のせいだと思う。

このお屋敷で会う人会う人、外国の人だから……世界は広いんだし、コショウを使わない国だってあるのかも……いやでも、ここは日本なんだからコショウぐらいあって当たり前だよね……訳がわからなくなってきた。

よし。私の方も、試させてもらおう。ここの人たちが、本当にコショウを知らないのか。

味見なんだから、本当に簡単でいいよね！

開き直った私は腕まくりをすると、作業台や棚をざっと見回した。足りなくなったら今日の午後に注文を出すので、何でも自由に使って構わないという。作業台の上にはいくつか壺や瓶があって、塩と砂糖、乾燥させたハーブ、酢や酒らしきものなどが揃っている。棚は食材置き場のようだ。

ドライフルーツを見つけた私は、ナイフを借り、作業台のまな板で小さく切って味を見てみた。赤みがかった茶色のそれは、イチジクみたいな味がする。

実は果物とブラックペッパーって、すごく合うんだよね。甘みにスパイシーですっきりした香りが加わると、風味やコクがグンと増すんだ。よし、これと……。

「これ、チーズですか？」

木の器に入った白い塊も、味見させてもらう。固めのヨーグルトに近い風味と柔らかさ……熟成させないタイプのフレッシュチーズだ。

後は、パン。いくつか種類があり、そのうちの一つがドイツパンみたいにみっしりしていて酸味のあるものだった。そのパンの大きな塊を、手でつまめる程度の大きさと薄さに切り分ける。

小さく切ったドライフルーツをフレッシュチーズで和え、パンに載せ、お皿にいくつも並べた。そしてお皿の上で、ペッパーミルをゴリゴリ。

ぱっ、と清涼感のある香りが広がり、料理人さんの何人かが鼻をクンクンさせているのがわかる。

ドライフルーツとチーズのカナッペ、完成！

「できました」

「もう？　じゃあ、ルイからどうぞ」

おお。毒味ね。

私はアネリアさんの目の前で、一つ食べてみせた。

さっぱりまろやかなチーズに、濃い甘みが優しく包まれ、そこにぴりりとブラックペッパーがきいてベストマッチ！　この組み合わせ、だーいすき。

「美味しくできてます、どうぞ」

勧めると、アネリアさんが手を伸ばした。

上品に一口かじるその様子を、私は固唾《かたず》を呑んで見守る。

「んっ……」

アネリアさんは、ギョッとしたように目を見開いた。

「な、何これ」

えっ。だ、大丈夫かな。ここの人の口には合わなかったりとか……？

一抹の不安を覚えた直後、アネリアさんは目が覚めた時のように瞬《まばた》きをして、片手を頬に当てた。

「香りがすごい！　なめらかなチーズと甘い果物だったから、デザートみたいなものかと思ったのに全然違う！　美味しいわ、ブラックペッパー！」

もう一口、と口に入れる様子を見て、私は胸を撫でおろした。心から、美味しいと思ってくれているみたい。

けれど、アネリアさんの反応から、私もようやく信じる気になっていた。

ここのお屋敷の人たち、本当の本当に、コショウを知らないんだ。じゃあ……どういうことになるの？　どこの国の人たちなんだろう？

考える間もなく、アネリアさんの反応を見た他の人たちがやってきて、次々と手を伸ばす。

「本当だ、甘いのにキリッとした味だ。立派な料理じゃないか」

「これ、酒にも合うんじゃないか？　美味《うま》い美味い」

そうだ、わかってもらわなきゃ、と私は急いで説明する。

「ちょっとツンと来るっていうか、鼻に来るので、ヴァシルさんが吸い込んでむせちゃって……でも美味しい香辛料なんですっ。これで、危険人物じゃないってわかってもらえましたよね⁉」

「うん、わかったわかった！」

「ルイは異国の顔立ちをしてるもんな、故郷の食材なんだろうな！」

場が一気に和やかになる。

「なるほどなぁ、ヴァシル様はコショウが美味しいものだと気づいたから、ルイを雇ったのか！」

「さすがは、食にこだわりのあるお方だ」

ひえー、ヴァシルさんって美形で偉い人で威圧感あって味にもうるさいとか、こわっ。

でも、味にうるさい人だからこそ、コショウを知らなくても食べ物だってわかったのかな。食べられる植物のようだ、って言ってたし。

アネリアさんが私に、初めて笑顔を見せた。

「手際もいいわね。合格」

あ？　もしかして、コショウの味を試したいと言いつつ、厨房仕事の試験でもあった？

お互いに色々、試し合い、してたんだな。

アネリアさんは皆の方に向き直って、パンパンと手を叩いた。

「さあみんな、そろそろ時間よ。仕事にかかろう！」

ん？

「ルイはこれ、皮剝いて！」

料理人から桶いっぱいのお芋をドンと渡され、その量に一瞬ビビる。

「あの、ここのお屋敷は一体、何人家族なんですか⁉」

「ああ、こっちは使用人たちの分よ」

アネリアさんは笑う。

「ヴァシル様のお食事は、専門の料理人でないととてもとても。味にはうるさいお方だからね、料理長が作るわ」

ん？　この言い回しだと、使用人さんたち以外にはヴァシルさんしかいない……？

「ヴァシルさん……様、ご家族は？」

「いらっしゃらないわ。ヴァシル様お一人よ」

「そうなんですか？　こんなに大きな屋敷で、家族がいないって……ちょっと寂しそうですね」

「私もここに来た時はそう思ったけど、まあ……難しいお方だから」

うん。いかにも難しそうなお方だ。さっきの印象で思っただけだけど。

「さあ、仕事仕事！」

厨房の全てが、一斉に動き出した。トントンと動く包丁、鍋から上がる湯気、食器の触れ合う音。雰囲気に呑まれた私は、とりあえずテーブルの隅にこそっとお芋の桶を持って行って、黙々と皮剝きを始める。

ええっと、役所の人にはいつ会わせてもらえるのかな……。

お芋の皮剝きが終わりかけたところで、「千切りにして！」と丸ごとの葉野菜がドンと置かれた。それが終わりかけたら、「身を出して！」と黄色い柑橘《かんきつけい》系の山盛り果物。どひー。

考え事をする間もなく、時間はどんどん過ぎていった。


お店での仕込み作業に慣れていたとはいえ、知らない台所は疲れる。

料理の下ごしらえが終わり、私はぐったりしながら賄《まかな》いのクリームシチューとパンを食べていた。

これでお詫びになったかなぁ……。

すると、廊下から声がした。

「ルイ、いますか」

上品な白髪《しらが》のおじいさんだ。白いブラウスに黒のベスト、赤いサッシュベルトに黒のズボン。どこか民族衣装のような格好のその人は、厨房を見回した。

「……何か、変わった匂いがするな」

「あ、ジニックさん。これね、ルイが持ってきたブラックペッパーの匂いです！　ヴァシル様のおっしゃった通り、食べ物だったんですよ」

アネリアさんが声をかけたけれど、そのおじいさんはあまりブラックペッパーの話題に興味がないらしい。立ち上がった私を見て言った。

「私は執事のジニックだ。食べ終えたら来なさい。役所の方がいらっしゃっているから」

役所の人！

私は超特急で食事をかき込むと、ジニックさんに駆け寄った。

これでやっと、家に連絡取って帰れるんだ！


半地下から狭い階段を上がり、小さな扉を抜けると、美しい絨毯《じゅうたん》が敷かれ階段が優美なカーブを描く玄関ホールに出た。そこから廊下を行った先、一階の客間みたいな場所に行ってみると、ヴァシルさんとスーツ姿のおじさんが向かい合ってソファに座っている。

ジニックさんと一緒に部屋に入り、頭を下げると、ヴァシルさんが私を手で示した。

「町長、この子がルイです」

町長？　ヴァシルさん、やっぱりすごーく偉い人なんだな。町長さんを自宅に呼びつけるなんて。

正直、日本人が来るんじゃないかと期待していた私は、ヨーロッパ系の顔立ちの町長さんにちょっとがっかりした。でもとにかく、ソファの横に進み出て、もう一度頭を下げる。

「ご面倒をおかけして、申し訳ありません。楠木泪と言います」

ヴァシルさんはソファにゆったりともたれたまま、町長さんに言った。

「彼女に、色々と便宜を図ってやって下さい」

すると、町長さんはちょっと出っ張った下腹に組んだ両手を乗せ、顔をしかめた。

「ヴァシル様、お待ち下さい。何者かもわからない娘が、侯爵邸の庭に入り込んでいたのでしょう？　不審者ではないですか」

ふ、不審者扱い……。

けれど、ヴァシルさんは口元だけで微笑みながら言う。

「異国から来たルイ、それで十分ではないですか。行動が不審なのは、異国の文化に従っているからら。それだけです。クシャミをさせられたくらいですから、彼女が私に危害を加えるつもりなら、今ごろ私は死んでいます」

「危害は加えなくとも、何か探りに来た、ということはあるでしょう。少し警戒心を持っていただきたい」

町長さんは語気を強める。

こ、今度はスパイ扱い……⁉

「とにかく一度、役所に連れて行って取り調べを受けさせなくては。物事には順序というものがございます。他のことはそれからです」

ええっ、取り調べ⁉

小部屋で正面からスタンドライトの光を浴びせられ、詰問される自分の姿が思い浮かぶ。少し怖くなって、手を握り締めながら、すがるような気持ちでヴァシルさんを見てしまった。

私のこと、この町長さんに引き渡したりしないで下さいね……！

すると、ヴァシルさんは視線だけを動かし私をちらりと見上げてから、まるで私の気持ちを読んだかのように町長さんに言う。

「私の屋敷は人目も多い。大丈夫です」

「いいえ、そういうわけには」

「町長」

不意に、少しだけ、ヴァシルさんの声のトーンが下がったような気がした。

笑顔は変わっていない……ううん、少し、目が細められている。

「私の仕事は、理論も大事ですが、直感をとても重視します。ご存じですね」

「は、はい。それはもう。ですが」

「あなたに、あの『香精《こうせい》』を作った時もそうです」

びくっ、と、町長さんが急に背筋を伸ばした。ヴァシルさんは続ける。

「あなたからお話を伺っただけですが、直感で作りました。まさか実際に、この目であなたと奥方の様子を見てから作るわけにはいきませんからね。その後、お役に立っていますか？」

何の話かは、わからない。わからないけど、町長さんの目が、明らかに落ち着かない様子で泳いだ。広い額《ひたい》にハンカチを当てながら、答える。

「も、もちろんです。妻ともども、大変……お世話に」

「それは何より。離婚、などということにならなくて、私もホッとしたものです。……ならばぜひとも、これまで私が築き上げてきた理論の上に生まれる直感を、信用していただきたいものですが」

「ええ、ええ、それはもう、ヴァシル様に間違いなどありえないと、私はわかっておりますが」

「ご自分の判断に自信が持てないようなら、誰かに話してみてもいいかもしれませんね。あなたに作った『香精』のことを」

「いえ！　いえ！　それは何卒！」

町長さんの顔から、とうとう血の気が引いた。

ヴァシルさんの方は、ずっとゆったりした態度、口調のままだ。それなのに、ヴァシルさんが大きく、そして町長さんが小さく見え始めた。

「ルイについては、私に一任、ということでよろしいか？」

「ええ、ではあの、そういうことに！」

……何か……私、脅迫の現場を目撃してる気がするんだけど、気のせいかな……。

私も汗を拭きたい気分になっていると、町長さんは何かを振り切ったように顔を上げ、私を見た。

「では君、ここでお世話になりなさい！」

「いやいやいやいや、待って下さい」

私はあわてて、口を挟んだ。

お世話になりなさいって何なの、まるで私がここに就職するみたいじゃない！　そうじゃない、私がお願いしたいのはそういうことじゃない！

「しばらく働くのは、お詫びとして当然なんですけど。母が心配していると思うので、家に連絡を」

「家はどこです？」

町長さんに聞かれ、都内の住所を言うと、彼は首を傾げる。

「聞いたことがない地名ですね」

変だ。話がちぐはぐすぎる。どんどん不安になりながら、私は言った。

「じゃあ、自分で電話します。いいですか？」

「デンワ？　何ですか、それは」

その時、私はようやくおかしいことに気づいた。

このお屋敷に来てから、会う人会う人、みんな外国人に見える。日本人は私一人。それなのに、どうして言葉がすらすら通じるの？　全員が日本語ネイティブ？

黙り込んだ私をちらりと見てから、ヴァシルさんが言った。

「町長。彼女はどうやら、何か事故があって記憶が混乱しているようなのです」

「それは気の毒に。あー、ここがエミュレフ公国の南の町アモラだということはおわかりですか？」

えみゅれふ？　あもら？　……えっ、日本じゃ、ない？　ううん、そんなわけ……。

混乱して何も言えない私に、町長さんはせっせと汗を拭きながら立て板に水でズラズラと言った。

「ああ、そのあたりがおわかりでないなら、そりゃあ不安だったでしょう。アモラは『香精』作りを一大産業としています。こちらのヴァシル様は高名な『香精師《こうせいし》』ですから、ここで働かせていただけるなら何の心配もいりません。あなたがヴァシル様の言う通りに行動するのなら、役所としては何も言うことはありません。必要な書類は作っておきます。では、私はこれで」

サッと立ち上がると、町長さんはまるで逃げるように、ヴァシルさんに挨拶をして出て行った。

ジニックさんが先導し、二人の足音が廊下を遠ざかる。

部屋には、途方に暮れた私とヴァシルさんだけが残った。

一体、どういうことなのかサッパリわからない。私、お母さんと連絡も取らせてもらえないの？

どうしよう、目頭が熱い……いい大人なのに泣きそう。ええい、負けるもんか。

ソファの前に回り込んで、私はヴァシルさんとまっすぐ向き直った。

「どういう、ことでしょう」

ヴァシルさんは軽く顎を上げ、少し呆《あき》れたような、しょうがないなとでもいうような微笑みを浮かべる。そして、不意に立ち上がった。部屋の掃き出し窓に近寄り、大きく開ける。

夜の植物園が、目の前に広がった。あちこちにランプが灯してあり、穏やかな甘さを含んだ花の香りが忍び入ってくる。

その時。

ヴァシルさんの肩越しに、ひょいっと女性が顔を覗かせた。

薄紫の長い髪に、同じ色の瞳。すごい色、でもよく似合ってる。

ん？　待って。この女性、何だか……身体が透けて……。

「ひゃあっ!?　幽霊!?」

『あらヴァシル、この子、私の姿が見えるようですわよ』

ヴァシルさんの肩に手をかけて、女性の幽霊はたおやかに言った。

すると、ヴァシルさんはちらりと私を振り向いた。

「それはよかった。この屋敷で働く娘が、精霊も見えない無能では困りますからね」

ひぃ、口調は柔らかいのに優しく聞こえない。

ん？　ところで精霊って？

呆然としているうちに、ヴァシルさんは続けた。

「これは、【花】の大精霊フロエです。ルイは普段、こういった精霊たちと交流はありますか？」

「こ、交流って、そもそもいません、精霊なんて！　今そんなファンタジーみたいな話、やめて下さい！」

思わず声を大きくしたけれど、ヴァシルさんは軽く「そうは言ってもね」と言っただけだった。

すると、ふわり、と、紫の髪の幽霊が部屋の中に入ってきた。動けないでいる私の髪を、優しく撫でる。ラベンダーの柔らかな香りがした。

驚いた私はカチーンと固まってしまいながら、必死で頭を巡らせる。

もしこれがドッキリの類《たぐ》いだったら、ヴァシルさんの言うことをうのみにして後で恥ずかしい思いをするのは私だ。落ち着け。

精霊がいるという設定なら、普通に考えてここはコンセプトカフェみたいなところなの？　ヴァシルさん、お金持ちみたいだから、自宅の一部をそういう風に改造してそこの主人を『演じて』いるのかもしれないじゃない。この精霊も、どこかに投影装置が隠してあるとか？

『警戒しているのね、無理もないわ』

フロエ、と呼ばれた幽霊が、片手を頬に当てる仕草をした。

ヴァシルさんは小さくため息をついてから、「来なさい」と言うなり、外に出て行く。

えぇい、もうどうにでもなれ！

私はそれに従った。


昼間、私が倒れていたのは、洋館の表側だったらしい。表側は花が美しく咲き乱れていたけれど、裏側にはハーブや果樹がたくさんあって、きちんと区分けされている。見事な植物園だ。

美しい鳥籠のような形をした、洋風のあずまや――ガゼボ、っていうんだっけ？　そんな建物があって、ヴァシルさんは私をそこに招き入れた。

中央はつるりとした床で、周りをぐるりと大理石のベンチが取り囲んでいる。

見上げると、いくつかのランプが掛けられてガゼボの中を照らしていた。天井には植物の絵が描かれていて――そのあたりに、あの紫の髪のフロエがふわふわと浮いているのが見えた。

精霊だ、って言うの？　この幽霊が？

「君は、精霊を知らないようですね」

話しかけられて見上げると、背の高い彼はガゼボの真ん中に立って私を見下ろしていた。

「精霊のいる場所同士ならつながりがあるのですが、君の世界に精霊がいないのなら、つながりがありません。異世界、ということです」

異世界?

少し、怖くなってきた。私は自分を奮い立たせ、強く出る。

「何なんですかそれ。失礼をしたのはわかっていますが、とにかく一度、家に帰らせてもらえませんか⁉」

「つながっていない、と言ったのが聞こえませんでしたか? 私は冗談を言っているわけではありません」

ヴァシルさんは、どこか冷たい表情で答える。

「君が自力で帰れるというのなら、今すぐにでも帰るといい」

「……う……」

その揺るがない口調と態度に、私は何も言えず、エプロンを握りしめる。

このお屋敷を飛び出してみたら、テレビ局のセットでした! ……なんて雰囲気じゃなくなってきた。この人が何か話をしようとしているなら、聞くだけは聞いた方がいいのかも。

ヴァシルさんは静かに続ける。

「そこに座って。私の仕事を理解してもらわなくてはなりません。しばらく見ていなさい」

ヴァシルさんは、大理石のベンチの切れ目から鳥籠ガゼボの外に出た。私はベンチに座りながら、目で追う。

彼は滑るように庭を歩いていくと、果樹園の木から実を一つ、無造作にもいだ。オレンジらしい。

次に、お屋敷を囲むようにカーブしながら続く花壇から、小さな薄紫の花がたくさんついて房になっているものを一つ摘んだ。……ラベンダー、だよね、あの花。

仕事って言ってたけど、単にオシャレに収穫してるようにしか見えない。それこそ映画か何かの撮影みたいだ。

「お待たせしました」

摘んだものを片手に戻ってきたヴァシルさんは、ふと胸元に手をやった。

変わった銀色のペンダントをしているなと思ったら、それは手のひらに収まる大きさの卵型の入れ物だった。ヴァシルさんはロケットみたいにパカッと開け、白いチョークに似たものを取り出す。

そして屈み込むと、ガゼボの床に直径一メートルほどの円を描き始めた。音からいって、どうやらチョークというよりも蠟石《ろうせき》みたいな柔らかさのものらしい。

な、何なんだよぅ、精霊の次は魔法陣とか言い出さないでしょうね⁉

ビビっているうちにヴァシルさんは描くのをやめ、円の直径に当たる位置にさっきのオレンジとラベンダーを置いた。体を起こし、円の真ん中に立つ。

そして、誰かに呼びかけるように、声を張った。

「始まりの香りに、甘く涼しげな実りを」

とたん、あずまやの中に女の子が現れた。

オレンジ色の髪にオレンジ色の瞳、ビタミンカラーの少女だ。

『甘く涼しげな香りを！』

少女のソプラノがそう言ったとたん、パッとオレンジの香りが弾けた。

わ、いい匂い！　搾りたてのジュースみたい！

ヴァシルさんは歌うように続ける。

「やがて優しくほころべ」

ふっ、と、先ほどの薄紫の髪の女性が宙から下りてきた。

『優しくほころぶ香りを』

今度はふわりと、ラベンダーの香り。穏やかで、包み込むような……。

魔法陣が光る。ヴァシルさんが手のひらを上にして差し出すと、そこに卵大の光が浮かんだ。

二つの、それぞれ主張していた香りが、混じり合っていく。ツンと強く感じられたラベンダーの香りや、青臭かったオレンジの香りが少し落ち着いて、濃い甘さも柔らかくなって……。

光が、ぽわん、と弾けたかと思うと、目の前に小さな親指大の妖精が浮かんでいた。

人の姿に羽のある、絵本なんかでよく見るあの妖精は、すーっと私の周りを一周する。

爽やかな甘い香りが、巡る。

ヴァシルさんが、続けた。

「これが、『香精』です。私の仕事は、この『香精』を生み出すことです」

魔法……！

私は、ようやく、思い知った。

ここは、異世界なんだ。私の住んでた世界ではないんだ。

魔法があって、電話はなくて。きっと地図を見ても、東京どころか日本も載っていない。つながりがないって、ヴァシルさんが言ってたもん。でも……！

「じゃあどうして私はここに!?　つながりがないって、でも来たんだから帰れるはずじゃないの!?」

うろたえて立ち上がり、パニックに陥りかけた私を、不意に明るい声が引き戻した。

『やだ気づかなかった。ヴァシル、この子だぁれ？』

ぱっ、とさっきの搾りたてオレンジジュースの美味しそうな香りがして、ビタミンカラーの少女が顔を近づけてきた。ショートボブにしたオレンジ色の髪が、丸顔によく似合っている。

「異世界から来た、ルイという娘さんですよ、シトゥル」

そう言ったヴァシルさんは、私にも彼女を紹介した。

「こちらはシトゥル、【果実】の大精霊です」

「ど……どうも」

私は動揺しつつも会釈した。

『大』精霊？　そういえば、薄紫の髪のフロエもそんな風に呼ばれてた。【花】の大精霊、とか。

『異世界から来た!?　まあ大変、だから心が乱れているのね。私とフロエの仲間から生まれた香精が、役に立つといいんだけど』

シトゥルがくるりと、私の周りを一周した。

「役に立つ……？」

つぶやくと、ヴァシルさんが淡々と説明する。

「病気や怪我の痛みを抑えるため、乱れた心を落ち着かせて穏やかに眠るため、雑音を消し集中力を高めるため……人々に必要な様々な香りを、私は香精として生み出します。そのうち君にも、その効果がわかるでしょう」

そうか。香水を作る人のことを、『調香師』って言うよね。町長さんが『香精師』がどうとか言ってたけど、こちらでは『香精師』がそういう仕事をしてるんじゃない？

アロマテラピー講習会では、理科の実験みたいに色々と混ぜ合わせてたけど、こちらでは色々な精霊が精油の役割を果たしていて、香精師が大精霊を使役し、精霊の香りを魔法で混ぜ合わせる。

エミュレフ公国のこの町アモラでは、香精作りを一大産業としていて、中でも有名な香精師がヴァシルさん。そういうことなんだ。

「さて。生まれたてのこの香精が気に入る瓶があればよいのですが」

彼は片膝をついてベンチの下を覗き込むと、下から木箱を引っ張り出して蓋を開けた。中には、小さな瓶がいくつも入っている。

香精は木箱の上をしばらく飛び回っていたけれど、やがて一つの瓶の中に飛び込む。ヴァシルさんはそれを取り出した。

「これを」

差し出されたのは、美しく装飾されたガラス瓶だった。ネットで見たことのあるエジプト香水瓶に似ていて、上が細く下が太い。細い鎖がついていて、首にかけられるようになっている。

受け取っていいものかと戸惑って顔を上げると、ヴァシルさんと視線が合う。彼は私の様子に、またちょっと『やれやれ』的な微笑みを浮かべると――腕を上げて、それを私の首にかけた。

背の低い私の顔にヴァシルさんの胸元が近づき、どきっとする。ヴァシルさんって、男性とか女性とか超越した美しい顔立ちだけど、こうやって近づくと背が高くて胸も広くて、男性なんだなぁと感じる。少しドキドキしてしまい、私はうつむいて瓶を見ることに集中した。

瓶の中には、さっきオレンジとラベンダーから生まれた香精がいる。

瓶には蓋をしていないので、甘く爽やかな香りが続いていた。香精は小さすぎて、顔の造作は目と口があることしかわからないけど、何やらあくびのような仕草をしたかと思うと瓶の底でころんと転がった。

「可愛《かわい》い……」

つぶやくと、ヴァシルさんが言った。

「心を落ち着ける効果のある香りです。今の君に必要でしょう、そばに置くといい」

……私のため？

ひょっとして何かの皮肉だろうかと、私は上目遣いで彼の表情を窺ったけれど、ヴァシルさんは穏やかに私を見つめている。

どうしてだろう、本当に心が落ち着いてきた。私の世界の香水どころじゃない、香精の発する香りって効き目が強いんだ。香りの、魔法……。

ヴァシルさん、クシャミのお詫びに働けと言ったり町長さんを脅したりした時は何だか得体のしれない怖さがあったけど、異世界に来て動揺する私に、ちゃんと合った香精を作ってくれたんだ。

根は優しい人なのかもしれない。

「ありがとう、ございます……。あの、ここの人たちはどうして、全員日本語がお上手なんですか？」

「ニホンゴ？　ああ、君の世界では、言語に意味が載っていないんですか。不便ですね」

ヴァシルさんはさらりと言った。

「この大陸では、昔から言語そのものに意味が載っています。だから、私たちの言葉の意味が君に伝わるのでしょう。君の話す言葉の意味も伝わってきますね。君の世界独特の単語などは伝わらないかもしれませんが」

え、言葉を聞いただけで意味がわかっちゃうってこと？　どういう仕組み？　日本語の意味まで通じちゃうってことは、言語に他の何かが作用しているんだろうけど……。

いまいち理解できなかったけれど、仕方ない。

諦めたところで、ふと大精霊のシトゥルが近寄ってきて、香水瓶を覗き込んだ。

『私も教えてあげるー！　このオレンジとラベンダーの香精、その瓶だと、しばらくしたら出て行っちゃうかもしれないんだ。本当は、ちゃんと香精に合わせた瓶を作った方がいいんだよ』

そうなんだ？　と思っているうちに、ふとシトゥルは顔を上げ、クンクンと匂いを嗅いだ。

『あなた、少し変わった香りがするね。……何かの、動物の香りかなぁ』

「動物？」

『何かを誘う香り。そういう香りを持つ動物、あなたの世界ではいなかった？』

あっ。言われてみると麝香《じゃこう》とか有名だ。ジャコウジカの分泌物から取れる香り。

そうか、香水の原料にはそういう動物性のものもあるんだよね。

『残り香だけど、甘くて素敵な香りだなと思って。それだけ！　じゃあねっ』

シトゥルはふわりと浮かび上がると、消えていった。

甘い、残り香……？

その時、私は思い出した。

足立さんのオリジナル香水！　そうだよ、あれを嗅いだ直後に何だか変なことになったんじゃん！　まったくもう、トラブルを呼び込むお母さんのトラブルホイホイスキル発動だよ！

私は声を抑えようと努めながらも、ヴァシルさんに訴える。

「私、変わった香水の匂いを嗅いだ直後に倒れちゃって、気がついたらここにいたんですっ」

「そう」

ヴァシルさんは優雅な動きでガゼボのベンチに腰かけ、背もたれに肘をかけて私を見た。

「それなら、香りが何かの役目を果たしたのかもしれませんね。ここでは、香りが大きな力を持ちます。五感や身体的能力も高めることができますし、政治などにおいて思考力を高めて政策を決めたり、航海の際に天候や潮目を読む力を高めたりもできるくらいですから」

「すごい、まるで人間の眠っている力を引き出すみたいな……それなら、香りの力で帰ることもできますか!?」

思わず身を乗り出す。ヴァシルさんは物憂げに視線を庭に投げた。

「そうですね……そういう例は聞いたことがありませんが、あり得るかもしれない」

可能性がないわけじゃないんだ。

そう……あの足立さんのオリジナル香水、ヴァシルさんなら香精として作れるんじゃない⁉　同じ状況を作れば帰れるとか、すごくあり得そうじゃない⁉

「あ、あのっ！」

私は勢い込んで、ヴァシルさんに聞いた。

「ヴァシルさんに、こういう香りの香精を作ってほしい、って注文することはできますか⁉」

「注文、ですか」

ヴァシルさんは気だるげに私を見た。

「仕事として依頼したいと？　無一文でここに来た君が？」

「あっ」

目の前の人が高名な香精師であることを思い出し、私はあわてて付け加える。

「た、タダでっていうつもりじゃないです！　ええと、どのくらい費用がかかるのか知らないんですが……働いてどうにかなるなら」

「まあ、とんでもない費用がかかるわけではありません。引き受けないこともない」

ヴァシルさんは何が面白いのか、ふふ、と息を漏らすように笑った。ランプの灯《あか》りに、瞳の琥珀色が澄んだ光を湛《たた》えている。

「君が欲しいのは、どんな香りですか？」

「えっ、ええと、あの」

私は、あの時に感じた香りを言葉にしようと試みた。

「お茶みたいな香りと……土臭いような香りも……でも甘くて。くらくらするくらい」

「ずいぶん具体的なようでいて、でも素材の名前が出てくるわけではないんですね」

さらり、と白い髪を揺らし、ヴァシルさんは軽く首を傾げる。

私は落ち込んだ。

「すみません、これじゃわからないですよね……」

香りを言葉で説明するって、難しい。さっきヴァシルさんが二つの香りを合わせる時、呪文のように言葉を唱えていたけど、あれももしかして香りによって違うことを言うのかな。

ヴァシルさんがやったように、私もそれらしい材料をここの植物園から探してみようか。でも、香りは混じり合うことで変化する。色々と試してみないとわからない。

私も自分で、香精を作ることができればいいのに。

「……香精を作るのって、香精師しかできないんですよね……？」

「そうですね、大精霊の力を借りますから。訓練が必要です」

「えっ⁉　訓練⁉」

私はまたもや身を乗り出した。

「訓練すれば私にもできますか⁉」

ヴァシルさんはまた、ちらりと私を見た。

「やりたいのですか？」

「はいっ！　ぜひ、教えて下さい！　あっ、それに厨房のお仕事も続けさせて下さい！」

急いで申し出る。

ヴァシルさんは、怖いところも優しいところもあって、こんな大きなお屋敷に一人暮らしで、どんな人なのかまだ全然わからない。でも、成り行きはどうあれ私をここで働かせてくれるし、町長さんの尋問から守ってくれたし、帰るためのヒントもくれた。今、私が頼れるのはこの人だけだ。

「香精師の訓練をしていただけるなら、ただってわけにはいきません。働いて、お月謝っていうか、ちゃんとお金も」

「ちょっと待って」

ヴァシルさんは、すらりとした右手の人差し指をこめかみに当てると、口の端を片方上げるようにして微笑んだ。

「私は、素質のある者にしか教えません。素質のない者に教えても無駄ですから」

「うっ」

ばっさりした口調に、一瞬ひるむ。この、飾らない容赦ない言い回しに、いちいちビビってしまうのだ。でも、引き下がるわけにはいかない。

「じゃあ、素質があるかどうか見て下さい！」

食い下がると、ヴァシルさんは少し考えるように視線を外し、すぐに私を見て楽し気な口調で言った。

「……それでは、試験をしましょうか」

「試験」

「そう。君が異世界の人間だということも、ついでに証明してもらいます」

すらりと立ち上がり、ヴァシルさんは私を見下ろす。

「『今の君を表す香り』の材料を集めて、三日後までに私の調香室に持ってきなさい」

「は……はいっ」

……今の私を表す香り、って、何ぞ？

いや、とにかく試験を受けさせてもらえるんだ。私は頭を下げた。

「やります！　ありがとうございます！」

ヴァシルさん――いや、ちゃんとヴァシル様と呼ぼう、この人に教えてもらえれば、帰れる希望が見えてくる！　頑張るぞ！　お母さん、これ以上おかしなことに巻き込まれないように気をつけながら待ってて！

拳を握っていると、くくっ、という声。我に返ると、ヴァシル様が低く笑っていた。

「素直な人ですね」

「え？　えっと」

返事に困っているうちに、ヴァシル様は微笑みを残したまま立ち上がった。

「厨房の仕事は続けるように」

短く言って、ガウンを翻すと、ガゼボを下りてお屋敷の中に戻っていく。

私もあわてて、使用人入り口から中へと戻ったのだった。

「すごいじゃない！　ヴァシル様の弟子になる試験⁉」

アネリアさんが驚きの声を上げた。

昨夜はあの後、ここに住み込みで働くメイドのための部屋――二人部屋に私一人だった――に泊まらせてもらった。今は朝食の仕込みの真っ最中だ。

アネリアさんは私をまじまじと見つめる。

「どうやって説得したの？　ヴァシル様、一度も弟子をお取りになったことがないのよ？」

「ええっ、そうなんですか⁉」

びっくりした私は、思わず野菜の皮を剝く手を止めてしまった。

「あ、いやでも、私もまだ決まったわけじゃないですけど」

「まあ、そうよね。でも受かったらすごいわ。だって今までは弟子志望の人が来ても……」

アネリアさんはフッと目を細め、気怠《けだる》げで偉そうなヴァシル様の口調を真似する。

「『君と過ごす時間は、私にはこれっぽっちもありません』……って、こうよ。門前払いだったんだもの」

うまい。似てる。

「弟子一号になれるように頑張って、ルイ」

アネリアさんは笑顔になり、厨房の作業台の脇で何か手紙類をチェックしながらも、色々なことを教えてくれた。

「ヴァシル様は香精師だから、このお屋敷の使用人たちにとって植物園にまつわる仕事はとても大事なの。ハーブや果物や、色々な植物をお使いになるからね。庭師たちが何人も住み込みや通いで働いているから、私たちは彼らが働きやすいようにしなくては」

「なるほど」

にしても、それってつまりヴァシル様一人の収入から、ここの使用人さんたち全員にお給料を払ってるってこと!? 元々財産があったのかもしれないけど、きっと香精師って儲かるんだ。ヴァシル様の実力あってのことだろうけど。

「本当にすごい人なんですね。昨日も、町長さんをここまで呼んでたし……」

そう言うと、アネリアさんは笑う。

「そうね、アモラ侯爵の位をお持ちだし」

「貴族ってことですよね!?」

「そうそう。ルイの国ではどうなのか知らないけど、このエミュレフ公国では、元首の大公様の次の次くらいに偉いお方なのよ。それと、昨日の町長さんが来た件はねー。あれは特殊かな」

アネリアさんは私に顔を近づけて、声を潜めた。

「町長さんが奥さんとうまくいってない時に、何か特別な香精を作ってあげたらしいわ」

「夫婦仲まで、香精で何とかなるもんなんですか？ そういう、二人の気持ちみたいなものが？」

「いやほら、こう、夜に夫婦の間で使うような……やだ、言わせないでよー！」

お、おう。突然の生々しい話題。そりゃ、ヴァシル様が町長さんと奥方とのアレコレを見るわけにいかないって言ってたのも当たり前だ、香精は直感で作るしかないわ。

アネリアさんは身体を起こして笑う。

「あはは、話を戻すわね。通いの庭師たちは夕方で帰るから、一番人手がほしいのは昼食の仕込みだったの。ルイが入ってくれて助かったわ。仕込みが済んだら、午後は勉強なさい」

「ありがとうございます！」

うわー、本当にありがたい。時間を短くしてもらった分、厨房の仕事もちゃんとこなそう！

私はお昼過ぎまで、夢中で働いた。

このお屋敷では、朝食・昼食・夕食にだいたいどんなものを食べるか決まっているらしい。朝食は、前日に焼いておいた果物のタルト、それにゆで卵とハムとチーズ。庭師さんたちが食べやすいものをさっと食べて、仕事に出ていけるように。人によっては持って行って、自分の都合のいい時間に食べてるみたい。

昼食もやはり持ち運びを考えているみたいで、具入りのパンやサンドイッチを作るのを手伝った。こういう軽食みたいなものは、店でもよく作っていたから得意なんだよね。

ちなみに、夕食は庭師さんたちが帰った後、ゆっくり使用人用の食堂で食べる。肉もしくは魚と野菜をオーブン焼きにして、いい部分はヴァシル様にお出しして、残りを料理長から回された私達がスープやシチューにしていただく感じ。昨日は鳥と野菜のクリームシチューで、ハーブと塩の味付けだった。あとは、色々な野菜が入っているサラダに、イギリスの『バタつきパン』と呼びたくなるようなたっぷりバターを塗ったトースト。素朴で美味しかったなぁ。

ヴァシル様が食にうるさいというのも、好き嫌いが激しいとか、高級食材や珍味しか食べないとか、そういうことではないみたい。単に質のいいものを食べたいんだろうと思う。難しい人、というのがワガママ放題っていう意味じゃなくて、何だかホッとした。

「料理に使っている野菜やハーブも、みんな植物園で採れたものですか？」

料理人さんたちに聞いてみると、料理長がうなずく。

「そうだよ。果物もな。勉強がてら、見てくるといい」


仕事を終えて昼食を食べた後、植物園に出てみることにした。裏口から外に出たとたん、「おい」と声をかけられる。

屈強な庭師のおじさんだ。私はあわてて頭を下げた。

「き、昨日は失礼しました」

「いや……それはこっちもだから。何か事故に遭ったんだってな」

もごもごと言った後で、おじさんは続けた。

「ヴァシル様から聞いてる。ルイが植物園の植物を見に来るから、触れたり摘んだりするのを許してやれってな」

「あっ、はい、ぜひ！　ありがとうございます！」

許可をもらったので、私は心おきなく植物園を巡り始めた。

しかし……広い。

花壇、果樹園、畑に温室……そうだよねぇ、ここの人全員の食事をまかなえるくらいあるんだし、香精師の仕事にも使うから植えてる種類も豊富だしね。

意外と、見たことのある植物だらけだった。ミントやローズマリーなどのハーブ、レモンやオレンジなどの果物、食事に出る野菜……異世界なんて言うからとんでもない色や形の植物があるような気がしてたけど、そんなことないんだね。

まあ、それを言ったら人間だってそうだ。私とここの人々は、人種が違うなぁと思うくらいの違いしかない。ヴァシル様は何だか雰囲気が独特だけど、それでも目は二つ、鼻と口は一つずつ。身体のパーツは一緒だ。ただし、服で隠れている部分は考えないものとする。……根拠はないけど直感で、きっと私の世界の男性と同じだと思う。

お屋敷の裏手には厩舎があって、馬がいたけれど、やっぱり私の知ってる馬と同じに見えた。そういえば、体感でだけど、一日の長さも同じくらいな気がする。私の腹時計がそれを証明していた。

「二つの世界にはつながりがない、って、本当かなぁ。実はあるんじゃないの？　香りで行き来できる可能性も出てきたし、こんだけ色々なものが同じなんだし」

つぶやきながら、私はあちこちで花に顔を近づけては香りを試し、葉を一枚摘んでは香りを試し……というのを繰り返した。

足立さんのオリジナル香水に似た香りがないかな、と期待しながら。

「まあ、そう簡単には見つからないよね」

夜。私は自分の部屋のベッドに腰かけて、ため息をついた。

植物園を夕方までたっぷり回り、立ったり座ったり中腰になったり、さすがに疲れたー。でも、足立さんの香水どころか、試験の課題としてピンとくる香りも見つからなかった。

まあ、急がば回れだ。足立さんの香水は置いといて、まずは試験をクリアしなくちゃね。

あらためて、考えてみる。今の私を表す香りとは、何だろう。

「異世界から来たことも証明してもらう、とか言ってたっけ……何それ、どうしたらいいの」

どさっ、と後ろに倒れ込み、枕に頭を乗せた。

すると、ベッドサイドの小さな机に置いてあった香水瓶が自然と目に入る。ヴァシル様にもらった、ラベンダーとオレンジの香りの香精だ。

羽の生えた小さな香精が、瓶の口に捕まって私の方を見ていて、私がそれに気づくとサササッと瓶の中に隠れた。ふふっ、シャイなのかな。透明な瓶だから丸見えだけどね。

いい香り……【花】の大精霊フロエと【果実】の大精霊シトゥルの力で、ヴァシル様が作った香り。本当に心が落ち着いてくるからすごい。

……ヴァシル様は厳しいところもあるけれど、自分の世界を持っているからそれが独特に見えるだけで、決して冷たい人じゃない。冷たかったら、こんな香精、作ってくれないだろう。

ヴァシル様を信じて頑張ってみよう、と思いながら、私は目を閉じた。

「うう。ぐーすか寝てる場合じゃないんだよ……どうしよう、わからない」

野菜の皮を剝きながら、私は困り果てていた。

ヴァシル様に試験の課題を出されてから、一日目も二日目も午後は植物園をうろうろとさまよったけど、これだ！　と思う香りに出会わないまま三日目を迎えてしまったのだ。

今日中には、ヴァシル様に香りの材料を持って行かなくてはならない。

「私を表すって、単に私の好きな香りじゃダメなのかな。アロマテラピー講習会の時は、ゼラニウムの花の香りとか、すごく好きだったけど」

ぶつぶつとつぶやきながら、私は厨房の中を眺め渡した。

作業台の上には籠が置かれていて、そこに今日の料理に使うハーブや、食べられる花などが山盛りになっている。このハーブや花の香りは、一通り試したしなぁ。

その籠のあたりで、ゆらっ、と空気が揺れて見えた。

湯気？　と思いながら目を凝らすと……。

『へえ、君がルイ？　異世界から来たっていう子？』

上からストンと落ちるようにして、目の前に半透明の男の子が現れた。

思わず「ひっ」と声を上げてしまったけど、あ、大精霊だ。

「び、びっくりした、あなたも大精霊？」

『そうだよ。【草】の大精霊ビーカ！』

鮮やかな緑色の髪をした吊り目の少年は、片手でポン、と自分の胸を叩く。刺激的でクールな、すっきりする香りが立った。ペパーミントだ。

「どうして厨房なんかに？」

聞いてみると、ビーカはニヒヒと歯を剝き出して笑った。

『僕は僕が好きだからね。ミントを料理に使っているところを見るのが好きなのさ！』

「そ、そうなんだ」

びっくりしたけど、この機を逃す手はない。大精霊にも聞きたいことは山ほどある。

「ねえ、聞いてもいい？　私の世界には精霊がいなくて、ここはつながっていないって言われたんだ。でも、どうにかつなぐことはできない？　あなたみたいな大精霊の力を借りれば帰れる？」

聞いてみると、ビーカは面白そうな表情になり、頭の後ろで手を組んだ。

『大精霊に、そんな力はないよー。そもそも、大精霊っていうのは単に、香りの代表なだけだから』

「代表って？」

『人々がミントを好んで、ミントをたくさん育てたから、ミントの精霊が力を増して【草】の大精霊ビーカになった。で、香精師と意志を通じ合わせて、香精を作る手助けができるようになった。そういうこと。流行が変わって違う草がたくさん育てられれば、その草の精霊が力を増して、僕の代わりに大精霊になるのさ』

何なの、そのアイドル総選挙みたいな。一番人気がセンターになる、ってことだよね？

「大精霊って、どのくらいいるの？」

『六人いるね』

大精霊は六人、と頭の片隅にメモしながら、私はさらに聞いた。

「でも、大精霊が普通の精霊より力があるのは本当なんでしょ？　六人もいるなら、世界をつなぐ香り、みんなで協力して作ってもらえないかなぁ」

ビーカは呆れたように、首を横に振った。

『だーかーらー、そういうのは大精霊の仕事じゃないんだってば。人間への効果を考えながら香りの組み合わせを決めるのは香精師！　でも、世界をつなぐ効果のある香りなんか、作ったことのある香精師はいないと思うけどね』

「そっか……」

私はしょんぼりして下を向いた。

ビーカがあわてたように、私の顔を覗き込んで話しかけてくる。

『あ、ええと、ごめんねルイ。君が帰りたいと思ってる、その気持ちは伝わってくるんだけど……僕だけじゃ、役には立てない』

「あ、うん、私も勝手なことばかり言ってごめん。もし、私が世界をつなぐ香りを作れそうだってなったら、その時は手伝ってくれる？」

『もちろん。それが、草から生まれる香りだったらね。で、その時も僕が大精霊だったらね』

お、おう。センター守り続けるのは大変なのかもね、世知辛《せちがら》いな。

『まあ、そう簡単に大精霊の座は渡さないけどねっ』

ふふ、強い強い。大丈夫じゃないかな、ペパーミントの香りはたくさんの人に愛されてるもの。

大精霊は六人かぁ……ええと、最初に客間で会ったのが【花】の大精霊フロエ、そして植物園のあずまやで会ったのが【果実】の大精霊シトゥル。で、今この厨房で会ったのが【草】の大精霊ビーカだから、六人のうち三人。

「ねぇ、他の三人って……あれっ」

ふと見ると、ビーカはいなくなっていた。飽きてしまったのかもしれない。

見回した視線が、ペッパーミルの上で止まる。私が持ち込んだペッパーミル、厨房に置かせてもらってるんだ。

そういえば……。

私はペッパーミルに手を伸ばし、軽く匂いを嗅いだ。

アロマテラピーの講習会で知ったんだけど、香りは大きく七つに分類されるんだそうだ。そのうちの一つに、『スパイス系』の香りがあった。料理に使われている香辛料の香りも、これに含まれている。

そう……『ブラックペッパー』の精油も、存在した。ブラックペッパーそのものよりも、オイルの香りは柔らかめで、何だか元気になる香り。お風呂に入れると身体を温めてくれるんだって。

でも、こちらには今まで、ブラックペッパーはなかった……。

ぱあっ、と、頭の中の霧が晴れ渡った。

「これだ」

私は立ち上がる。

この世界にない、私が持ち込んだ香り。私を表してるじゃない！

「これを使えばいいんだ！　あとは……」

私は厨房を見回した。

ブラックペッパーと合う、私らしい香りは、きっとこの厨房の中にある。私と母のお店は、毎日そんな香りでいっぱいだった！

料理長に駆け寄って、私は言った。

「あの、午後、厨房をお借りしてもいいですか？」


ヴァシル様が指定した、三日目の夕方。

一階の奥、廊下の突きあたりまでやってきた私は、重厚な木の扉をノックした。

「ルイです」

「入りなさい」

声がして、よいしょ、と私は重い扉を開く。

中はまさに、魔法使いの部屋のようだった。

いくつもある棚の一部には本がぎっしり詰まり、その棚の前にも本がうずたかく積まれて崩れている。他の棚や箱の中には香水瓶がぎっしりと並んでいた。部屋の奥は三方が窓でサンルームみたいになっており、ガラス扉があって植物園に直接出られそうだ。その辺りにはプランターや植木鉢が所狭しと置かれ、天井からも鉢がぶら下がり、ツタが床まで届いていた。

早い話が、物があふれてぐっちゃぐちゃだ。

サンルームの手前、大きな書き物机の向こうで、ヴァシル様が肘掛け椅子の背にもたれている。

綺麗な白い髪、澄んだ琥珀の瞳、そしてあの、何を考えてるのかわからない微笑み。

その、微笑む唇が、開いた。

「ようこそ、私の調香室へ。君を表す香りの材料は、見つかりましたか」

「はい。ええと……」

私は、おそるおそる言った。

「材料というか……香り、もう作って来ちゃいました」

「……どういうことです？」

ヴァシル様が軽く首を傾げると、カールした髪がふわりと肩で揺れる。

「君はまだ、香精を作れないはずですが」

私はいったん廊下に戻ると、ワゴンの上に置いてあった白いお皿を手に取って戻ってきた。お皿には、ドーム状の金属の蓋がかぶせてある。

書き物机のそばまで行って立ち止まると、私は一つ深呼吸してからお皿をヴァシル様の前に置く。

そして、蓋を取った。

お皿の上には、一切れのケーキが載っている。こんがりいい色に焼けた外側、そしてしっとりした卵色の断面には小さな黒い粒々。飾りに小さなペパーミントの緑も添えて。

「私を表す、香りです。香精を作るのとは違いますが、材料を集めて調理してみました。……レモンペッパーの、ベイクドチーズケーキです」

ヴァシル様は長い睫毛を伏せてお皿に視線を落とし、考え込むような表情になった。そして、ふわりと視線を私の顔に向けて、じっと見つめた。

「これには、例のブラックペッパーが入っていますね？」

そ、その通りですーっ。

クリームチーズで作るチーズケーキには、レモンの汁に、レモンの皮をすり下ろしたもの、そしてゴリゴリと挽いたブラックペッパーが入っている。つまり私はよりによって、ヴァシル様にクシャミをさせて怒らせた、その原因となったものを使った料理を持ってきたわけだ。

また怒られるかもしれないと思うと、背中を冷や汗が伝う。でも、今の私を表す香りを考えた時、これだ、これしかない、と思ったから。

『カフェ・グルマン』で私が作っていたもの、そして大好きなメニュー。私を、受け入れてほしいという気持ち。あの店に帰りたいという気持ち。全部が、このケーキに詰まってる。

ごくり、と喉を鳴らしてから、私は言った。

「クシャミは出ませんから……どうぞ、召し上がって下さい」

「…………」

ヴァシル様は、お皿に添えたフォークを手に取った。

チーズケーキに、フォークを入れる。柔らかく下りたフォークは、ケーキの台になっているタルト生地をサクッと割って、軽くお皿に当たる。

一口分切り取って、口へと運んだ。形のいい唇が開き、ケーキを迎え入れる。

私はどきどきしながら、何か言われるのを待った。

じっくり味わってから、ヴァシル様は喉を動かし――。

そして、フォークをお皿に置いた。

ダメだった……？　と思った瞬間、ヴァシル様はお皿を持ち上げて自分の顔に近づけ、匂いを嗅いだ。それから、もう一度お皿を置き、フォークを手に取り、もう一口。

「……甘い香りと、レモンの香り……そこへ刺激的な香りが飛び込んだら、こんなにも合うとは」

ヴァシル様がまじまじと私を見て、独白のように言った。

「まるで、この世界に飛び込んできた、ルイのようだ」

私は思わず身を乗り出した。

「そ、それじゃあ！」

「甘くて、爽やかで、刺激的。これは、今の君そのものを表す香りだと思います」

ヴァシル様は一度言葉を切ると、納得したようにうなずいて、微笑んだ。

「合格とします」

いやったーあ！

私は思わず両手を拳にして、「いぇっす！」と叫んでしまった。

そのとたん、低い男性の声がした。

『ヴァシル。精霊を呼びますか』

すーっ、とヴァシル様のすぐそばに姿を現したのは、白髪の、痩せたおじいさんだった。

お香のような、昔懐かしい香りがする……何の香りだろう。このおじいさんも、大精霊？

ヴァシル様はおじいさんをちらりと見て、うなずいた。

「そうですね。こちらの世界に、今、ブラックペッパーの香りが存在するのだから……。精霊が生まれれば、そこからブラックペッパーそのものも生まれるでしょう」

おじいさんもうなずき返し、そして私を見る。

『シトゥルやビーカが騒いでいたのを聞いたよ。君がルイだね。私は【樹脂】の大精霊ハーシュだ』

「わ、はい、よろしくお願いします」

樹脂、と聞いたとたん、私は足立さんに教わった香りを思い出した。気品があって、落ち着いた深みのある香りで、ちょっと柑橘っぽい感じもある……。

フランキンセンスの香りだ！　いわゆる乳香。おじいさんは、フランキンセンスの精霊なんだ。

【樹脂】のセンターが、この上品なおじいさんなんだなぁ。

『君が持ち込んだブラックペッパーの香りは、私と気が合いそうな気がするんだ。力を貸そう』

ハーシュおじいさんが言ったところへ、横からひょいっと顔を出したのはオレンジの髪の少女。

【果実】の大精霊シトゥルだ。相変わらずオレンジジュースのようないい香り。

『ずるいわハーシュ、私も仲良くできそうな香りよ？　このお菓子、私の仲間のレモンと合わせてあるんだし。ね、ヴァシル様、私にも手伝わせて』

二人が、残ったチーズケーキの上に手をかざす。

え、何をしようとしてるの？

不思議に思っていると、椅子を後ろへ引いたヴァシル様が私を呼んだ。

「ルイ、こちらへ」

「は、はい？」

ヴァシル様の手が示す通り、机を回り込んでヴァシル様のいる側に行くと、不意に白い手が伸びてきた。するり、手を取られ、引き寄せられる。

えっ、えっ？

その手の、ひんやりしたなめらかな感触に頭が真っ白になっていると、ヴァシル様の声がする。

「君も力を貸しなさい。君がこの世界に持ち込んだ香りです」

至近距離で聞くその声は、優しく鼓膜を震わせる。ヴァシル様の前に後ろ向きに立たされたと思ったら、ヴァシル様の両手が背後から腰に回り、さらに引き寄せられた。座ったヴァシル様の足の間に身体が入ってしまう。

待って、胸がドキドキする！　ちょっとよろめいたら、ヴァシル様の膝にうっかり乗っちゃいそうなほど近い……！

固まっている私の両手を、ヴァシル様の両手が後ろからすくった。一瞬ビクッとなってしまったけれど、されるがままに持ち上げられる。

私は、お皿の上に両手を差し出す格好になった。何かを、受け止めるように。

始まる、でも、一体何が？

ヴァシル様は、唱える。

「鋭く、刺激的な香りよ。熱をはらんだ香りよ。来たれ、生まれ出でよ」

そのとたん、頭の芯が熱くなった。

「あっ……」

「大丈夫、そのまま」

すぐそばで、ヴァシル様の声。

ああ、ブラックペッパーの香りがする……。

頭の奥の熱は、ゆっくりと私の喉を通り、胸の中を熱くし、それから上半身に広がって指先にまで届いた。ふわふわして力が抜けてくる。気持ちよくて、とろん、となった。

ヴァシル様の手の上にある私の両手の上に、光の玉が生まれた。その光は、急激に強くなる。

な、何⁉

あまりのまぶしさに、思わず目を閉じた。

やがて、瞼に映る光が収まってきた時……新たな声がした。

『ふわーあ』

……ん？　あくび？

目を開けてみた。

私の両手の上に、二つのものが載っている。一つは、緑色の粒々がブドウのように連なったもの。

そして——。

両手両足をピーンと伸ばし、目を閉じたままあくびをしている、小さなスカンクだった。

「わあっ！」

私は思わず、ホールドアップするようにサッと手を広げた。

その黒い生き物はパッと目を見開き、『おっと！』と言いながらヴァシル様の机の上に飛び移る。

手に、緑色の粒々も握っていた。

図鑑やテレビで何度か目にしたことのある、スカンク。鼻筋と背中が白く、他の部分は黒くて、そして……ふぁさっと動く尻尾の付け根、早い話がお尻のあたりから、とんでもない匂いが出るというじゃないか。そりゃびっくりするわ！

スカンクから離れようとして、自分がまだヴァシル様の両手両膝の間にいたことに気づき、私はあわててつんのめるようにしてテーブルの横に出た。

後ろ足で立ったスカンクは、その場の全員に向かってビシッ、と右前足の指（たぶん親指）を一本立てた。

『よう、来たぜ！　オレはブラックペッパーの精霊だ。よろしくなっ！』

そして、額の上に前足で庇《ひさし》を作りながら、きょろきょろとあたりを見回す。

『おっと？　この国には、【スパイス】の精霊が見当たらないな。じゃあ、オレが【スパイス】の大精霊だなっ！』

だ、大精霊！

私が持ち込んだブラックペッパーが、いきなり【スパイス】のセンター！　他のスパイスの精霊が見当たらないなら当たり前かもだけど！

ヴァシル様が落ち着いた声で言った。

「無事に生まれましたね。歓迎しますよ、【スパイス】の大精霊」

『おう！　任せろ！』

態度のでかいスカンクだ。

ヴァシル様は私の方を手で示した。

「あなたを生んだのは、彼女です」

生んだ？　さっきのアレ？　私が？

スカンクが、私に視線を移した。そして、ハッとしたように目を見開き、じーっと私を見つめる。

な、何。

『……美しい』

スカンクは、机の上を移動して私の真ん前まで来ると、片手を胸に当てて優雅にお辞儀をした。

『君こそ、オレという大精霊を生み出せし母なる存在だ。名前を教えてくれないか？』

「え、名前？　ルイだけど」

私が言うと、スカンクは妙に色気のある流し目で私を見る。

『美しきルイ。どうか、オレに名前を授けてほしい』

名前……？

『大精霊としての名前だ。ブラックペッパーのオレは、スパイスの代表としてその名を名乗る』

「あ、ああ、そういうこと……ええと」

ラベンダーの精霊がフロエを、オレンジの精霊がシトゥルを名乗るように、ブラックペッパーの精霊も大精霊としての名前が必要なのね。

「え、今？　今すぐ決めるの？　呼びやすい方がいい？　それとも神秘的なの？　ああ、それに他の大精霊の名前とは似てない方がいいよね？」

難しく考えるとこんがらがる！

よ、よし。直感だ。ヴァシル様だって言ってたもん、香精師には直感も大事だって。

私はまじまじとスカンクを見つめた。

『……そんなに見つめられたら、照れるぜ……』

くねくねと身をよじるスカンクは、照れ隠しなのか、ポンッと宙返りした。

スカンク。ペッパー。ぴょんぴょんしてる……。

私は思い切って、言った。

「ポップ！　【スパイス】の大精霊は、ポップと名づけますっ！」

『すっごーい！　七番目の大精霊ポップの誕生だぁ！』

シトゥルが大喜びで飛び回った。ハーシュおじいさんはウムウムとうなずいている。

しゅたっ、とスカンクが私の前に戻ってきた。

『ありがとう、ルイ。オレは君の僕《しもべ》だ。いつもそばにいるから、何でも言ってくれ』

「そ、それはどうも」

私はうなずきながら、こっそり考えた。

……他の大精霊は人の姿なのに、何でこんな、絶対いい香りなんかしないだろ的なビジュアルなの……。まさか私のせい？　ブラックペッパーが黒くて刺激的だから、私の中でこんなイメージができちゃってたのかな？

ヴァシル様が、目を細めて笑う。

「まさか、異世界からの来訪者が『命名者』になるとはね」

時々、こうやって本当に楽しそうに笑うところは、優しそうだ。こんなヴァシル様も、本当のヴァシル様なんだろうと思う。

つい見惚れてしまいながら、私は聞いた。

「命名者、ですか」

「ええ、七つ目の新しい香りのグループのね。そして、この緑の粒はブラックペッパーの種。この世界に新しい植物がやってきたわけです。これからポップが、大精霊として人々の役に立つでしょう」

何だか、すごいことになっちゃった……。ええと、ブラックペッパーはコショウの実を乾燥させてあるから黒いんであって、この緑色のはつまり乾燥させる前の実だね。中に、種があるはず。ここからきっとコショウが育つんだ。

呆然としている私の前で、ヴァシル様は顔を上げた。

「ポップ、初仕事です。シトゥルも」

『了解！』

『はーい！』

ヴァシル様は立ち上がって机を回り込むと、部屋の中央にぽっかり開いたスペースでかがみ込み、あの胸のペンダントから蠟石を出して魔法陣みたいなものを書いた。その真ん中に、食べかけのレモンペッパーチーズケーキの皿を置いて立ち上がる。

そして、唱えた。

「爽やかな風の香りとともに、目覚めの刺激を」

『爽やかな風と！』

『目覚めの刺激を！』

ヴァシル様の声に応えてシトゥルとポップが唱えると、空中にポワンと卵大の光が生まれ、そして弾け——。

ふわり、と、小さな香精が誕生した。

薄いレモン色の姿、白い光の粒をまとっている。

「あっ……いい香り。レモンペッパーの香精ですね⁉」

思わず声を上げる私に、ヴァシル様は微笑む。

「気持ちがすっきりする香りですね。なかなか気に入りました。私のそばに置いて、仕事前にすっきりさせてもらうことにしましょう。……君も弟子として、私のそばに置きますよ、ルイ」

わっ、やった！　宣言してもらったよ、私は弟子だって！

「はいっ、師匠！　よろしくお願いします！」

ぺこりと頭を下げ、そして顔を上げると、ヴァシル様は私の目をじっと見た。

ちょっと居心地の悪さを感じて、おそるおそる聞く。

「どうか、なさいましたか？」

「いや。……少し、こちらも君に本気になろうかと思っていたところです」

「ほ、本気って⁉」

君に本気って、何だか告白みたい……なんて思ってしまったけれど、肩に飛び乗ってきたポップが言う。

『おっ、ルイは香精を作る勉強をするのか。ヴァシル、本気でしごくってことだよな。よーし、オレも力を貸すからな！』

あ、そっち。だよね、もちろん。

「あ、はは、ありがと」

本当に私にくっついて離れないつもりかな、この子……と、私は戸惑いつつも苦笑い。

ふと見ると、ヴァシル様は魔法陣からケーキのお皿を取り上げ、机を回り込んでいた。

何だか、いそいそしてる……？

ヴァシル様は座りながらフォークを手にしたところで、私の視線に気づいた。とたん、なぜか真顔になってお皿を自分の身体で隠すようにする。

「これは私が、全部、いただきます」

その駄々っ子みたいな『全部』の言い方に、私は思わず噴き出してしまった。

気に入ってもらえたんだ！　取ったりしないのに。何だか可愛い！

まだ事情がわからなかったころは、ヴァシル様が腹黒に見えて怖かった。でも、どんどん印象が変わっていく。逆に、こんなに色々な面を持っている魅力的な人って、会ったことがないかも？

上手くやっていけそう、と思うのと同時に、これからの日々が楽しみになってきた私だった。

ちなみに、ワンホール作ったレモンペッパーチーズケーキの残りは、厨房スタッフの皆で美味しくいただきました。

‡　‡　‡

レモンペッパーチーズケーキを食べ終えると、ルイは私に挨拶をし、皿を持って調香室を出て行った。扉が閉まる。

食後の紅茶を一口飲み、私は軽くため息をついた。

「美味しかった」

そういえばさっきは、美味しいと言わなかった。ルイがいる時に言えばよかった、と苦笑する。

まさか、あんな娘が来るなんて。

私は、ルイがこちらに現れた時のことを思い出した。

私の館の前に、あちらの世界から現れた娘。それが、ルイだった。

明らかにこちらの生まれではない顔立ちを見て、彼女が異世界人であることはすぐにわかった。

送り込んだのはもちろん、彼だ。

『ヴァシル。僕は必ず、あちらの世界で、こちらの世界を救う人を見つける。君が待っていてくれるから、僕は安心してあちらに行ける』

そう言った、私の唯一の友人は、約束を守ったのだ。

心の奥に懐かしい記憶がよみがえり、胸が熱くなる。

彼が見つけ出した希望を無駄にしない。この世界を救うために、彼女を利用させてもらう。

地面に座り込み、呆然と私を見上げていたルイ。柔らかそうな髪、素直に感情を表す瞳——可愛らしくはあったけれど、最初はごく普通の娘に見えた。

そんなルイに、全力で『使命』を果たす気になってもらわなくてはならない。

まあ、ルイは母親を心配していて帰りたいという気持ちが強いようだから、香精の力で帰れると思えばその気にはなるだろう。何も知らない彼女に一から香精師の仕事を教えるのは骨だろうが、素直な娘だ、褒めて甘やかしてやればうまくいくに決まっている。そう思った。

ところが、だ。

その後の展開には驚いた。試験の時、ルイが料理で表現した新しい香りに！

ルイが光を放っているように見えて、もしかして、と私は思わず彼女を引き寄せた。そして彼女は私の腕の中、【スパイス】の大精霊を生み出したのだ。

まさか、こんなに面白いことになるとは。

私はもう一口、紅茶を飲む。気がつくと、口元が勝手にほころんでいた。

つまり私は、俄然《がぜん》、彼女に興味が湧いているのだ。

彼女からはもっともっと、何かが引き出せそうだ。修業にへこたれないように、もう一つエサを用意してもいいかもしれない。

そう……私が男として、ルイを誘惑したらどうだろう？

さっき、ちょっと引き寄せて触れただけで、緊張して身体を固くしていたルイ。男に免疫がないのなら、すぐに私を意識するはずだ。

ルイに微笑みかけ、触れよう。何か、贈り物もしよう。香精師の技術を叩き込みながらも、時々、思わせぶりな言葉をかけてやろう。怖がらせないように少しずつ。

私がレモンペッパーチーズケーキを楽しんでいるのを見て、くすくすと笑っていたルイの顔が思い浮かぶ。私を好きになり、私のために料理をし、私が喜ぶことが彼女自身の喜びになれば、きっといつもあんな笑顔を見せてくれるだろう。

……『見せてくれる』？

いや、まあ、あまりやりすぎないように気をつけなくては、とは思う。そばに置くのは、元の世界に帰るまでの間だからだ。どうせ最後に突き放すのだ、後腐れもない。

そして、目的を果たしたら――この世界での私の仕事は、終わりだ。

世界が救われ、ルイが元の世界に帰ったら、私は山奥にでも隠居して一人で暮らそう。

精霊たちと共に。人間であることを忘れ、自然の中に溶けて。

いつかは消えてしまうとしても——それが一番、幸せなことのように思えた。

ルイとの日々は、最後の娯楽として楽しむことにしよう。

紅茶のカップを置き、その代わりに、そばに置いていたレモンペッパー香精の瓶を手に取る。

ふわっ、と香精が私の周りを巡り、爽やかさの中にほんのりと、刺激を感じさせた。

第二章　解放のバジル

「それじゃあルイ、収穫よろしく！」

「はい！　行ってきまーす」

背負い籠を左肩にひっかけ、私は厨房を出た。

半地下の裏口から煉瓦の階段をトントンと上り、植物園へと回りこみながら、料理長さんに言われた食材の名を口の中で唱える。

「えーっと、ジャガイモを二十個、リンゴを十個、トマトを二十個。それから葉野菜とハーブ。この順番で収穫して戻るか」


エミュレフ公国アモラ侯爵領、香精師ヴァシル様のお屋敷。そこの厨房が、今の私の職場だ。

私たちは朝食が終わったら、すぐに庭師さんたちの昼食の準備にかかる。お屋敷の敷地の大半を占める植物園は、何人もの庭師さんたちに管理されているんだけど、彼らは自分の仕事に合わせて昼食をとる時間がまちまちなので、いつでも提供できるようにしておかなくちゃいけない。

食事に使う野菜や果物はすべて、植物園で収穫する。畑と果樹園を回って固い種類から籠に入れていき、もう一度畑に戻ってその上に葉野菜をどっさり、そしてハーブ園でペパーミントやバジルやパセリを摘んでファッサーと載せて。

えっほえっほと厨房に戻ると、料理人さんたちがパイやタルトの生地を作っていた。

「今日はジャガイモと細切り肉のパイと、リンゴのタルト、野菜とチーズのサンドイッチかー」

メニューを確認し、他の人たちと手分けして、パイやタルトやサンドイッチのフィリングと具を作る。庭師さんたちは外で昼食をとるので、簡単に食べられるものがいいのだ。

ふかしたお芋のほっくりした匂い、リンゴを煮る甘酸っぱい匂い、葉野菜をちぎった時のフレッシュな匂い。厨房は美味しい匂いに満ちている。

焼き上がったパイをトレイに並べ、庭師さんが取りやすいように棚に置く作業は、ちょっとパン屋さんに似ている。私が日本で母とやっていた『カフェ・グルマン《くいしんぼう》』は小さいお店だったから、こんな風にはできなかったけど、実はちょっと憧れてたんだ。パン屋さん……おしゃれにフランス語で言えばブーランジェリー併設のお店って、いいよね。

——お母さん、一人でお店、大丈夫かな。トラブル引き寄せ体質だからなぁ。

私は母に思いを馳せる。

まあ、恋人の足立さんがとても頼りになりそうな人だったから、きっと守ってくれてるんじゃないかと思うけど、心配だからできるだけ早く日本に帰りたい。

そのためには、こちらに来たきっかけになった、あの不思議な香り——足立さんがどこかで嗅いだ香りを再現したものだと言っていたけど——を再現しないと！

『ルイ、今日もペパーミントを摘んできたんだね！』

嬉しそうにふわふわと現れたのは、少年の姿をした【草】の大精霊ビーカだ。元々ペパーミントの精霊で、現在ハーブの中で大きな勢力を持っているので大精霊になった。

「そうだよー、やっぱりミントティーは美味しいし、すっきりするもん」

お湯を沸かしている間にペパーミントの葉を取っていると、料理人さんたちが私を見て含み笑いをしながら言う。

「【草】の大精霊が来てるのね？」

「やっぱりルイは私たちと違うな、ちゃんと話せるんだから」

お屋敷で働いている人たちは、一応大精霊が見えるらしいんだけど――前にヴァシル様が「私の屋敷で働く人間に、見えない無能はいらない」とか何とか言ってた――何の大精霊か見分けたり、会話をしたりすることはできないのだ。

「あはは、そうです。何かひとり言みたいで恥ずかしいんだけど」

照れ隠しにズバババとミントの葉をむしっていると、ヴァシル様の昼食を作っていた料理長が声をかけてくれた。

「せっかくの才能だ、しっかり伸ばせよ。ミントの下処理が終わったら、昼飯食って修業に行きな」

「はい、ありがとうございます！」

私はお礼を言って、ミントの処理を続けた。

ビーカが嬉しそうに言う。

『ルイが香精師の弟子になるなんて、ルイの生み出した料理の香りがよっぽど「精霊王」様に好かれたんだね！』

「え？　『精霊王』様って、何？」

聞きなれない言葉に聞き返すと、ビーカが不意にぴょんっと空中で飛び上がった。

『あ、ごめん！　精霊たちにすごく好かれてるねっていう意味で言っただけだよっ。じゃあね！』

ビーカ少年はそのまま、ふいっ、と消えてしまった。

へぇ、精霊たちに好かれることを、そんな風な言い回しで表現することがあるんだな。

そう思いながら、私はそのまま作業を続けて終わらせた。

厨房の皆に挨拶し、昼食をお皿に載せて布巾をかけ、階段を下りたところにある自室に向かう。

ヴァシル様に無礼を働いたお詫びに働き始めたはずが、二人部屋を一人で使わせてもらっているという贅沢な身分になってしまった。

扉を開けたとたん、いきなり顔に何かが飛びついてきた。

「ぶっ」

『ルイ！　会いたかったぜ！』

すぐにパッと離れて私の目の前に浮かんだのは、黒い毛並みに白い筋の入った動物。スカンクだ。

彼はブラックペッパーの精霊で、【スパイス】を代表する大精霊でもある。

「ポップ、別に待ってなくていいのに」

部屋に入りながら言うと、大精霊ポップは空中で腕と足を組みながら言った。

『外には出かけてたぜ？　オレも新参者だ、植物園の皆に挨拶しとかないと。ヤレヤレ、気が利きすぎて困りものだな』

……こいつはとにかく、自分を褒めまくる。

『そろそろルイが戻ってくると思って、オレも戻って待ってたのさ。いやー、ここの植物園は魅力的な精霊が多いなー』

「あ、そう……」

いかにもプレイボーイな発言だなと思っていると、ポップは私の肩に肘をかけてウィンクした。

『ははっ、オレのルイの魅力に敵う奴はいないけどな！　待ち遠しかったぜベイベ』

何がベイベだ。私はあんたのカノジョじゃなくて『命名者』だっつーの。……一応。

それはともかく、こいつは自分だけでなく周りも褒めまくる。長所といえば長所だけど、日本人の私から生まれた感じがしない。

「この子、本当に私から生まれたのかなぁ」

『エエッ!?　ボクはお母さんの本当の子どもじゃないの!?』

ポップはノリがいい。つい私もつられる。

「そうよ、みかん箱に詰められて橋の下に捨てられてました。ちょっとポップ、あまりくっつかないでよ」

『ハハン、照れてるな？　ルイ』

あんたからとんでもない匂いがしてきそうで嫌なのよっ！

……とは言えない。スカンクの姿に生んでしまったのは私らしいからな……。

焼きたてアツアツのパイを楽しみ、次にバジルの風味のするサンドイッチを頬張っていると、コンコン、とノックの音がした。

「はいっ」

「ルイ、ちょっと失礼」

顔を覗かせたのは、アネリアさんだ。手に布の包みを持っている。

「これ、今ヴァシル様の従者が届けに来たの。修業の時に、これを着るようにって」

「あっ、ありがとうございます！」

駆け寄って受け取ると、アネリアさんは「頑張って」と手をひらりと振って立ち去って行った。

「何か、決まった服装があるのかな」

リンゴのタルトはお夜食に回すことにして、ミントティーをがばっと飲んで食事を終える。

そして、包みを開けてみた。


「ヴァシル様」

一階の奥にあるヴァシル様の調香室に入ると、私はぺこりと頭を下げた。

「あのっ、これ、ありがとうございます！」

「ああ、ルイ」

本棚の前に立っていたヴァシル様が、私を見て微笑む。

「よく似合っている。可愛いですよ」

男性に、可愛いって言われた。しかもよりによって、美形なヴァシル様に！

ぼん、と顔が赤くなり、これじゃあ照れているのがバレバレだと思うとますます顔がカッカする。

「こ、こんな格好、したことなくて……」

落ち着かない気分で、胸元の飾りに触れる。

私は、人生初のローブを身に着けていた。膝丈のそれはオリーブ色で、袖なしのコートにミニマントをつけたように見えるデザイン。胸元を金細工の素敵な金具で留めるようになっている。ローブの下は繊細なレース飾りのついたブラウスと上品な赤のロングスカート、そして編み上げのブーツ。

「あの、これが香精師の見習いの制服なんですか？」

聞いてみると、ヴァシル様は手にしていた本を置いて私の方にやってきた。

「香精師見習いであることは、ローブの金具でわかるようになっています」

軽く、私の胸元の金具をすくうようにして触れる。

「後は特に決まりはありません。ここに来た時の服装も悪くはありませんでしたが……君は私のものになったのですから、私が君に似合うと思う色を着せたくてね」

んん？　ヴァシル様のものになった？　あ、弟子になったって意味？

外国人、言うことが紛らわしいわ！　って、ここでは私が外国人っていうか異世界人か。

「あ、はいっ。ヴァシル様の弟子になったという自覚を持って、頑張りますっ」

「うん」

ヴァシル様はどこか面白そうに微笑むと、

「それではルイ、今日使う材料の収穫を頼みます」

と説明を始めた。

香精を作るには、材料がいる。食べられる植物は私の知っているものばかりなんだけど、それ以外はサッパリだから覚えなくちゃいけない。

私は自分で取ったメモを手に、調香室から直接植物園へと出た。


「おう、『コショウ爆弾のルイ』じゃないか」

煉瓦敷きの小径《こみち》に出たとたん、屈強な庭師さんの一人に出会う。

「何ですかその物騒な二つ名！　もうコショウでご迷惑はかけませんって！」

あわてている私の横で、ポップが親指を立てながら言う。

『そうさ。迷惑どころか、オレはお役立ちな男だぜ！』

「ん？　大精霊がいるのか」

庭師さんたちにはポップがぼんやり見えているみたいだけど、聞こえてはいないのである。

「あはは、ええっと、すみません、パチュリ……ってどこですか？」

「ああ、それなら温室だな」

庭師さんは教えてくれ、

「見習いの格好、似合ってるぜ。頑張れよー」

と見送ってくれた。

大きな温室には、溢れる緑の合間に道が作られている。低木の植えられた一角に行き、教えてもらったパチュリの葉を摘んだ。シソの葉っぱに似ていて、ちょっと墨汁みたいな香りがする。

葉の周りに、何かキラキラした粒子が見えた。香精のように形になっては見えないけれど、これがパチュリの精霊だそうだ。

『おおっ、この精霊も魅力的だな！　イキイキしてるぜ！』

ポップがパチュリの葉に投げキスをした。

……もしかして、ポップの言う魅力的って、セクシャルな意味じゃなくて生き物として、ってことなのかなぁ。

「次、次。ベルガモットはどれだ」

『ルイ！　ベルガモットならここよ』

温室の中の、果樹のある一角から誰かが呼んでいる。

オレンジ色の髪に丸顔の女の子。【果実】の大精霊シトゥルだ。

『これこれ。この、まっ黄色い実ね』

「ありがとう、シトゥル。これも、私のいた世界にあったよ」

確か、紅茶のアールグレイに香りをつけるのに使うんだよね、ベルガモットって。

ありがたく、実をもぐ。ふわぁ、爽やかな香り！　粒子がキラキラして、お花みたいな香りもする。

「さて、次はネロリっていう花だ」

温室を出ながらあたりを見回すと、外の果樹園の方から声がした。

『ネロリはここですわよ、ルイ』

呼んでいるのは、【花】の大精霊フロエ。薄紫の長い髪をたなびかせて、今日もたおやかに微笑んでいる。

『私の仲間。この木なの』

彼女が指したのは、背が高くて細い木。つやつやした緑の葉、白いふっくらしたつぼみのような花が咲いている。摘んでみると、ちょっと赤ちゃんみたいな甘い匂い。

「ここ、果樹園だよね？　でも【花】のフロエの仲間なの？」

『そうよ。果樹に咲く花も、花だもの』

フロエは微笑んだ。シトゥルがにこにこと教えてくれる。

『あのねルイ、この木にはビターオレンジっていう実が成るの。ビターオレンジの精霊は、あたしの仲間。で、同じ木でも花の精霊は、ネロリ。フロエの仲間』

『枝や葉には、プチグレンという精霊がいます。プチグレンは、【樹木】の大精霊トレルの仲間なのですわ』

「ひえぇ」

私はげっそりしてしまった。

一本の植物から、【花】【果実】【樹木】の三つもの種類の香りが生まれるってことだよね。これ、覚え切れるの……？

いや、覚えるしかないっ。だって、香精師になって、足立さんのあの香りを再現しなくちゃならないんだから！

他にもいくつか花や葉を収穫して手提げ籠に入れ、私は大精霊たちにお礼を言って、調香室まで持って行った。

「ただいま戻りました！」

机で何か書き物をしていたヴァシル様は、私に流し目を送った。籠を差し出すと中身を確認してくれる。

「……全部、揃っている。どうやら、大精霊たちがルイを甘やかしているようですね。あまり手を貸さないように言わなくては」

淡々と厳しいことをおっしゃるので、私はあわてた。

「それは勘弁して下さい！　私、こちらの文字が読めないので、植物の名前や形を本で調べることができないんです。庭師さんたちや大精霊たちに聞けないと、収穫できないし覚えられませんっ」

ヴァシル様は、聞いているのかいないのか、優雅かつクールに微笑んだだけだった。

そして、おもむろに作業が始まった。立ち上がったヴァシル様は床に魔法陣のようなもの——調香陣というらしい——を書き始める。大精霊の力を借りて植物の香りを混ぜ合わせ、香精を生み出すのだ。

深く、澄んだ、美しい声が、呪文を唱える。

「初めに、甘く爽やかな香りを。やがて花のように弾け、優しい花びらで包め」

この呪文にも、実はすごく意味があった。

まず、生まれた香精から何がどんな風に香るかを表している。一つの香りにもいくつかの特徴があって、そのどの部分を強く出すかを、呪文で指定しているらしい。

それに、呪文は香りの順番も表していた。今、目の前で生まれた若草色のちっちゃな香精が、私の周りをくるりと回ってヴァシル様のところへ戻っていったんだけど――最初にスイートオレンジの香りが、そしてその次にネロリ、ラベンダーの香りをさせて去っていった。

香精の香りは、変化するのだ。そういう風に、ヴァシル様が呪文によって作っているから。

私が日本で受講したアロマテラピー講習会によると、最初に香るのがトップノート、次に香るのがミドルノート、そして最後に残る香りがラストノートという。

うーん、難しい。ますます、本当に香精師になれるか自信がなくなってきたよ。

そんなことを考えていたら、少しボーッとしてきた。

「はぁ……な、何だか眠くなりそうなほど、落ち着く香りですね……」

「眠れない人のために作った香精ですからね」

あっさりと言うヴァシル様の声に、私はあわてて両手で頬を叩いた。香精はすごく効くんだけど、まさかここで寝るわけにはいかない。

するとと、どこからかレモン色に光る香精が現れて、私の周りをくるりと回った。あっ、爽やかでちょっと刺激のある……こないだ生まれたレモンペッパーの香精だ！

「ありがと、おかげで目が覚めた」

私は香精にお礼を言った。香精は、目鼻立ちはハッキリとは見えないんだけど、笑っているような気配が伝わってくる。

ボードに白い紙を載せた私は、鉛筆のような筆記具で今の処方をせっせと日本語でメモった。不眠の人のための香精に、スイートオレンジとネロリとラベンダーを使用、と。呪文は、「甘く爽やかな香り」っていうのがトップノートのスイートオレンジを指していて……。

「呪文は、香精師によって異なります」

肘かけ椅子に腰かけたヴァシル様が、気怠げに私を見る。

「いずれは君なりの解釈で、言葉を選べばいいでしょう。……ところで、ルイ。それを書き終わったら、お使いを頼まれてくれませんか」

「はい、もちろんです。何をですか？」

急いで書いてから聞くと、ヴァシル様は傍らのテーブルの上に置かれたいくつもの小瓶を指先でつつきながら言った。

「そこのレモンペッパーの香精と、今作った香精が入る瓶を、注文しに行ってほしいのです」

瓶の、注文？

ヴァシル様が二体の香精を促すと、彼ら（彼女ら？）は瓶の上を飛び回り、それぞれ適当な瓶の中に入った。

「これは、仮の瓶ですからね。ひとまずこの状態で持って行きなさい」

「仮の、瓶」

「先日、シトゥルが少し言っていましたが……香精は、その香精のイメージに合った瓶に入れると効果が高まるのです。さらに、寿命も延びる」

ヴァシル様が説明してくれる。

「例えば、そうですね、この瓶に入れたままだと一年程度でこの香精は自然に還《かえ》ります。わかりやすく言えば、消える、ということですね。けれど、香芸師が作った瓶なら二年は保《も》つでしょう。詳しいことは、職人が教えてくれます」

「は、はい」

私はヴァシル様から瓶を受け取る。

「ああ、そうだ……ルイ」

「はい？」

顔を上げたとたん――。

立ち上がったヴァシル様が、右手で私の腰を引き寄せた。

へ？　また!?

固まっていると、ヴァシル様の左手にはいつの間にか、ペンダントが載っていた。あの、パカッと開くようになっていて、中に陣を書く蠟石みたいな石が入っているペンダントだ。

「これをかけていなさい」

ヴァシル様は優しく微笑み、しゃらり、と私の首にペンダントをかけた。鎖の下になった私の髪を、その指がさらりと梳《す》くようにして出してくれる。指が首筋に触れて、ドキッとした。

じ、自分でやるのにっ、ペンダント渡してくれれば……！

「あっ、ラベンダーの香りがしますね！」

あたふたと、ペンダントを確かめるために下を向く。親指と人差し指で持って近くで見ると、全面が銀細工の透かし模様になっていてとても綺麗だ。高価そう。

「【花】のフロエが香りをつけた石です。君を守る、魔除けになる」

ヴァシル様は、ペンダントを持った私の手首を軽くつかむと、頭を下げてペンダントに口づけた。

ふわ、と、ヴァシル様の髪からも、ウッディないい香りが……。

「そ、そうなんですか、ありがとうございます！　ええと、どこに注文しに行けばいいのか教えて下さい！」

私はさりげなく、手を引っ込めた。

こっちの人には、こういう身体的接触って普通なのかな？　恋人でもないのに、いや、恋人だとしても、こんな風に甘く触るものなんだ？　おままごとみたいな付き合い方しかしたことない私には刺激が強すぎるっ。しかも相手がヴァシル様じゃ、ドギマギしない方がおかしいでしょ！

もうあまり色々と考えないようにしながら、私は瓶を作る職人さんがいる場所を教えてもらい、素早くメモった。瓶と一緒に、手に提げる籠に入れる。

「よしっ、それでは行ってきます！」

「ええ、気をつけて。ポップ」

ヴァシル様は、本物の琥珀みたいな綺麗な瞳で私を見つめると、ふいっとポップに視線を移して微笑んだ。

「ルイはこの世界で、この屋敷から初めて外へ出るのです。頼みましたよ」

『ボディガードってことだよな！　任せろ！』

ポップがばっちーんとウィンクした。

ヴァシル様は厳しいけど、お守りも下さったし、私のこと心配して下さってるらしい。

ちょっと、嬉しくなった。


ヴァシル様のお屋敷——アモラ侯爵邸は石積みの壁に囲まれていて、所々に丸く開いた窓には装飾的な鉄の格子がはまっている。裏口も黒の鉄の門で、私はそこから外に出た。

「おおー……」

ヴァシル様のお屋敷が高台にあることが、初めてわかった。植物園のぐるりを高い木が取り巻いているので、今まではどんな立地なのか、よくわからなかったのだ。石畳の道には腰の高さの壁があり、その向こうに広く町並みを見下ろせる。

何て緑豊かな町だろう、緑の木々に赤茶色の屋根の家々が埋まっているように見える。町の中央には、ドーム状の屋根を持つ神殿みたいな建物も見えた。

「綺麗な町だなぁ、アモラって」

道の先は階段になっていて、下りていくと広い道に出た。そこも石畳で、街路樹が植わっている。教えられた通りに右に折れ、通り沿いに歩いていった。日陰を作るためか、家々は二階部分が道に張り出した作りになっていて、その下にプランターや干し果物など様々なものがぶら下げてあるのが可愛らしい。

やがて、白い石積みの壁が現れ、道に面して大きな門が開かれているのが見えた。門の上に、アーチになった鉄の看板。黒い看板に文字が抜いてあるんだけど、私には読めない。

「ポップは、文字は読めるの？」

『全然！』

あ、そう……私から生まれたからかなぁ。

でも、この場所については、ヴァシル様から聞いている。

ここは、香精に関わる細工物を作る職人さんたちが集まった、『香芸師ギルド』なんだって。入ってすぐのところは丸い広場になっていて、広場に面していくつもの家が立っている。そのうちの一つ、香水瓶の形をした鉄の看板が軒先から下がっている家に、私は近づいた。

大きい。学校の体育館、とまでは行かないけど、それより一回り小さいくらいの二階建てだ。

正面の両開きの扉は大きく開かれている。私は扉の横から覗き込むようにして、中におそるおそる声をかけた。

「ごめんくださーい……」

ふわ、と、熱気の塊が頬を撫でる。

中には、初めて見る光景が広がっていた。

真っ先に目に飛び込んできたのは、不思議な装置だ。透明な、ガラスの地球儀みたいに見える。バランスボールくらいの大きさで、北極と南極の位置をつなぐ半円形の金具で全体を支えているんだけど、地球儀みたいに軸は傾いておらず、まっすぐ。北極の部分から鎖がのび、天井からぶら下がっているのだ。ボール自体は、私の身長より少し低いくらいの位置に浮いていた。

そして、下には石積みの竈《かまど》のようなものがあり、その上に何というか、船の舵輪《だりん》そっくりの輪っかが水平に載せてある。

窓から差し込む陽光と、虹色に光るガラス。壁や建物に、不思議な色が反射して映っていた。

「な、何？　これ」

『ルイ、誰か来るぜっ』

ポップの指さす方を見ると、奥の方から二人、誰かがこちらに歩いてくるところだった。

というか、よく見ると奥の方のいくつかの地球儀の前にはそれぞれ人がいて、こっちに来る二人は手前の誰もいない地球儀を目指しているみたい。

二人とも頭に布を巻いて、後ろで縛っている。片方は、白髪交じりの顎ひげを生やした中年の男性で、堅太りの飄々《ひょうひょう》とした雰囲気。もう一人は私より少し年上くらいか、背の高い細マッチョ。肌が浅黒くてエキゾチックな雰囲気だ。片方の手に、浅くて広い木箱を持っている。

顎ひげのおじさんと目が合って、「ん？」という顔をされたので、私はあわてて扉の陰から出た。

「こ、こんにちは。ヴァシル師のお使いで来ました」

「おう、入んな。……ん？」

おじさんは私をまじまじと見て、足を止める。

「ヴァシル師の使いで……見習いの金具？　はは、まさかな」

「親方、あれ。あの胸の」

細マッチョが目を見開いて、私を指さす。

え、これ？　このペンダント？

すると、おじさんは目をすがめるようにしながらニヤリと笑った。

「へぇ、あんた、ヴァシル師の弟子なのか？」

「ええっ、侯爵様が弟子を取った⁉」

「弟子⁉　何で⁉」

奥の方にいた人たちが、ざわざわとこっちを見ている。

わわわわ。ヴァシル様がペンダントを私に持たせたのは、私が誰の弟子か証明できるようにするためだったのか！

「そ、そうです。ヴァシル師の弟子で、ルイと言います」

軽く頭を下げると、おじさんは片手を出した。

「ルイね。瓶の注文だろう、香精を寄越しな」

「あっ、はい」

籠から仮の瓶二つを取り出して差し出すと、おじさんは眉根を寄せながら二つとも片手で受け取り、顔を近づけた。片方の香精はふんわりと、そしてもう片方の香精は元気いっぱいに、瓶から飛び出す。

「……こっちのオレンジやらネロリやらの方はともかくとして、何だ、このレモンと訳のわからねぇ香りは」

おお、さすがは香精に関わる職人さん。すぐに何の香りかわかるんだなぁ。

『訳のわからねぇとは、言ってくれるじゃねーか』

肩口でブーブー言うポップを手でなだめながら、私は言った。

「そちらは、ブラックペッパーっていう新しい香りなんです」

「新しい？　……あんた絡みか？」

私絡みというのがどんな絡みを想定しているのかわからないけど、まあ私が持ち込んだ香りではあるし、そこから私が生んだ大精霊もいるので、うなずく。

「そう、です。大精霊も一緒に来てます。この辺に」

「へぇ」

おじさんは、私が指さしたあたりをじろっと見た。ポップは『フン』と鼻を鳴らし、

『訳がわからねぇというなら、イメージで教えてやるよ。オレのかっこよさをな！』

と言って、空中でブレイクダンスを始めた。

微妙に恥ずかしいというか、うっとうしい。踊ってもここの人たちの大部分はよく見えないと思

うので、結局のところ観客は私一人という、このいたたまれなさよ。

「やれやれ。奇をてらうのも、ほどほどにしてほしいけどな」

おじさんは苦笑いして首を軽く振ると、二つの瓶のうちレモンペッパー香精の瓶を、隣にいた背の高い細マッチョの胸元に突きつけた。

「こっちはお前がやれ」

「は⁉」

反射的に受け取った細マッチョは、紫色の目を見張る。

「親方、俺がぁ⁉」

「見習い同士、励まし合って頑張れや。ああ、こっちはやっとく。出来上がったら師のところに届けさせる」

親方さんは細マッチョが持っていた木箱をひょいっと奪うと、もう片方の手で瓶を軽く振りながら、ガラス地球儀の方へ行ってしまった。香精がその後をスイーッとついて行く。

「……ええと」

親方の方と、細マッチョを見比べていると、細マッチョはため息をついてから私をじろりと見た。

「来い」

「あっ、はい」

入り口のすぐ近く、ホールの内側の壁には階段が張りついていて、そこを上った。香精も楽しそうについてきて、仮の瓶を出たり入ったりしている。

二階は、ホールを見下ろす回廊沿いに扉が並んでいた。

「くそー、今日の作業、見せてもらう約束だったのに」

細マッチョは何やらブックサ言いながら、扉の一つを開け、入った。私も後に続く。

「おー……」

私は部屋の中を見回した。

片方の壁に沿って、手前に傾斜した台が並んでいる。その台は細かい仕切りのある陳列ケースになっていて、それぞれに様々な色の石が詰まっているのだ。

透き通ったガラスのような石に、メタリックな石……まるで鉱石の博物館に来たみたい。

ふと視線を落として、私は思わず「わっ」と声を上げた。

端っこの台の下から、小さな女の子の顔が覗いていたのだ。

五歳か六歳くらいか、浅黒い肌に艶のある栗色の髪、紫の瞳をしている。ものすごい美少女だ。

彼女の足下の床には、綺麗な色の石が花の形に並べてあり、小さな人形が置いてある。遊んでいたのかもしれない。

「こ、こんにちは」

声をかけると、美少女はますます身を縮めて台の陰に入ろうとしながら、小さくうなずいた。

ポップが早速すっ飛んでいって、彼女の前で大げさな身振りで頭を下げる。

『美しきプリンセス、オレは【スパイス】の大精霊ポップと申します。どうかこのオレに、あなたの麗《うるわ》しいお名前をお呼びする名誉をお与え下さい』

女の子は目を丸くしたまま、固まっている。

……聞こえてるとしても、ポップの言い回しが大仰すぎて、意味がわからないのかもしれない。

普通に名前を聞きなよ……。

細マッチョは、反対側の壁に寄せてある作業台のところへ行き、私に手でスツールを示しながら言った。

「妹だ、気にすんな。ルイだったな、俺はイリアン。瓶を作るのは、この香精だな?」

テーブルに、レモンペッパーの精霊の入った仮の瓶が置かれる。

ヴァシル様が、瓶のことは職人さんが教えてくれると言っていたので、私は遠慮なく尋ねた。

「あ、そ、そうです。私、瓶をどんな風に作るのか知らないので、一から教えてもらえますか?」

「……あんた、エミュレフの生まれじゃなさそうだな。かといってバナクでもない」

バナクって初めて聞くなと思いながら、私は答える。

「そうなんです。だから、香精はこの町の特産だそうだけど、全然詳しくなくて」

イリアンと名乗った細マッチョは、「何でこの国出身でもない奴が弟子なんだよ」とか何とかブツブツ言いながら、台の下の方から紙を引っ張り出している。

聞こえよがしなのが微妙にムカついて、思わずこちらも口を出してしまった。

「この仕事、面倒そうですね」

「仕事は選ばねぇよっ、見くびんなっ」

いきなり、ガーッ、とイリアンは大声を出す。あ、八重歯。

「今日は親方の技を見せてもらえる、貴重な機会だったんだっ」

「じゃあ、今日は私の方が運がよかったんだね。あなたの仕事を見せてもらえる貴重な機会を得たんだから」

こっちに来ようとするポップを手で制しながら、私はにっこりしてみせる。

「見習い同士、お仕事がんばりましょ」

口ではそんな風に言ったけど、「そっちも私と同じ見習いでしょうが、偉そうにすんじゃないよ、仕事は仕事でしょブツブツ言わずにやろうや！」って気持ちをオーラに込めた。

「…………」

イリアンはムスッとした表情で、とりあえず話を進める。

「どんな瓶にしたいかを決めろっ。色や意匠《デザイン》だ」

彼は作業台に紙を広げ、その横に浅い木箱を置いた。

この木箱、さっき親方が持ってたのと同じだ。木箱というより、木のトレイといった方がいいかな。大きさはB４くらいで、中は様々な大きさの格子に仕切られている。

イリアンは、陳列ケース（？）から何種類かの石を選んで持ってきた。全部、黄色系……でも濃淡や透明度は様々だ。

「レモンの色なら、例えば、こう」

彼はまたスツールに腰かけると、レモンペッパーの香精の入っている仮の瓶を自分の真ん前に置いた。そして、両手にそれぞれ石を持ち、瓶に当ててみせる。

「この辺だけ別の色にしたいとか、濃くしたいとか薄くしたいとか。決まったら、箱に並べる」

「並べる、って？　何か順番があるの？」

「それは俺がやるからあんたはとにかく色を考えて言えっ」

へーい。ぶっきらぼうな奴だなぁ。

でも、並んでいる石を眺めていたら、ちょっとワクワクしてきた。色鉛筆とか、アイシャドウのパレットとか、色がたくさんあふれているものって、それだけで楽しくなっちゃうよね。

うん、レモンなら黄色かなぁ。葉っぱの緑を入れても素敵だし、レモンの木と青空をイメージして青を入れてもいいかも。ブラックペッパーは難しいな、黄色と黒じゃ危険な感じになっちゃう。

ちらりと見ると、イリアンの妹ちゃんは私の方を気にしながらも、台の下に座ったまま人形を手にしていた。さっきのように身体を縮めてはいないので、少しは警戒を解き始めたらしい。

妹ちゃんの胸にも、香精瓶が一つ下がっている。淡い緑色で、凹凸で葉の模様を浮き出させているものだ。そばにもいくつか、瓶が置いてある。

「あれ、瓶の見本ってことでいいのかな」

「あ？　ああ、そうだ。あれも」

イリアンに指さされた奥の棚を見ると、そこにもいくつか瓶が並んでいた。

「だいたいどれも、細身で淡い色なんだね」

「上流階級の人間が胸にかけることが多いから、どんな服にも似合うようなものが好まれるに決まってんだろ。ルイのこの瓶は、誰が使うか決まってんのか？」

「ああ、そういえばヴァシル様がそばに置きたいって言ってた」

さらっと言うと、イリアンは一瞬固まった。

そして、いったん天井を仰いでから、また、ガーッ！

「責任重大じゃねぇか‼」

私はびっくりしてどもる。

「え、え、でも大事なのってそこ？」

「当たり前だろうがっ。ヴァシル師ほどの高名な香精師なら、要人が仕事の依頼に訪ねてきたり、神殿とかに出かけたりするだろ。そういう場の服装に似つかわしい瓶が必要かもしれないし、逆にくつろいでる時の服装に合わせるかもしれない。どんな時の服装に合う瓶を作りゃいいんだよ。ヴァシル師は普段、どんな服装をなさってるんだ⁉」

「服装ったって、いつも香精師のローブだし……」

そういえば、修業の時しかお会いしないから、ローブ以外の格好を見たことなかったな。

確かに侯爵様だから、貴族らしい格好はするかも。白タイツにカボチャパンツに毛皮のコートとか？　逆に私服はすっごいはっちゃけてるかもしれないよね。全身黒の革ツナギに鎖ジャラジャラ、厚底ブーツのパンクファッションとかさ。……ないか。

「どんな服装に合わせるのか調べて、また明日来い！　話はそれからだ！」

急に、イリアンはちゃっちゃと作業台の上を片づけてしまい、

「俺は親方の仕事を見てくる！」

と言って部屋から出ていってしまった。

ちょっとポカーンとしていると、肩にポップが乗ってきて一言。

『やかましい男だな！』

……お前が言うか。

思わず笑ってしまいながら、私は彼をなだめる。

「まあまあ。そっか、香精瓶はそれを持つ人の服装に合わせて作るんだね、知らなかった。まあ確かに、レモンだから黄色、って作ったところで、ヴァシル様が普段着る服に黄色が似合わなかったら困るもんね」

でも私、香精瓶ってただの装身具とは違うと思ってたんだけど。だって、中に香精が入るわけでしょ？　香精は生きてるんだから……うーん、まあとにかく、一度帰るしかない。

立ち上がり、ふと見ると、女の子がじっとこちらを見ていた。

私は少しだけ台に近寄り、ほどほどの距離を置いてしゃがみ込むと、目線を合わせた。

「遊んでたのに、騒がしくしてごめんね」

『プリンセスのお部屋を騒がせ、申し訳ありません』

私の頭の上で、ポップがポーズを取っている（らしい）。

どうやらポップが見えているらしく、女の子は少し顔をほころばせた。そこで名前を聞いてみる。

「私はルイっていうの。あなたは？」

女の子は小さな声で、でもすんなりと答えた。

「リラーナ」

「リラーナ、よろしく。その胸の香精瓶、綺麗な色で、とても素敵ね」

褒めると、リラーナは瓶を手にして、おずおずと私に見えやすいように持ち上げた。

瓶の中から、するりと香精が外に出てくる。リラーナの周りを、くるりと一回転。

ああ、気持ちいい！　まるで森にお花を摘みに来たみたいな香り。ちょっとスーッとして、甘くて、すごく落ち着く……。

けれど、香精はすぐに瓶に戻ってしまった。おとなしいなぁ。

「いい香り……。この瓶は、お兄さんが作ったの？」

「うん。でも……」

「ん？」

「香精さん、元気、ない」

リラーナは寂しそうだ。

……確かに、香りが少し弱いような気がする。

どんなにその香精にぴったりの瓶を作っても、いつかは出て行っちゃうらしいしなぁ。そろそろなのかもしれない。お気に入りの香精だったなら、悲しいよね。

「この香精さん、もう長いこと持ってるの？」

「おかあさんが、しんじゃうまえに……ラタスのお花が咲いてた時、もらった」

うう、ヘビーな話だった。お母さん、亡くなってるのか。軽々しく聞いて悪かったな。

ラタスの花の咲く頃というのがいつなのかわからなかったけど、私はそれ以上聞けずに立ち上がった。

「大事な香精を紹介してくれて、ありがとう。リラーナ、また来るからおしゃべりしようね」

「ん」

リラーナはまた微笑んでくれたけれど、結局、台の下からは一度も出てこなかった。

かぁわいいなぁー。あのイリアンって香芸師は険がある感じだけど、リラーナは本当に可愛い。浅黒い肌もなめらかで綺麗で、この子こそお菓子の妖精か何かみたい。

リラーナに癒されながら、私は部屋を出て階段を下りた。

ホールまで下りて、ちらりと見ると、ガラスの地球儀の周りに大勢の香芸師たちが集まっている。何か見学しているようだ。親方の技を盗んでいるところなんだろう。人垣で何も見えない。

『おっ、面白そうだなっ。オレちょっとだけ見てくるぜっ』

ポップが地球儀の上へと飛んでいった。でも、私はここで立ち尽くして待ってるわけにもいかないしなぁ。

「じゃあ、外で待ってるよ。……失礼しましたー」

私は邪魔にならないよう、小声で言うと、ホールを出た。

広場を抜け、門をくぐってギルドの外に出ようとした時だ。

不意に、通りから誰かが入ってきて、ぶつかりそうになった。

「！」

「あ、すみませんっ」

お互いにぎりぎりで避け、私は軽く頭を下げる。

「いえ……あ」

相手が声を上げた。

顔を上げると、目の前に立っていたのは私と同じ、ローブに見習いの金具をつけた女性だった。

おおっ、見習い仲間だ！　私みたいに、師匠のお使いで来たのかな。

親近感が湧いて、笑顔でもう一度会釈をしたんだけど——。

ミュージカルのヒロインみたいな短いカーリーヘアは、プラチナブロンド。十代後半に見える彼女は、一度目を見開いてから、不機嫌そうに眉根を寄せた。

……あらら？

「あなた、それ、どこで手に入れたの」

クルクルの髪に縁取られた細面、大きな眼鏡の向こうの青い目は、私のペンダントを見ていた。

「これ？　師匠が、かけていきなさい、って」

「師匠って？」

「ヴァシル師だけど……」

正直に言うと、眼鏡の彼女は神経質そうに首を横に振った。

「ヴァシル師は、弟子を取らない」

「ああ、今までそうだったらしいね。だから、私が弟子になったたって話すと、みんなに驚かれて」

「………」

彼女はため息をつき、中指で眼鏡を直した。

「言うだけならタダだと思っているのかもしれないけど、ヴァシル師にご迷惑だよ」

中性的なしゃべり方が特徴的な人だなぁ。

……ん？　ちょ、疑われてる？

「そんなこと言われても……後はヴァシル様に確かめてみて」

「やれやれ。まあ、もし本当だったとしても」

彼女が腕組みをすると、ひょろっとした身体つきがわかる。

「どう見ても異国の人間が、ヴァシル師に特別扱いされていることを言いふらしているわけだ。繊細な感覚を求められる香精師の仕事は、我がエミュレフ公国と強く結びついている。国の誇りを持たない図々しい文化の人間がこなせるとは思えないね」

「そ、そうかな」

ええっ？　日本人としての私、ディスられてる？

初対面の人にそんなことを言われ、あっけに取られながらも、私はあたふたとペンダントを外して籠に入れた。確かに、行く先々で騒がれるのはちょっと、と思ったのだ。

彼女は小刻みにうなずく。

「そう。それでいい」

「ご、ご忠告、どうも。あ、私はルイって言います」

「私は、ルミャーナ師のところで修業中のキリル。お見知り置きを」

彼女は言うと、さっとローブを翻してせかせかとギルドの中に入っていってしまった。

「…………何だったんだ」

見送っていると、入れ替わるようにピューンとポップが飛んでくる。

『ルイ、ごめんな！　愛する君を待たせるなんて、オレは何という罪深』

「ポップがいなくてよかったかも」

『何とぉー!?　ル、ルイ、待たせて君を怒らせるつもりじゃなかったんだ。オレはただ、君の代わりにさっきの親方の仕事を見ようと』

ポップがいたら、あのキリルにめっちゃ突っかかっていっただろうからなぁ。香精師見習いなら声も聞こえるだろうし、揉めたはず。うん、いなくてよかった。

「帰ろう、ポップ」

『き、聞いてる？　ルイ』

「聞いてる聞いてる。イリアンの親方の仕事、どうだった？」

『いやー、それが何とも言葉に表しにくいんだ。今度ルイのその美しい瞳で直に見てみるといい』

「結局何の役にも立たないじゃん」

『あちゃー！』

「あちゃー、じゃないっ」

掛け合いをしながら、私たちは侯爵邸への帰路についた。

翌日、朝食を終えた後、昼食の仕込みが始まるまでの時間に、私はヴァシル様の従者をしている男性に会いに行った。

従者、つまりヴァシル様の身の回りの世話をする人に、頼み事があったのだ。

「香精瓶を注文してこなくちゃいけないんですけど、ヴァシル様の服に合わせたいんです。お仕事の時以外にどんな服を着てらっしゃるのか、見せていただくわけにはいきませんか？」

「ああ、いいよ」

意外にもあっさりと、金髪の若いイケメン従者は衣装部屋に入れてくれた。小部屋いっぱいの服に、私は目を丸くする。

「カラフル！」

「うん。ヴァシル様は白い御髪《おぐし》に紅茶色の瞳をしてらっしゃるから、割と何色でもお似合いになるんだよね」

従者さんは、ハンガーにかかった服を一つずつずらして見せてくれる。

たっぷりしたガウンみたいな服が多くて、修業の時の服装とそれほど大きな違いはなさそう。どれも細かな刺繍が入っていたり、レースが使われていたりと、とても繊細なデザインだ。

……ふと、もしもヴァシル様がドレスとかで女装したら似合うだろうな、と思ってしまった。たぶん私よりずっと色気あると思うよ！　ちぇっ！

服を傷めないように、丁寧にハンガーをずらしながら見せてもらう。何着かずらした時、服の向こう側の壁に、何かあるのが見えた。

「あっ、と」

額縁、だ。服をずらした拍子に、額縁にかけてあった布が一緒にずれて落ち、中の絵が覗いている。

家族の肖像画らしい。ロマンスグレーのすらりとした男性は、儀礼用の軍服のようなものを着て立っていて、気品のある栗色の髪の女性はシンプルなドレス姿で座っている。たぶん夫婦だろう。そして、二人の前に子どもが二人、立っていた。ハイウェストの可愛いワンピース姿の女の子と、白い襟に黒のカーディガンとズボンの男の子。姉弟だろうか。

私は、弟くんの姿に目を引かれた。パールホワイトの髪に、茶色っぽく見える瞳、そしてそのたたずまい……ヴァシル様に似てる。もしかして、ヴァシル様の家族の肖像画なのかな。

「どうしたの？」

従者さんに声をかけられ、私はあわてて布を拾い上げると、手を伸ばして奥の絵にかけた。

「すみません、絵にかけてあった布が落ちちゃって。ええと……ヴァシル様のお気に入りの服ってどれですかね？」

「服には、あまりこだわりのないお方なんだよね。ああ、でも先月まではしょっちゅう神殿にお出かけで、この辺はよくお召しになってたかなぁ」

群青色《ぐんじょういろ》に金の刺繍の入ったガウンと、深い赤に黒の刺繍の入ったガウンを従者さんは示した。

「神殿に、しょっちゅう？」

「うん、何の用事だったのかは知らないけど。でも、精霊の力を借りて香精を作るのが香精師だから、精霊の加護を願いに行く香精師は多いんだ」

ふーん。私も一度はお参りに行こうかな。

とりあえず、レモンの黄色が合う服は多そうだ。

「ありがとう、参考になりました！」

私は従者さんにお礼を言った。

さっきの絵のことも聞いてみたかったけど、のんびりしていられない。次は昼食の仕込みに行かなくちゃ！


「ああ、神殿な。そういえば、一時はよく行かれていたな、ヴァシル様」

厨房で仕事をしながら先ほどの話をしてみると、料理長がパン生地をこねながら言う。

「ルイが来た頃から行ってないけどな。ルイに教えるのに忙しいんだろう、ちゃんと教えて下さってる証拠じゃないか」

「そうね、ルイにとても力を注いでらっしゃるように見えるわ」

通りかかった家政婦長のアネリアさんにも言われた。

私は口ごもる。

「でも、不思議ですよね。この国の人間じゃない私は、文化も何も全然違って、精霊のことさえ知らなかったのに、どうして教えて下さる気になったのか……」

「あら。もしかして、誰かに何か言われた？」

「いえいえ。ただ、香精師の仕事はエミュレフと深く結びついてる、と聞いたので、違う国から来た私でも香精師になれるのかなって、ちょっと思っただけです」

えへへ、とごまかす。

キリルには、『香精師になれるとは思えない』って言われましたけどね！　後から思い返すと、いきなりのあの言いよう、ちょっとムカつく。

アネリアさんは少し考えて、芋の皮剝き作業中の私の横に椅子を持ってきて腰かけた。

「ルイは、エミュレフがどうして『公国』なのか知ってる？」

「え？　いいえ……」

そういえば、公国だから一番偉いのが大公様なんだよね。王様とか大統領じゃないんだ。

アネリアさんは解説してくれた。

「香精師の中でも、特に精霊の特別な加護を受ける人が時々現れるの。精霊たちに愛されると寿命も延びるし、作った香精は大きな力を持つんですって。そういう人は『精霊王』と呼ばれて、国に富をもたらす存在として崇められる」

『精霊王』？　……あっ。聞き覚えがあると思ったら、前に【草】のビーカが言ってた。

「どうして『王』って呼ぶんですか？」

「またいつか精霊王が現れることを願って、王の座は空けておいて、大公が国を治めているのよ。

精霊王はそれくらいすごい存在、ってこと」

へええ、エミュレフはそれで公国なんだ！

「でもそれなら、精霊たちに選ばれた人が王になれるってことですか？」

「そういうことになるわね。まあ、この場合の王は政治をするわけじゃなくて、もっと形式的なものだけど。……だから、血筋とか、どこの生まれとか、関係ないの。ルイにだって、女王様になる可能性はあるわけよ」

「えええー!?」

思わず笑ってしまった。でも、アネリアさんは意外そうな顔で言う。

「あら、信じないの？　私たちから見れば、大精霊と話のできるルイは十分、その可能性があるなって思うけど」

「そ、そんなこと」

「まあそんなわけで、確かに香精師の仕事はエミュレフと深く結びついているけど、異国出身だからって気にする必要ないってこと」

アネリアさんはにっこり笑って立ち上がり、

「いけない、話し込んじゃったわね。じゃ！」

と立ち去っていった。

……もしかして、私がちょっと落ち込んでたの、見抜かれたかな。励ましてもらったんだと思う。

おかげで、気分が軽くなった。いや、私が精霊王になることはさすがにないとして、ね。

ただ、まだ気になる点は残っていた。

ヴァシル様は、私が日本に帰りたがってることをご存じだ。せっかく弟子として色々教えても、いずれ私が日本に帰ってしまえば、エミュレフの役に立つことはない。

ヴァシル様にしてみれば、それって無駄なことなんじゃ……？　なのに、いくら私が頼み込んだからって、ヴァシル様がそんな私を弟子にして下さったのはどうしてだろう。

――もしかして、私は帰れないいんだろうか？　ヴァシル様はそれを知っていて、だから私に教える気になった……？


考えているうちにも、時間はどんどん過ぎた。午後になり、調香室に行く。

「失礼します」

「ルイ。今日もまずは、収穫を頼みます」

ヴァシル様がテーブルの向こうから私を見る。「はい」と近寄り、師匠の言う通りにいくつかの材料をメモした。

ヴァシル様は材料を言い終えると、私の顔をじっと見つめ、軽く首を傾げた。髪がさらりと肩に流れる。

「……どうかしましたか？　何か、あったかな」

「あ、いえ！」

私はやっぱり、帰れないいんですか？

……なんて、聞く気にはなれなかった。さすがに怖い。

「そう？　何でも私に話すといい。私は、君の師匠なのだから」

「あ、ありがとうございます」

私は笑顔を作る。

「ヴァシル様も、私に何でも言いつけて下さいね。私、弟子なんですから」

「そうさせてもらいましょう」

ヴァシル様の微笑みを見て、ふと、衣装部屋の絵を思い出す。

あの男の子がヴァシル様なら、お父さんお母さんと、たぶんお姉さんがいるんだな。でも、今は一人……。

「そういえば、ヴァシル様は一度も弟子を取ったことがないって聞きました。ご家族も一緒に住んでいらっしゃらないし、お一人で大丈夫ですか？」

私が日本に帰ったら、また一人になるのかな、それでいいのかな……と思った私は、つい尋ねてしまった。

いつものようにサラリとした答えが返って来るものと思っていたけれど――不意に、ヴァシル様は私から視線を外し、黙り込んだ。

しまった、変なことを言っちゃった！　私ってば、ご家族のことなんて持ち出したりして、もしかして過去に何かあったのかもしれないじゃない。絵だって、あんなところに隠すみたいにしまってあったんだし。

「あ、ええと、もし寂しかったらいけないと思って……お一人の方が気楽だったらよけいなことでした、ごめんなさい」

あわててフォローしようとする。

ヴァシル様は微笑み、立ち上がった。

「まあ、家族と離れ、アモラ侯爵としてこの領地に一人でやってきたのは、好きでそうしたわけではありません。寂しいといえば寂しいですが……今は君がいる」

近寄ってきたヴァシル様の手が——細身だけれどしっかりした手だ——私の頬にかかった髪を優しく払う。

こういうスキンシップにはなかなか慣れることができないけれど、今、家族と離れて寂しいって……そっか、そんな人が誰かをそばに置いたら、ついつい癒しを求めて触っちゃうのかもな。私なんかでも。

でもそれじゃあ、私がいなくなったら、やっぱりまた寂しくなっちゃうんじゃないかな。

私はまじまじと、ヴァシル様の顔を見つめた。ん？　と、ヴァシル様が軽く首を傾げる。

「……あのう、つかぬことを伺いますが……。本当に一人も弟子を取ったことがないんですか？　私が初めて？」

「そうですよ。君が、初めてです」

ヴァシル様は軽く私の顎をなぞったけれど、私は思わず言ってしまった。

「なぁんだ、それじゃあ食わず嫌いじゃないですか！」

「……は？」

手をとめたヴァシル様は、珍しく口を半開きにして固まった。

私は宣言する。

「じゃあ私、頑張っていい弟子になります。ヴァシル様が、こんな弟子なら他にも欲しい、って思うくらいに！　弟子が増えたら、私が元の世界に帰った後も寂しくないですよ！」

「……ええと……君ね」

ヴァシル様は前屈みになっていた身体を起こし、眉間にしわを寄せて思案顔になった。そして、髪をかき上げながら何か言いかけ……けれど結局、どこか気の抜けたような表情をしたかと思うと、

「……何でもありません」とため息をつく。

だいぶ時間が経《た》ってしまった、と、私は急いで話を進める。

「いけない、収穫に行かないと。あの、収穫が終わったらまた、ギルドに行ってこようと思うんです。昨日はどんな瓶にするかが決まらなくて」

「……そう。君が生み出した大精霊の力を借りて作った、初めての香精ですから、君の好きなように決めなさい」

「はい！」

それでいいんだ？　もう、昨日言ってよー。そしたら昨日のうちに作業できたのにね。

ヴァシル様は机に寄りかかり、涼やかな流し目を私に送る。

「誰が担当になったんですか？」

「イリアンという人です。親方のお弟子さんで」

「ああ……バナクの血を引いている彼かな」

「バナクというのは、国の名前ですか？」

聞いてみると、ヴァシル様は淡々と教えてくれた。

「そう。もう六十年ほど前ですが、エミュレフと戦争になってね。一時、このアモラを占領していたこともある。それで、あちらの血を引いた者が多いんです。……そういえば最近、バナクの女性の注文で香精を作ったことがあったな」

もしかして、それが今、リラーナが持っている香精かも。お母さんが亡くなる前に注文したって言ってたし。

「その注文って、ラタスという花の咲いていた頃ですか？」

「ああ、確かにそうです。ルイはなぜ知っているのかな？」

「その女性の娘さんに会ったんです。あの香精、お母さんの形見だったんだなぁ……。元気がなくなってきちゃった、って、寂しそうにしてました」

話してみると、ヴァシル様は軽く顎を撫でた。

「ふうん。……作ったのはついこの間のことなのに、ずいぶん早いな。香精瓶、代えた方がいいかもしれませんね」

植物園に出た私は、さっきヴァシル様に言われたことを考えながら材料を探していた。

リラーナの瓶、綺麗だったけど、あの香精さんには合っていない？　せっかくリラーナの心の支えになってくれている香精さんが、すぐに消えてしまったら……。

『ずいぶん、憂鬱《ゆううつ》な表情だね』

不意に、声がした。

はっ、とあたりを見回すと、一本の木に寄りかかるようにして、若い男性の姿の大精霊が立っている。すらりと細く、ミディアムな長さの緑の髪をオールバックにしていた。

「あっ、あなたはもしかして……【樹木】の大精霊？」

『そうだよ、初めまして。トレルだ』

トレルは微笑む。

『君はルイだね、知ってる。何か探してるの？』

「ええ、あの、ユーカリを」

『ははっ。それなら僕だ、どうぞ』

トレルは笑って、自分の寄りかかっていた木を示した。

ユーカリと言えば、コアラが食べるんでお馴染みだよね。言われてみれば、トレルの示した木は、葉が白みがかった緑でそれっぽい。

葉を摘ませてもらうと、あっ、リラーナの香精もこの香りを持ってた！　と気づく。最初に感じるトップノートが、スーッとするこの香りだった。

「いい香り。落ち着くな。……ねぇトレル、あなたたちも憂鬱になることはあるの？」

『なくはないけど、ここは植物園だからね。大勢の仲間たちが、お互いに楽しくやっていこう、って暮らしているから』

彼はゆったりと屈み込むと、足下に生えていた葉をすくうような仕草をした。

『こうやって、元気をもらうこともあるよ』

「それ、バジル……」

私は少し考えると、トレルに言った。

「私もバジル、もらおうかな」

『君も、バジルから元気が欲しいの？』

「ううん、私が元気をもらうんじゃなくて」

私はエヘへと笑う。

「元気を、あげたいの」


その日もヴァシル様からペンダントを持たされ、私は香芸師ギルドに向かった。

「こんにちはー……」

ホールに顔を出すと、今日は大勢の人々がガラスの地球儀を掃除していた。そういう日らしい。

私に気づいたイリアンが、顎をしゃくる。先に上に行っていろ、ってことかな。

『態度のでかい男だな！』

肩の上でポップが言う。ブーメラン、超ブーメラン。

階段を上って昨日の部屋に入ると、リラーナがいた。今日も鉱石を収めた台の下にいる。もしかして、何かの事情でお父さんもいないのかな……それでお兄さんの仕事場にずっといるのかもしれない。

「こんにちは、リラーナ」

「こんにちは……」

リラーナはうずくまったまま、それでもはにかんだ笑顔を見せた。

私は手にした籠の中から、布をかけた皿を取り出した。

「今日は、お土産《みやげ》があるんだ。リンゴとはちみつのケーキだよ」

こんがり焼けたパウンドケーキの断面には、透き通った黄金色《こがねいろ》のリンゴが見え隠れしている。ふんわりと甘い、はちみつの香り。料理長の得意デザートだ。私の分なんだけど、他のサンドイッチやキッシュでお腹いっぱいになってしまったので持ってきた。

リラーナはケーキをチラチラ見ながらソワソワした様子だったけれど、台の奥からは出てこない。

「待って、今そっちに持ってくから。お兄さんと半分こね」

作業台にお皿を置いて、持ってきたナイフで切り分けようとしていると、後ろから声がした。

「俺はいらねぇ」

イリアンが部屋に入ってくるところだった。

「甘いもんは苦手だ、口の中が甘ったるくなると気持ち悪くなる」

「そ。じゃあリラーナに全部あげる」

私はお皿を手に屈み込み、台の奥のリラーナに差し出した。

リラーナは「ありがとう」と嬉しそうに皿を受け取った。フォークで少しずつ、食べ始める。

目が合うと、また少し笑った。美味しそう、よかったな。

「イリアン、ヴァシル師の服装、調べてきたよ」

私は、ヴァシル様が最近着た服の色について説明した。彼はうなずく。

「レモンの色はいけそうだな」

「でも、私の好きにしていいって。私が名付けた大精霊の力で初めて作った香精だから」

「……は？　名付けた？」

眉を変な角度にひん曲げるイリアンに、私はためらいつつも自分の肩のあたりを指さす。

「う、うん。ここに、いるの。一応、七番目の大精霊でね……何か、動物の姿で……いや、それっぽくないのはわかってるんだけど」

『ちょっとそこ！　ルイ！　何で恥ずかしそうかな⁉　もっと誇って‼』

ポップが怒って、部屋の中をポンポン飛び回っている。

イリアンは気配を感じるのか、私とポップのいるあたりを見比べた。

「へぇ……。あんたが精霊の命名者。初めて見た」

「はは……。まあほら、さっきの話に戻ろうか」

『話を逸らさない！　もっと話題にして！　盛り上がって‼』

うるさいなぁ。別の話にしよう。

「そうだイリアン、リラーナの持ってる瓶の香精ってヴァシル様が作ったものなの？」

「え？　ああ、そうだ」

イリアンはリラーナをちらりと見た。

「母が、自分の死期を悟って……。まだ小さいリラーナを遺《のこ》していくことを心配して、リラーナの心を落ち着かせるような香精をヴァシル師に依頼したんだ。瓶は、俺が作った。でもまあ……前はよく外で遊ぶ奴だったけど、母が死んでからはずっとあんな感じだ」

「そうだったんだ……」

私は、頬を膨らませてケーキを食べているリラーナの方を見ながら言った。

「香精も、元気がないんだってね」

「いつかは自然に『戻って』しまうもんだ、しょうがない」

イリアンはそう言うけれど、私には試してみたいことがあった。

持ってきた籠の中から、香精瓶とは違う小さな瓶を取り出す。

水の入ったそれには、薄くて柔らかな、でも濃い緑色をした葉が挿してあった。葉の周りがキラキラして、精霊がいるのがわかる。

「リラーナの香精さんにも、お土産があるんだ」

私はリラーナの前にしゃがみ、葉を差し出した。

「バジルの葉。この香精さんの香りに合う、元気の出そうな香りを持ってきたの」

「は？　香精に元気を出させようって？」

ちょっと呆れた風に言いながらも、イリアンが近寄ってくる。

リラーナは葉を受け取ると、瓶の口のところに差し込んだ。すると、香精がするりと姿を現し、そのすぐ脇に腰かけた。葉のたわんだくぼみに入り込むようにして、寄りかかる。

キラキラ光る粒子が、香精を包んだように見えた。

「うれしいって」

リラーナがささやき、イリアンが驚いたようにつぶやく。

「本当か？　人の役に立つために生まれた香精なのに、人に癒されてどうすんだ」

イリアンには、香精があまりはっきりとは見えないらしい。

私は、そんな彼に笑いかける。

「いいじゃない？　人間と香精が、癒し癒される関係っていうのも。私ね、瓶も、人の装飾品っていうより香精の『住処《すみか》』だと思ってたの。だから、服に合わせたりとかそういう、人の趣味には関係なく、香精が喜ぶものを――香精に一番合うものを作るんだろうって」

「………」

黙り込んで何か考えているイリアンに、私はヴァシル様との会話を話すことにした。

「イリアン、言いにくいんだけど、ヴァシル様がね……この香精が今、元気がなくなってるのは、ずいぶん早いって。瓶が、合っていないのかもしれないって、おっしゃってた」

イリアンは視線を泳がせる。

「俺はただ、樹木系の香りだから緑系統を選んで、後はリラーナに似合う瓶を作っただけだ」

私は少し考えてから、顔を上げてイリアンをまっすぐ見た。

「イリアン、レモンペッパーの香精なんだけど、ヴァシル様の服装は関係なく、私が考えてみようと思う」

「ま、まあいいけどよ……好きにしろって言われたなら。俺は責任取れねぇからな！」

「わかってるよ。それで、リラーナの香精の瓶も、考えてみてもいい？　リラーナにはこの香精が必要でしょ？　それなら……」

言いかけたところで、イリアンはお手上げといった風に両手を上げた。

「香精第一に考えたいってことだな。わかったわかった、好きにしろ。俺には香精がはっきり見えないんだから、あんたが考えるしかねぇし」

「ほんと⁉　ありがとう！」

私は早速、石の陳列台を見て考え始めた。その間に、イリアンはテーブルに紙を広げる。

「レモンペッパーの香精はね、私が自分の国から持ってきた香辛料から考えたんだよね」

石をあれこれ選びながら、半分ひとり言のように言っていると、イリアンの声がした。

「香辛料の香りが、レモンの香りを引き立ててるんだな」

ちらりと見ると、ポップが腰をくいっとツイストし、ポーズを取っている。

『はっはっは、オレは相手を気持ちよくさせてその気にさせるのがうまい男なんだぜ！』

「ポップが言うと、何かいやらしいよね」

『そんなっルイ！』

「あ？　ルイ、大精霊が何か言ったのか？」

「ううん、気にしないで。……ええとね、それで、自分で香精を生み出すことができなかったから、代わりに料理したんだ。レモンとブラックペッパーの入った、チーズケーキ。ヴァシル様がケーキを喜んで食べて下さって、それにレモンペッパーの香りも調香して香精にするほど気に入って下さって、すごく嬉しかった」

そうだ。ケーキだったんだよ、最初は。

美味しくて、可愛くて、元気になるレモンペッパー。香精自身がそんな性格なのだとしたら、住処である香精瓶もそれに合ったものがいいのかもしれない。

私は棚の前に戻り、腕組みをしてしばらく考えた。そしてちらりと、リラーナの周りでぴょんぴょんしているポップを見る。

ああいう奴なんだよね、ブラックペッパーは。

「よし。ケーキポップで行くか！」

「何だって？」

イリアンが不審そうな顔をしたけど、私はすぐに「次はリラーナの香精ね……」と考え始めた。

彼は腰に手を当てる。

「おい。ヴァシル師のご依頼の仕事の方が先だ」

あ、了解です。

私はクレヨンのような画材を使って、デザイン画を描き始めた。

翌日の午後、再びポップと一緒に香芸師ギルドを訪ねていった。

一階のホール、一番奥の角に、やはりガラスの地球儀のようなものがある。そこの前に、イリアンの姿があった。

「こんにちは」

近づいて言うと、イリアンは地球儀から目を離さないまま「ん」と短い返事をした。

見ると、地球儀の下、竈のようになった部分に、青っぽい火が熾《おこ》っている。地球儀を熱してるんだ。

そして、竈の縁のぐるりには、あの舵輪に似た輪っかがあった。何本もの取っ手のようなものがついている。その真ん中に炎が熾っている感じだ。

そして、今日は地球儀は透明ではなかった。中で、白い煙のようなものが渦巻いている。何というか、起動している、という雰囲気。

「あの……ずっと聞きたかったんだけど、この機械っていうか装置？　名前は何て言うの？」

聞いてみると、イリアンはぶっきらぼうに答えた。

「硝炉《しょうろ》」

漢字のイメージでポーンと意味が頭に浮かんだけど、冷たいような温かいような、面白い名前だ。

「……そろそろやるぞ」

イリアンは舵輪の前の椅子に座った。

すぐ横に台があって、私のデザイン画と、木のトレイが置いてある。中には、昨日選んだ石が入っていた。

ポップがソワソワしている。

『ルイ、俺は前に見たけどすごいんだぜ、あの石をさ』

「しーっ」

自分で見たいから、静かにしてて。

イリアンはトレイから石をいくつか取り、ひょい、と青い炎に投げ込んだ。

そのとたん、ボッ、という音とともに硝炉の中に黄色い煙が湧き起こった。

「わっ……」

私はイリアンの後ろから、まじまじとその様子を見つめる。

彼は舵輪を握り、手前や奥にゆっくりと回しながら——まるで本当の舵輪みたい——取っ手のいくつかを動かした。硝炉の中で、白い煙と黄色い煙が渦を巻きながら変形していく。

香精瓶って、ガラスでできてるように見えたから、てっきり吹きガラスみたいにして作るんだと思ってた。

「ねぇ、これどういう仕組み？」

「うるせぇ、時間との勝負なんだ。黙ってろ」

はーい。

それにしても、あの舵輪はいったい……色々な方向から圧力をかけたり、膨らませたりといった操作をしている……？

イリアンは、残りの石も順々に放り込んでいった。そのたびに、ボッ、と硝炉の中に煙が立つ。

暑っつ……。

額に滲んだ汗を指先でちょっと拭き、ふと見ると、私より火の近くにいるイリアンはもっと汗をかいていた。

その頃には、最初は硝炉全体に広がっていた黄色い煙が、少しずつ中央に集まって球状になってきていた。

気がつくと、黄色い石は全部使い終わっていて、黒と緑が残っている。黒は、トレイの大きな格子に細かく砕かれて入っていた。私は何もしていないから、イリアンが砕いたんだろう。

その細かい黒を、イリアンは舵輪を素早く回しながら次々と入れていった。

さっきとは煙の動きが違い、パッと立った黒い小さな煙はヒュンッと黄色い煙に吸い込まれていく。まるで、球に引力があるように。

ふわふわした雲のようなもの。熱。ぎゅっと縮まって……。

「星の誕生みたい」

つぶやくと、肩に乗っているポップが『ヘイ、ルイはロマンチストだな！』と、よくわからない突っ込みを入れた。

いいじゃないよ、似てるなって思ったんだもん。

硝炉の中に最初にあった白い煙は、もうほとんど見えなくなっていた。そして中央には、スモモ大のレモン色の球が浮かんでいる。表面に、バニラの種のような細かい黒い粒が見えた。

最後に、緑の石が放り込まれる。ボン、と立った緑の煙は拡散することなく、しゅっと固まってねじれながらレモン色の球の周りを衛星のようにゆっくりと回り――。

球の上に、ちょん、と着地した。

「よし」

何かを操作したのか、イリアンの声とともに炎が消えた。すると、浮いていたレモン色の球はゆっくりと下がり始めた。

天井から硝炉を吊っていた鎖が、少し巻き上がる。イリアンは手袋をした手で、南極の部分の金具を下から引っ張るようにして下ろした。

そこに、球がちょこんと載っていた。

「……可愛い！」

イリアンの手に移った球を、私は嬉しくなって見つめる。

これが、私がデザインし、イリアンが作った、レモンペッパーの香精瓶！

「あんたが考えた通りか？」

イリアンに聞かれ、私は何度もうなずいた。

「うん、うん！　素敵！　美味しそう！」

ケーキポップ、というお菓子がある。ロリポップのように棒の先にまん丸いケーキがくっついていて、表面をチョコレートやアイシングでデコレーションしてあるものだ。食べやすいし、見た目もすごく可愛らしい。

作ってもらった香精瓶は、レモンケーキのケーキポップをイメージして作ってもらったんだ。半透明のレモン色の球に、ごく小さな黒いペッパーの粒。一番上にはミントのような、澄んだ緑の葉っぱが載っていて、葉の陰に瓶の口があって香精が出入りできる。棒はないけど、鎖を通す輪がちゃんと作られていた。

「イリアン、すごいね！　見習い同士とか言っちゃったけど、もうイリアンは一人前に作れるんじゃん。香精を作れない私なんかと同列にして、ごめん」

「いや……考えたのはルイだし……俺はまだ全然……」

モゴモゴ言いながら、イリアンは瓶を私に渡した。あ、もう冷めてる。

私たちは二階に上がった。イリアンの部屋で、レモンペッパーの香精はリラーナと一緒に待っていた。さすがに台の下でおとなしくはしていられず、出たり入ったりしていたけど。

仮の瓶の周りをくるくるしていた香精は、私が屈み込んで新居を差し出すと、ぴょん！　と大きく一度飛び上がった。そして、ケーキポップの瓶に飛び込む。

ぱっ、と爽やかな香りが立った。

イリアンが目を見張る。

「！　今、香りが」

「うん、喜んでるよ！　よかった、気に入ってテンションが上がったんだよ、きっと」

私は言い、香精が見えるリラーナもにこにこしている。

イリアンは唸った。

「瓶が代わったことで、こんなにわかるほど差が出たのは初めてだ。香精のための瓶、か……」

「次は、リラーナの香精だね」

私は、持ってきた籠の中から折り畳んだ紙を取り出すと、広げないままイリアンに渡した。

「一応、どんなのがいいか考えてみたけど……やっぱり、リラーナと相談して決めるのが一番いいのかもと思って。これは参考程度にしてくれれば」

たぶん、リラーナはこの香精がどんな瓶を好むのか、感じ取れる子だと思うんだよね。

「……わかった」

イリアンはうなずいた。

「後は俺たちでやる。出来上がったらルイにも見せるからな。親方の方の瓶が、あと二日でできるってことだから、それをヴァシル師に届けるついでにリラーナの瓶も持って行く」

「うん、待ってる。リラーナ、大事な香精さんに素敵なおうちを考えてあげてね」

声をかけると、彼女はまた、小さくうなずいた。


数日が経ち、私は相変わらず午前中は厨房、午後は修業の日々にいそしんでいた。

今日は、厨房の一番忙しい時間の後、料理長にお願いしてオーブンを借りている。料理するのはレモンペッパーチーズケーキ以来だ。

寝かせてあった生地に、いい香りのする仕上げの材料を混ぜ込む。綿棒で伸ばして、丸い型で抜いていく。

こうして何かを作る時間、そして、出来上がるのを待つ時間は、楽しい。弾力のある生地に手で触れて、いい匂いを胸一杯吸い込んで、焼き目を目で楽しんで、味見したら美味しくて。

しかも、食べた人が喜ぶ顔を想像したら、もっと楽しい。

ふっ、と、ヴァシル様がケーキを食べる様子が思い浮かぶ。

厳しかったり、クールだったりするヴァシル様が、私の作ったチーズケーキを食べた時は、あの綺麗なお顔を子どもみたいにほころばせて幸せそうだった。

「また、あの顔を見たいな……」

思わずつぶやいてしまい、ハッと我に返る。

いやいや、ヴァシル様の食事は料理長の領域だ、私が図々しく手を出しちゃダメだよね。今、作っているこれも、他の人のためのものだから、残り物をヴァシル様に回すのも失礼だし。

でも、いつかまたヴァシル様のために料理をする機会があるといいな、なんて、思ってしまった。

午後になり、植物園で今日も素材を摘んできた私は、調香室でヴァシル様に質問しまくっていた。

「ちょ、ちょっと待って下さい、ユーカリってそんなに種類があるんですか？」

「先日摘んできたユーカリ、わかっていて摘んできたのかと思っていましたが」

「わかってませんでしたごめんなさい！　合っていたなら偶然です！」

「……【樹木】のトレルが他の素材を見て、気を回したのかもしれませんね。ルイは大精霊たちに甘やかされすぎている」

つ、冷たい、ヴァシル様の視線が冷たい。ケーキ食べてた時はあんなに可愛かったのに！

ヴァシル様は、息が白くなりそうなくらい冷ややかに言った。

「代表的なものは三種類です。いくら君でも覚えられるでしょう。今すぐこの場で覚えなさい」

イエッサー！

ヒーヒー言いながら口の中でぶつぶつと暗記していると、ノックの音。

「ヴァシル様、香芸師の方がお見えになりました」

従者さんに案内されて入ってきたのは、イリアンだった。植物園にいたはずのポップがついてきていて、彼の周りをふわふわ飛んでいる。

私はつい、イリアンをマジマジと観察してしまった。

仕事場では頭に布を巻いて後ろで縛り、作業着みたいな格好をしているのに、今日は違う。頭に何もかぶっておらず、癖のある前髪が額に落ちている。前合わせになっている上着は、腰の下の方でサッシュベルトのようなので縛ってあり、ブーツを履いていた。バナクの服だろう、かっこいい。

「失礼します。ご依頼の瓶を、お届けに上がりました」

イリアンは、木箱を持って調香室の中に入ってきた。

歩き方がぎこちない。緊張してるのかな、と思いながら、ふと彼の足下を見ると――。

服に変なしわが寄っている。あれ、と思ったら、彼の上着の裾を小さな誰かがつかんでいた。ちらり、と紫の瞳が覗く。

「リラーナ！」

私は思わず声を上げた。

イリアンの後ろに隠れるようにして、リラーナの小さな姿があったのだ。リラーナにしがみつかれてたから、歩き方がおかしかったのか。

ずっと、台の下に引きこもって出てこなかったリラーナ。何か心境の変化があったに違いない。

ポップがうろちょろしているのは、リラーナに付き添っているつもりなのかも。

「……申し訳ありません、妹です。おとなしくしていますので」

イリアンは言いながら、テーブルの上に木箱を置き、布の包みを取り出した。親方に注文してあった香精瓶だろう。

「構いません。前にルイが言っていた子かな」

ヴァシル様が私を見たので、私は「はいっ」と大きくうなずいた。イリアンが軽く頭を下げる。

「前に母が香精を作っていただき……。その瓶のことでご指摘いただき、ありがとうございました」

「いや、役に立てたならよかった」

ユーカリの件で不機嫌になっていたはずのヴァシル様が、うって変わって優しい口調で言う。

「ほら、見てみなさい、ルイ」

私はイリアンが布を取り去ったその中から現れたものを見る。

「……わあ」

親方が作った、オレンジとネロリの香精瓶だ。

口には乳白色の美しいひだが入り、本体はカットされた宝石のような形になっていて、淡いオレンジや緑が複雑に入って光っている。

「素敵です……！　あっ、香精が出てきて伸びをした。わぁ、すごい、絵になる」

ため息混じりに感想を言うと、ヴァシル様はうなずいた。

「これが、親方の腕前です。私は彼をとても信頼しているんですよ」

すると、イリアンが少し緊張した声で言う。

「うちの親方が、ヴァシル師は最近変わった香精をお作りになることが多いから、今回は久しぶりに昔ながらの香精で嬉しい、と気合いが入っていたようでした」

あ。そういえば、私がレモンペッパー香精を持って行った時、親方はちょっと複雑そうな表情と態度だったなぁ。

ヴァシル様はゆっくりとうなずいた。

「親方は、伝統的な香精が好きですね。そして、それを見事に表現する彼の伝統の技が、私はとても好きです。――しかし、しばらくは色々と試さなくてはいけないことがある」

不意に、ヴァシル様と目が合った。

その視線が、何だかとても真剣なもので、私はドキッとする。試さなくてはいけないことって、何だろう。

けれど、ヴァシル様はスイッと視線をイリアンに戻し、続ける。

「私はいつでもまた私と親方とで、傑作と呼ばれる香精と香精瓶を生み出せたらと思っていると……そう、伝えてもらえるでしょうか」

「わかりました。きっと、喜ぶと思います」

イリアンはうなずいた。

ヴァシル様は、今度は柔らかな視線で私を見た。

「ルイ、その女の子は、私の作った香精を持ってきているようですね。香りがします」

「あ、はい！」

さすがはヴァシル様、香りに敏感。

イリアンが、リラーナを小声で促した。

「ルイに見せたくて、持ってきたんだろ？」

そして、私にも言う。

「自分から、行くって言ったんだ。……こいつ久しぶりにギルドの外に出たよ」

リラーナは、もじもじしている。

リラーナの香精は、不安を取り除く香精。心を落ち着かせる香精。どんな瓶になったんだろう？

私は静かな森の中、香精と一緒にゆっくりお昼寝しているリラーナをイメージして、瓶をデザインした。香精自身もゆっくり休めるように、下半分を濃いモスグリーンにしたので、流行——淡い色で服に合わせやすいもの——からは外れてしまっていると思うんだけど。

辛抱強く、笑顔で待っていると、リラーナはおずおずとイリアンの服から顔を離した。胸元の瓶を持って、そっと私に差し出す。

「わぁおぅ」

感嘆のあまり、変な声が出てしまった。

下半分がモスグリーンなのは、私のデザインを使ってくれたらしい。でも、ちょっと面白い形になっている。形は電球に似ていて、上の球の部分に淡い紫の花模様が入っていたのだ。

「……びんのなかで、ねんねするとね……」

リラーナが、とぎれとぎれに説明してくれる。

「おはよう、ってしたときにね……お花がみえるの」

ああ、なるほど！　瓶は香精の住処。確かに、この中で目覚めたら、ドーム状の天井に花がいっぱい見える。香精は嬉しいだろうなぁ！

「リラーナが考えたの⁉　すごいね！　香りも、前より元気になってる」

私は何度もうなずいた。

「瓶を作り直して香精が元気になって、今度は香精がリラーナを落ち着かせてくれたんだね、きっと。大事にしてね」

リラーナは「うん」とうなずいた。すると、イリアンが私に視線を向ける。

「ルイの言った通りだった」

「え、何？　何を言ったっけ」

「人間と香精が、癒し、癒される関係がいいんじゃないか、ってやつ。本当に、その通りだな」

珍しくイリアンが素直なことを言うので、私は大きくうなずく。

「でしょ？　それがわかったわけだし、きっと次も面白い瓶が作れるよ！」

「ああ。今から楽しみだ」

にっ、とイリアンが笑った。

そこへ、ふと、静かな声。

「…………ほう」

そのトーンに、ハッ、と振り返ると――。

――ヴァシル様が、何やらどよーんとした雰囲気をまとわせて、据わった目で私を見ている。

「二人はずいぶんと、仲良くなったようですね」

「は、はい？　ええっと」

戸惑っていると、椅子の肘掛けから右手を浮かせたヴァシル様が、私を小さく手招きした。

急いで近づき、椅子のそばに立つと、ヴァシル様は座ったまま何やら満足そうにうなずいた。そして、私とイリアンを見比べるようにして微笑む。

「レモンペッパーの香精瓶も、なかなか面白かったですよ。見ていると、あのケーキを食べたくなります。ルイ、また作って下さい」

……いっけない。あまりイリアンと馴れ馴れしくして、出しゃばったらまずかったかな。

そうだよ、今日イリアンが来たのはヴァシル様の瓶を届けるため、それがメインじゃない。だからヴァシル様は今、私を下がらせたのかも。

「はい、また作りますね。それで、あの……イリアンとリラーナに、私の香精瓶を作ってもらったお礼を渡してもいいでしょうか？」

恐る恐る断りを入れると、ヴァシル様は「まあいいでしょう」とうなずいた。

私はまたヴァシル様から離れ、調香室の隅に置いておいた自分の籠から布包みを出してきた。リラーナに差し出す。

「これ、お土産。二人で朝ご飯にでも食べてね」

リラーナは、くん、と小さな鼻をうごめかす。

「……バジルのにおい。あと、ポップのにおい」

ズビシ、とポップが空中でポーズを決める。自分の話題には敏感な奴なのである。

私はうなずいた。

「そう、ブラックペッパー。元気に、自由な気持ちで過ごせるように、って」

「ありがとう」

リラーナはイリアンがうなずくのを確認してから、包みを受け取り、にこ、と笑った。

イリアンがヴァシル様に「それでは、失礼します」と挨拶し、リラーナと調香室を出て行く。

あ、ちなみに、お会計は定期的に締め日があるようです。

いやー、よかったなー。きっと天国のお母さんもホッとしてるんじゃないかな。こちらに天国があるのかどうかはわからないけど。

そんな風に思いながら扉が閉まるのを見守り、そして振り向くと——。

ヴァシル様が眉間に皺を寄せ、椅子の肘掛けで頬杖をついて、私を睨んでいた。

え、今度は何っ⁉　今のも何かまずかった⁉

低い声が、私に尋ねる。

「――ルイ。さっき渡していたのは何ですか」

「ス、スコーンですっ。バジルと、ブラックペッパーの、スコーンですっ」

どもりどもり説明する。

イリアンが甘いものが嫌いだと言うので、甘くないもので何か……と思ったんだよね。で、今回役に立ってくれたバジルを使ったんだけど、な、何か⁉

ヴァシル様の眉間はそのままだ。

「私は、それを、食べていませんが」

えっ、食べたかったんですか⁉

「あ、ありますあります、たくさん作ったので！」

私は急いで、自分の籠からもう一つの包みを取り出した。自分用だからお皿さえないんだけど！

「どうぞ」

おずおずとヴァシル様の前に包みを置き、開いてみせる。

ふわり、とバジルの香りが立った。刻んだバジルとブラックペッパーを混ぜ込んだスコーンは、淡いきつね色。表面が割れて、中のほっくりした面が見えているのがまた美味しそうだ。

ヴァシル様は、軽く顔を近づけた。

「ふん。いい香りですね、バジルとブラックペッパーか。……君、作ってみますか、ルイ」

「え、何をですか?」

聞き返すと、ヴァシル様はさらりと言う。

「香精です」

「えっ⁉」

私が、香精を作る⁉

あたふたしているうちに、ヴァシル様は床に屈み込んだ。

「調香陣は私が処方しましょう。少し、レモンも入れますか。君は呪文を考えなさい」

あわわわ! そ、そうか、レモンペッパーチーズケーキの時みたいに、ヴァシル様は私の修業とスコーンを絡めようと思ったのね。

ええと、ええと、バジルは元気になる香りで……ブラックペッパーは、香辛料そのものより穏やかな香りをしていて、でも温かくなるような感じで。ほのかにレモンが香って……。

そうこうしている間に、ヴァシル様はさっさと調香陣を書き上げ、中央にどこから持ってきたのかお皿を置いてスコーンを載せた。

「いいですよ」

早いわ! ええい、もう思い切っていこう。ずっと閉じこもっていたリラーナが外に出てきた、そのことをイメージして!

「さささ爽やかな風に呼ばれて! レモン!」

思いっきりどもったけれど、私は声を張った。

ふわっ、と宙に【果実】の大精霊シトゥルが現れる。

『わあ、ルイ頑張って！　爽やかな風よ吹け！』

レモンのフレッシュな香りが広がった。

「解き放たれよ！　バジル！」

次に、ぽん、と【ハーブ】の大精霊ビーカ少年が。

『あっ、ルイだ！　自由に解き放たれる香りを！』

彼の元気な声とともに、解放されるようなすっきりした香りが加わる。

「そして温《ぬく》もりで包め！　ブラックペッパー！」

『待ーってましたーっ！　温もりとともに！』

【スパイス】の大精霊ポップが、ぴゅーんと飛び回る。

調香陣の上に、きらっ、ぱっ、と光の球が弾けた。

緑からレモン色へ、その姿はグラデーションがかっている。小さな香精が、生まれた。

『バジルペッパーの香精、誕生だー！』

ポップがビーカやシトゥルとハイタッチしている。

き、気が合うのかな。でもよかった、無事に生み出せた！

レモンにバジルにブラックペッパーなんて、食べ物系ばっかりのような気がするけど、すごく心が解放されるような気分になる香りだ。

生まれたての香精は、私の周りをくるくると飛び回っている。まずは仮の瓶を決めないと。

「ええっと、瓶、瓶……ヴァシル様、この子の瓶も、イリアンのところに作りに行っても？」

振り向いてみると、ヴァシル様はスコーンのお皿を手にいそいそと机を回り込み、自分の椅子に座っていた。私の視線に気づき、眉をきりりと逆立てる。

「ルイ、君は私の弟子だということを忘れないように。香芸師の弟子にはやりませんからね。ではいただきます」

えええ、そんなこと心配してたんだ⁉　私が香芸師の方に興味を持っちゃうんじゃないかって？

『イリアンの前でケーキのこと持ち出したの、たぶん牽制だぜ』

ポップが歯を剝き出して、ニシシシと笑っている。

はぁー？

ヴァシル様は澄ました顔で、指先でスコーンをつまみ口に運んでいる。

つい、ぼそっとつぶやいてしまった。

「私、日本に帰る香りを探してるんですけど……」

「ほれれも」

ヴァシル様はうっかりスコーンを食べながら何か言い、一度呑み込んで、改めて言った。

「それでも、ルイ。君はこの世界に、新しい香りをもたらしました。元の世界に帰るのだとしても、もっとたくさんの発見をしていって下さい」

「……！　はい！」

帰れない、とは、言わなかった！　そして、いつか帰る私でも、きっと何か役に立てるんだ！

「うん。美味しいですね。外はカリッとして、でも中はふわりと。バジルの香りとペッパーの刺激に、飽きない」

スコーンを美味しそうに食べるヴァシル様に、はしゃぎ回る大精霊たち。まさに、幸せってこういうことを言うんだろうな、という光景だ。

これが、見たかったんだ、私。

「あっ、お茶、頼んできましょうか」

嬉しくなって、扉の方へ向かいかけたところで――。

トントン、とノックの音。

「失礼します、お客様です」

従者さんに案内されてきたのは、ひょろっと細い女の子。くりくりのプラチナブロンドに眼鏡、若草色のローブ。

「ヴァシル師、キリルです。ルミャーナ師の使いで……」

言いかけた彼女は私を見るなり、髪の毛を爆発させそうな勢いで声を上げた。

「ちょ、ルイ!? あなた、何でここにいるんだっ」

「え？ 何でって、だから弟子だって……」

「嘘だっ、私だって何度もお願いしたのに、何であなただけ弟子に!? ヴァシル師！」

「もぐもぐ。静かにして下さい、美味しいものを味わっているんですから。もぐもぐ」

「ヴァシル師！ 納得行きません!!」

……何か……これから色々と困ったことになりそうな予感……。

私はこっそり、お茶を頼みにヴァシル様の調香室を抜け出したのだった。

あ、たくさん作ったバジルペッパースコーンの残りは、厨房スタッフの皆で美味しくいただきました。

‡　‡　‡

「ヴァシル師！　納得行きません！」

久しぶりに、キリルに詰め寄られる。さすがにもう諦めたかと思っていたが、ルイが私の弟子になったことで、気持ちが再燃してしまったらしい。

しかし幸い、この後キリルは私以外の香精師のところにも使いに行くようだ。

「早く用件を済ませなくていいんですか？」

促すと、悔しそうに顔をゆがめたものの、ルミャーナからの手紙を置いて去っていった。

やれやれ、とため息をついていると、ノックの音。

「……キリル、帰りました？」

扉の隙間から、ルイが顔を覗かせる。キリルがいないと見て取ると、ホッとした顔で扉を改めて大きく開き、ワゴンを押して入ってきた。そして、ポットからお茶をカップに注ぐ。

元の世界で、喫茶店で働いていたというルイ。私の選んだ服を着てお茶を淹れる彼女は、この調香室に当たり前のように馴染んでいた。

彼女の服はそもそも、いつも私が服を仕立てている店に注文したもので、かつて私が仕立てた服の意匠《デザイン》からこんな感じのものを……と選んだ。なるべく早く作りたかったからというのもあるが、私の趣味の服を着せることには意味がある。特に、誘惑しようとしている時には。

私の弟子であるという印、そして、私のものだという印。

しかし、ルイはそれに気づいているのかいないのか……。初めて着た時に「可愛い」と言ってやると真っ赤になってはいたが、彼女は鈍いようなので、単に着慣れない服に照れていただけかもしれない。

それでも、恐縮しながら喜ぶ様子を見ていると、なぜかこちらまで温かい気持ちになる。ルイが喜んで笑った、そのことを、喜んでいる自分がいる。計画の一環としての贈り物なのに……。

私は、気持ちを落ち着かせるように一口、紅茶を飲んだ。

まあ、気に入りの人形に似合う服を着せた時のような満足感なのだろう。きっと。

残しておいたバジルペッパースコーンも一口、口にする。美味い。

……それにしても、ルイが私の家族について触れた時には、少し驚いてしまった。

『そういえば、ヴァシル様は一度も弟子を取ったことがないって聞きました。ご家族もいらっしゃらないし、お一人で大丈夫ですか？』

一瞬、過去が脳内を過《よぎ》って黙ってしまったのを、彼女はいぶかしんだだろうか。

かつて家族だった人々とは、離れて暮らすことになったが、特別な事件などがあったわけではない。ただ、家族の中で『私』と『私以外』が違い過ぎた。

姉の「あなたは年をとってもちっとも変わらないわね。羨《うらや》ましいわ」という言葉も、父の「誰と会っても、お前の香精の話が出るよ」という言葉も、母の「あなたはすごいのね、自分が生んだなんて信じられないくらい」という言葉も——若い頃は果実のように甘く香ったのに、時を重ねるにつれて少しずつ腐臭を放った。私を褒めながら、私を人間でないもののように見ている視線が、そう感じさせるのだ。

父公爵の持つ爵位を一つ継ぎ、家を出ると言った時、一様にほっとした表情をした家族が思い浮かぶ。そして私も、アモラの領地の館で一人になった時、安堵したものだ。

会わなくなって、久しい。両親はすでに亡くなったし、社交の場から離れているので姉がどうしているのかは知らない。

衣装部屋に置いてある家族の肖像画は、もう遥か過去のものだ。あの頃とは何もかもが変わってしまった。絵を見ていると、心の中にあるべきものがないような空虚を感じるから、しまい込んである。捨てたり燃やしたりすることなど、どうしてできよう。彼らを憎んでいるわけではないのに。

ルイには、家族と離れていることだけを教えた。

『寂しいと言えば寂しいですが……今は君がいる』

同情を引き、かなり直接的に「ルイがいればいい」と匂わせたのだが、ルイには通じなかった。

それどころか、彼女はこう言ったのだ。

『じゃあ私、頑張っていい弟子になります。ヴァシル様が、こんな弟子なら他にも欲しい、って思うくらいに！』

その時の笑顔を思い出し、私はちらりと、ルイを見た。

彼女はソファに座り、自分の書いた記録を読んで何やらブツブツと暗記していたが、私の視線に気づいて立ち上がる。

「あ、お茶、お代わりですか？」

……もしかしたら彼女は、自分が私に誘惑されることなどあり得ないと思っているのか？　それでこんなに鈍いのか？

好きだとか、愛しているとか、言葉にすることはたやすいし、身体の接触をもっときわどいものにすることもできる。しかし、彼女が修業に集中できなくなることは避けたい。このあたりの加減が難しいところだ。

私のカップに紅茶を注いでいるルイを、じっ、と見つめる。

さて、どうしてやろうか。少し、邪魔な要素も入ってきてしまったことだしな。

そう、ルイを一人で香芸師ギルドへやったのが、失敗と言えば失敗だった。彼女は私の弟子なので、てっきり親方がルイを担当するものと思っていたら、イリアンという青年が担当になったのだ。

イリアン、そしてイリアンの妹リラーナと急速に距離を縮めていったルイは、二人のためにバシルペッパースコーンまで焼いた。私も後からスコーンをもらったが、言わなければ食べられないところだった。

ルイが料理で人を次々と惹きつけてしまうと厄介だ。彼女には、集中してもらわなくてはならない使命がある。それに何より、彼女が何か作って私がそれを食べられない、という状況が、なぜかとても悔しい。

おかしなことだ。こんな風に『何かが欲しい』と熱望するなんて、およそ私らしくない。あまりに『人間』らしすぎる。

私が寂しくないようにするために、いい弟子になると言うルイ。美味しい料理を作り、私が食べているのを見て嬉しそうに笑顔を見せるルイ。レモンペッパー香精をそばに置きたくなってしまったように、ルイという心地よい存在も、そばに置きたくなってしまっている。

今まで彼女を利用しようと、誘惑めいたことをしてきたのは私の方なのに、まさかあんな一言や料理だけで立場が逆転した？　もちろん、彼女に私を誘惑するつもりはないのはわかっているが、まさかこの私が……いや、そんなはずはない。

ふと、恐れを感じた。

他の人々からは、まるで別の生き物を見るように一線を引かれているのに、彼女が私と人間同士として触れ合うからこんな妙な気分になるのだ。

使命を果たさせようとするあまり、関係を深めすぎたのかもしれない。あえて嫌な言い方をすれば、私は孤独に付け込まれる隙を作ってしまったのだ。

全ての人々は、いずれ私のもとを去る。人間らしくいても空しいだけだ。ルイに影響されすぎないよう、一線を引かなくては。修業以外のことで私から近づくのは、避けた方がいいかもしれない。

ソファの方を見ると、またルイと目が合う。

彼女はにこにこと笑った。

「ヴァシル様、バジルペッパーの香精の瓶、どんなのがいいですかね！」

……やれやれ。こちらの心まで変えてしまいそうなこの笑顔は、バジルペッパー香精のようだ。

第三章　護《まも》りのオレンジ

アモラ侯爵邸は、その敷地のほとんどが広大な植物園になっている。降りこぼれる花々、みずみずしいハーブ、鈴なりになった果実――そしてブドウ園も。

私は香精師の修業をしながら、午前中は厨房で働いている。今日は、そのブドウ園で働くことになっていた。収穫したブドウを保存するため、干しブドウにするのだ。これで長く、侯爵邸の食事に使うことができる。

ブドウ園の脇のテーブルに布を広げ、収穫してきたブドウを山と積み、使用人たち総出での作業が始まった。

「そうかー、ブドウが旬の季節になったんですね。美味しそう！」

私はブドウを数粒ずつ分けるため、ハサミで枝をパッチンパッチン切りながら、香りを楽しんだ。日本で食べていたものとは、微妙に種類が違うみたい。緑色で、種ごと食べちゃうんだそうだ。

「この糸を結んでくれ」

料理長に麻糸の束を渡された。ブドウとブドウの間隔を空けて、枝に麻糸を結んでいく。ある程度の長さになったら、屋根のあるスペースに渡した棒にひっかけて干す。

「料理長、生でも使うんでしょう？」

「もちろんさ。明日はブドウのタルトにしよう」

「うわ、楽しみ！　こんないい香りの……あ」

ふと、私は手を止める。一緒に作業をしていたアネリアさんが、ん？　と顔を上げた。

「何？」

「あ、いえ」

私は糸結びを再開した。

そうだよね、果物には旬がある。一部は温室で育てているから、通年で食べられるけど、旬にならないと出会えないものもある。果物に限らないけど、シーズンが来るまで何ヶ月も待たなくては香りを確認できない植物がある……ってことだ。

もし、私がこちらの世界に来るきっかけになった香りが、例えば冬にしか存在しない香りだったら。少なくとも、冬までは帰れない。

しかも、もし私がこの冬に、その香りに気づけなかったら？

次の冬まで帰れない……ううん、ずっと気づけないかも……。

私はブンブンと首を横に振った。アネリアさんがぎょっとしたので、あわててごまかす。

「あ、ちょっと虫が顔にまとわりついて。しっしっ」

ダメダメ、気持ちを切り替えないと。悪い意味でのもしものことなんて考えてても、何にも解決しないんだから！

「そういえば、オレンジやレモンの香りから香精を生み出してるけど、このブドウは……」

私はじっと、手元のブドウを見つめてみた。

いい香りがするものでも、二種類に分けられると思う。一つは、刹那で終わってしまうもの。もちろん、それが悪いという意味ではなくて、その時しか楽しめない貴重な香りだ。

もう一つは、香精にすればしばらく楽しめるもの。香精を生み出す元になる香りを持っている植物の精霊は、私の目にはキラキラとした粒子に見える。

今、このブドウにキラキラは見えない。ブドウの香りは、香精にはできないらしい。つまり今しか楽しめない香り。

私の元いた世界なら、色々な香料を人工的に作れるだろうけれど、こちらの香精は天然の香りからしか生み出されないのだ。

「香精で【果実】と言えば、やっぱり柑橘の香りだよね。オレンジとか、レモンとか」

作業しながらつぶやいていると、厨房メイドさんが顔を上げた。

「そういえば、ヴァシル様が果樹園で、何か摘んでらっしゃるのを見たことがあるわ。木からもぐんじゃなくて、茂みに手を入れてらしたから、オレンジやレモンじゃないのは確かよ」

「本当⁉　いつ？　どんな？」

「もうだいぶ前だわ、去年の……やっぱり夏だったかしらね。葉ごと摘んでらっしゃって、何の実かは見えなかったけど、葉に隠れるくらいだから小さい実じゃないかしら」

【果実】に、私の知らない香りがあるなら、確かめないと。それが帰還の鍵になるかもしれないんだから。

ヴァシル様に聞いてみよう、と一瞬思ったけれど、私はふと躊躇《ちゅうちょ》した。

ここ数日、どうにもヴァシル様がそっけないのだ。聞いたことには答えて下さるんだけど、ヴァシル様からは話しかけてこない。前は変なスキンシップまであったのに、それもない。

今朝に至っては、従者さんがヴァシル様のメッセージを伝えに来た。

『今日の課題。まずバラを摘み、その香りに合うと思われるものを、いくつでもいいから探してくること』

いつもなら、午後にヴァシル様の調香室に行ってちょっと雑談もして、それから指示を下さるのに……。

ヴァシル様の様子が変わったのって、イリアンとリラーナが来た日あたりから、かなぁ。あの時、何か地雷ふんじゃった？　ヴァシル様用のスコーンがなかったこと、ムッとしてる風だったし。クールな一面もある方だけど、今回は単にクールということではないような気がする。

ヴァシル様の笑顔、私、好きなんだけどなぁ……。

って、何を考えてるんだか。ヴァシル様だってお忙しいんだから、機嫌の悪いことくらいあるよ。もしいいタイミングがあったら、何か私にしてほしいことはありますかって、聞いてみよう。

私は、厨房メイドさんに、以前ヴァシル様が何か収穫をしていた場所がどのあたりだったか聞いた。

ヴァシル様の手を煩わせることはない、後で修業の時に植物園に出るから、探してみよう！

午後になり、私はまず植物園にバラを摘みに行った。

バラは香精づくりにはマストな存在、大人気の花だそうだ。香精師に入ってくる注文もバラを使ったものが多いそうで、この植物園でも大事に育てられていた。

何種類ものバラが、キラキラとした粒子をまとって咲き乱れている。精霊たちが生き生きしているのがわかる。庭師さんたちの丹精のおかげだ。

「んー、いい香り！」

淡いピンクの花に顔を近づけ、私は目を閉じて香りを楽しんだ。

「このバラにしよう！　さて……問題は次だ」

ピンクのバラを摘んだ私は、あたりを見回した。

『バラに合う香りを見つけろ』なんて、ずいぶん大雑把な指示だな、と思う。やっぱりヴァシル様、ちょっとそっけないよね……。

ううん、でも、私は大精霊たちと交流できるし、大精霊たちは私にすごく親切にしてくれる。ヴァシル様もそれを知っているから、織り込み済みで指示したのかもしれない。

そしてまさに、大精霊たちの様子を見ていて、私はすでにあるヒントをつかんでいた。

ヴァシル様が香精を作る時、呼び出された大精霊たちがたまに口にする言葉。

『気が合いそう』

そう、香りには相性がある。つまり、大精霊同士の仲がいい香りの系統は、相性がいい傾向にあるんじゃなかろうか!?

例えば、私が生み出した【スパイス】の大精霊・ポップ。

『おうっ、ルイ、今オレのこと考えてただろ!?』

「ぎゃっ」

私は思わず肩をすくめ、そして斜め上を見上げた。

小さなスカンクが、空中に浮かんでいる。くるくるっ、とバク宙を決め、ズビシ、と両手で私を指さした。

『お、当たり? 当たり?』

「その根拠のない自信、どこから生まれるのよ」

『そりゃあ……君とオレとの愛から、かな』

ばっちーん、とウィンクするポップ。

この、自己肯定感が突き抜けて高い大精霊が、【スパイス】のポップだ。

そして、私がポップを生み出す時に『気が合いそうな気がする』と協力してくれたのが、【樹脂】の大精霊ハーシュ。おじいさんの姿をした、フランキンセンス——乳香——の精霊だ。

「ねぇポップ、ハーシュの香りってどう思う?」

聞いてみると、ポップはなぜか祈るように両手を合わせた。

『何だか落ち着くんだよなぁ……あのじーちゃん、まるで包み込むような雰囲気を持っててさ。こないだなんか、気がついたらハーシュの膝で寝てたぜ』

……う、うちの愚息がご迷惑をおかけしております！

とにかく、気が合うのは確かみたい。大精霊同士はみんな仲がいいけど、特に仲がいい関係というのは、やはりあるのだ。香精師はきっと、そこを把握して香精を作っているに違いない。

ヴァシル様が香精を作る時にどの大精霊を呼び出すか、私は全部書き留めている。そこで、どんな組み合わせが多いのか集計してみたところ、【花】の大精霊フロエを呼び出す時には【果実】の大精霊シトゥルを一緒に呼び出すことが多い、ということがわかった。

つまり、バラの香りに合う香りを探すなら、同じ【花】の系統、もしくは【果実】の系統から探せばハズレは少ない、ってことになるよね！

さっそく、果樹園で香り探しをしよう。ついでに、メイドさんに聞いた謎の実も探すんだ！

歩き出した私に、ポップが話しかけてくる。

『ルイ、今日は何してるんだ？』

「バラの香りに合う香りを探してるとこ。これから果樹園に行ってみようと思って」

『ああ、フロエとシトゥルは仲いいもんな！』

「なぁんだ、ポップは大精霊たちの交友関係、詳しいの!?　最初からポップに聞けばよかったぁ」

がくっ。

『オレは最初から君の僕《しもべ》だって言ってるだろ？　何でも聞いてくれよ。でも、大精霊の仲がいい同士じゃなくても、意外な組み合わせを探すのも面白いよな！』

うっ。そうか、仲がいい同士だけだと、ありきたりの組み合わせになるかもしれないのかー……。

考え込みながら歩いていると、たおやかな声が聞こえた。

『ルイ、何か悩んでいるの？』

「フロエ」

私は振り向く。

咲き乱れるバラの花壇の上に、【花】の大精霊フロエが浮かんでいた。紫の長い髪に紫の瞳をした彼女は、ラベンダーの精霊だ。

私は説明する。

「ヴァシル様にね、バラの香りと合う香りを探すように言われたの。でも、どうしたらいいかわからなくて。フロエは、シトゥルと仲がいいよね」

フロエは『ええ』と微笑み、そして付け加えた。

『あとは、そうね、エクティスともよくご一緒するわ』

「え、誰？　エク……？」

私は聞き返した。よくご一緒する、って、でも私は聞いたことがない。

ふふ、と、フロエは笑う。

『エクティスの姉様は気まぐれなの。夜の方がよくお姿を現すので、ヴァシル様も呼びたい時は夜に呼んでいるわ。ルイは、夜は休んでいるのでしょう？　会ったことがないかもしれませんわね』

「あ、そうか！」

思い当たった私は、声を上げた。

【花】の大精霊、フロエ。

【果実】の大精霊、シトゥル。

【草】の大精霊、ビーカ。

【樹脂】の大精霊、ハーシュ。

【樹木】の大精霊、トレル。

そして、【スパイス】の大精霊、ポップ。

私、まだ六人しか会っていないんだ。ポップは七番目の大精霊として生まれたんだから、元々いた大精霊がもう一人、いるはず！

「エクティスって、大精霊なの？　何の？」

勢い込んで私が尋ねると、フロエは夢見るような目で空を見上げた。

『そうね……何て言えばいいのかしら。ここではないどこかへの、憧れのような香り』

「ここではない、どこか……？」

つられて、空を見上げる。

穏やかに晴れた日で、赤煉瓦の侯爵邸は優しい陽光に照らされている。その上に、まるで空飛ぶ絨毯《じゅうたん》みたいな形の雲が浮かんでいた。

あの絨毯に乗って、家に――『カフェ・グルマン』に帰れたらいいのに。

「……ここではないどこか、かぁ。エクティスの仲間には、日本を思い起こさせる香りもあるのかな」

私がつぶやくと、ポップがあわてた。

『ル、ルイ、落ち込まないでくれ。今はフロエに詳しい話を聞こう、なっ？　たぶん、ここではないどこかっていうのは、この国の人から見て、という意味だと思うぜ』

その言い回しが気になり、私は首を傾げる。

「どういうこと？　この国の人たちが憧れるような場所があるの？」

『バナク、という国を知っていますか、ルイ？』

フロエに聞かれ、私はうなずいた。

「隣の国でしょ？　昔、このエミュレフ公国と戦争してたっていう」

香芸師のイリアンと、その妹のリラーナが、バナクの血を引いていると聞いた。

フロエはゆったりとうなずく。

『そうですわ。バナク、というのは元々は国の名前ではなく、古い歴史を持つ民族の名前。はるか昔は、エミュレフとも平和な付き合いをしていたの。その、昔のバナクに、エミュレフの人々は惹かれている。だから、当時のバナクの文化を刺繍や家具の意匠に取り入れているんですのよ』

なるほど……それって、いわゆるフォークロアみたいな感じなのかな。日本でも、異国の民族衣装のデザインを取り入れた服がある。夏はエスニック柄のワンピースをよく見かけたし、他にもラテンアメリカ風の柄のチュニックとか、インド風の柄のラグマットとか。

そういえば、前にイリアンがヴァシル様のところに来た時、変わった服を着てた。すごく素敵だったなぁ。

そんな、異国への憧れを感じる香りに、【花】や【スパイス】みたいに名前をつけるなら――そう、【エキゾチック】。異国風の香り。

「エクティスは、【エキゾチック】の大精霊、っていう感じなのね。フロエ、エクティスは何の植物の精霊なの？　この植物園にあるかな？」

『ええ、ありますわよ。いらっしゃい』

フロエは快く、私を温室に案内してくれた。


温室の奥、熱帯のものらしき植物がある一角に、その木はあった。

ほっそりした背の高い木に、黄色い花が下を向いて垂れ下がるようにいくつもついている。花びらがくるくると縮れていて、何だかおしゃれだ。

『イランイランの花ですわ』

フロエに教えてもらいながら、私は手を伸ばしてその花を摘んだ。

わあ、南国っぽい香り！　甘くて濃厚だ。確かにこれは、エミュレフ公国生まれというより異国を思わせる。それに、魅惑的で色っぽい。

「華やかな香りがするね！」

『エクティスは、このイランイランの精霊なんです。バラとも合いますわよ』

なるほど、【エキゾチック】のセンターはイランイラン、と。

『……やはり、姿をお見せにはなりませんわね』

あたりを見回すフロエの視線を、私も追う。温室の中は静かだ。

『つくーぅ、ますます憧れを駆り立てられるなぁ！　エクティスお姉様、かー』

ポップは何を想像しているのか、くねくねしている。

私はイランイランの木に向かって、声をかけた。

「エクティス、私はルイ。ヴァシル様のところで香精師の修業をしているの。イランイランの花を少しもらっていくね。私も、あなたと一緒に香精を生み出したいな」

……ふっ、と甘い空気が動いたような気がしたけれど、それだけだった。


フロエにお礼を言って別れ、温室から出たところで、私はあわてて木の陰に隠れた。

植物園の中、レンガの道を、侯爵邸に向かってツカツカと歩いていくオリーブ色のローブの細い姿。ふわっふわのプラチナブロンド、そして丸っこい眼鏡。

「キリルだ」

つぶやくと、ポップがシュバッと私の肩に飛び乗ってそちらを見た。

『またあいつか！　今度は何しに来やがったっ！』

キリルは、ルミャーナ師という香精師のところで修業中の、香精師見習いの女の子だ。

以前はヴァシル様の弟子になりたくて猛烈アタックしてたらしいんだけど、自分が弟子になれなかったのに私がなっちゃったので、ちょっと、そのう、私に複雑な感情を持っているらしく……。

「キリルに会うとめっちゃ睨まれるんだもん、今ヴァシル様の調香室に戻るのはやめとこう」

私はお屋敷には戻らず、果樹園の方へ足を向けた。ポップがプンプンしながらついてくる。

『自分がヴァシルに選ばれなかったからって、オレのルイを目の敵にしやがって！』

「あなたの私ではありません。……まあ、気持ちはわからなくもないよ。私みたいな異世界人が、いきなり弟子になっちゃったんだもん」

私は歩きながら、ポップをなだめる。

「嫉妬って、いい方向に向けば実力を伸ばすっていうよ。キリルが何くそーって頑張ったら、いい香精師になるかも」

『そいつはどうかな』

ポップは鼻で笑う。

『あれから何度か、用事だ用事だっつってヴァシルのところに来てるけど、そのたびに自分の実力アピールをしてるぜ、キリルのやつ。ヴァシルが弟子をとる方針に変わったなら、今度こそ！　とか思ってんじゃないか？』

「えー、でもそれはルミャーナ師に失礼じゃ……まあ、ルミャーナ師がどんな方か知らないけどね」

『そのうち会う機会もあるだろうけど、師匠も師匠だったらどうする？　ルイ』

「ちょ、怖いこと言わないでよ」

ビターオレンジの木々のあたりまでやってきた。

【果実】の大精霊シトゥルはいるかな？　と見回してみたけど、今日はあの元気な姿が見えない。

「シトゥル、いないね」

『他の香精師のところに行ってるのかもしれないぜ』

ポップに言われ、あっそうか、と思う。

大精霊を呼び出すのは、ヴァシル様だけじゃないんだもんね。他の香精師のところで、香精を生み出してるのかもしれない。香精師が何人いるのか知らないけど、大精霊って忙しそうだなぁ。

「じゃあ、シトゥルの助けなしで頑張って探さなきゃね。その間にキリルも帰るでしょ」

私はポップに話しかけ、果樹園を見回した。

「そうだ、厨房メイドさんが言ってたのって、このあたりじゃないかな」

柑橘系以外にも、果たして香精の元になる【果実】の香りはあるのかどうか……。

他の木の陰になったところに、私の背より少し低い、緑の葉をつけた茂みがある。

近づいてみると、陰と思ったのは黒い小さな実がたくさん生《な》って暗いように見えているだけだった。

私は茂みに手を入れて、実を一粒摘んで目の前に持ってきた。

「何だか見覚えがあるなぁ。ブルーベリーに似てるけど、もっと黒い……えっと……」

「それはカシスだぞ」

後ろから声がして、振り向いてみると、庭師のおじさんだった。

「よう、爆弾魔ルイ」

「二つ名がグレードアップしてませんか⁉」

前は『コショウ爆弾のルイ』で、コショウだけだったのに！

がはは、と笑う屈強な庭師さんは、私の持つカシスを指さし、

「カシスも今が旬だな、料理長に言って使うといい。ジャムにすると美味いぞぉ」

と言いながら鍬を担いで行ってしまった。

その背中に「ありがとうございますー！」と声をかけて、私は改めて摘んだ実を眺める。

そうか、カシスだったのかー。ブラックカラントとも言うんだっけ？　でも、実の周りにはキラキラは見えない……残念、香精にはできないのね。でも、それじゃあどうして、ヴァシル様は摘んでたんだろう。単に、つまみ食いかな？

仕方なく、私はその実を口に放り込む。酸味の中に、ほんのりした甘さが広がった。


調香室に入ると、もうキリルの姿はなかった。

ホッ。

「何をホッとしているのですか、ルイ」

テーブルの向こうから、ヴァシル様の琥珀の瞳が私を見ている。

よかった、今日は話しかけて下さった。クールな表情だけど。

襟足でカールした白い髪、肩を少し外して着た孔雀色のローブ。立っても座っても、そして歩いても絵になるお方だ。

『キリルがいないからホッとしてるんだよっ』

ポップがしゃべっちゃったので、私もしゃべらざるを得ない。

「す、すみません、あの子ちょっと苦手で。何か用事だったんですか？」

「ええ、来月末の『香精展』のことで。ルミャーナ師が幹事なので、その使いで来ていたんです」

ヴァシル様が立ち上がりながら言う。

「香精展、ですか？　展示するんですか、香精を？」

「展示発表会、というところですね。アモラの中央通りの両側に、等間隔にガラスの台を置いて、香精師はそこに自分の自慢の香精の入った瓶を展示します。参加者が気に入った番号を主催者に伝える人気投票がありますし、商談につながることもあります」

中央通りは巨大なガラス張りのアーケードになっている。そこに様々な美しい香精瓶が並ぶわけで、華やかなイベントであることが想像できた。

「じゃあ、道を歩いていくだけで次々と様々な香りを感じられるんだ。素敵ですね！」

私はわくわくした。

だって私、まだヴァシル様の作る香精しか知らない。その展示会に行けば、色々な香精師の香精と出会えて、それに色々な香芸師の腕前も見られるってことだよね。

「ヴァシル様、私も見に行っていいですか？」

「何を言ってるんです、ルイ」

ヴァシル様は、本棚から本を取り出し、そして振り返りながら涼やかに言った。

「見に行くどころではない。君も展示するんですよ。君の香精を」

私は目をぱちくりさせた。

「……えっ⁉」

「私に割り当てられた台は五つ。そのうち二つを、ルイの台とします」

さくさくと説明を続けるヴァシル様は、ポップを振り向いた。

「一つはあの、レモンペッパー香精の瓶を置きなさい。ポップのお披露目です」

『おっ、オレの晴れ舞台だな！』

ポップは嬉しそうに、書き物机の上に置かれていたレモンペッパー香精の瓶のそばに下り立った。ケーキポップを象《かたど》った瓶から、小さな香精がきらりと飛び出て、爽やかな香りをふりまく。

ヴァシル様は私に向き直り、続けた。

「香精展までにもう一つ、展示する香精を作ること。もちろん、瓶も必要になります」

私は真っ青になった。

香芸師ギルドでさえ、『あのヴァシル師が初めて弟子を取った』と騒がれてしまったのに、町中の香精師たちに、ヴァシル様の弟子として、私の作った香精をお披露目しなくちゃいけない……⁉

「えっ、えっ、本当に⁉　冗談ではなく⁉」

思わず口走ると、ヴァシル様は目を細めた。その視線が一気に冷たくなる。

「私が冗談を言っているとでも……？」

「わああ、申し訳ありません、でもあの、まだ見習いなのに、他の香精師の方々と一緒に並べられるなんてことがあると思わなくて！」

あたふたと言うと、ヴァシル様はさらりと答える。

「見習いには何か目標が必要でしょう。意識を高く持って修業した方が上達も早い。たとえろくな香精ができなくても、恥をかくのもいい経験です」

ひえええ、最近そっけないと思ったら、こんなこと考えてたからだったの⁉　鬼か！

「他の見習いの人たちも出るんですよね？　まさか私だけじゃないですよね⁉」

「ああ……それはそうです。香精師は何人かの弟子を持っていて、人数に応じて割り当ての台の数も変わります。たいていの香精師は、有望な弟子にいくつか台を譲りますよ」

ヴァシル様はうなずいた。

「ですから、ルイだけではありません。さっきキリルも出すと言っていました」

『ケッ、また自分の実力アピールしていったのかよっ』

ポップは吐き捨てている。

まあまあ、とポップをなだめながら、私は正直、少しだけホッとしていた。

だって、たいていの香精師は弟子にも展示させる……ってことは、絶対させるわけじゃないんでしょ。たまたま今年はさせなかったりして、蓋を開けてみたら見習いの展示は『あのヴァシル師の弟子』だけ、なんてことになりでもしたら、いたたまれないもの。

「とにかく一人は、私と同じ見習いの立場の人が出るんだ。キリルだけど」

つぶやくと、横からポップが『いないよりはマシだな』とひどいことを言った。

「今度は何にホッとしているのか知りませんが」

ヴァシル様はやや呆れたように、私を見る。

「君自身の香精を、しっかり追求しなさい。調香陣を書くのは、今まで通り私がやります。それと、明日にでも香芸師ギルドに行ってきなさい。展示会があることはギルドも知っているので、毎年予定を空けてくれていますが、誰が担当になるかはわからないし、決まったらその担当者と打ち合わせをする必要がある」

「は、はいっ」

不安この上ないけど、やるしかない。

「私、イリアンとしか仕事したことがないし、彼が引き受けてくれたらいいな」

半分ひとり言のようにつぶやくと――。

「またイリアンですか」

ピクッ、となぜか不機嫌そうに、ヴァシル様が眉を吊り上げた。

え、と戸惑っていると、ヴァシル様は軽くため息をつく。

「まあ、展示会でいきなり初めての香芸師と組むよりはいい。親方に言ってみてもいいでしょう。……さあ、この話は終わりです。ルイが選んだ、バラに合う香りを試してみましょう」

そんなわけで、翌日の午後は修業をお休みして、私は香芸師ギルドに向かった。

「失礼しまーす」

ホールを覗き込むと、真ん中あたりの硝炉の前で親方が振り向いた。

「おう、ヴァシル師んとこのルイ。香精展のことで来たんだろ？　担当はイリアンでいいか？」

「あ、はい、イリアンにお願いしたいと思ってました！」

駆け寄りながら私が言うと、親方は満足そうにうなずく。

「だろうだろう。イリアンも、ルイとの仕事は面白かったと言ってたからな！」

そんな感じであっさり担当が決まり、私はイリアンの部屋に向かった。

「こんにちは！　あれ、リラーナがいない……リラーナは？」

「ああ、学校に行ってる」

作業台の前で振り向いたイリアンの言葉に、私はびっくりした。

「学校！」

「まあ、小さい子どもばっかの、読み書きだけやるようなところだけどな。自分から行きたいって言い出したんだ」

よかった！　今まで、行きたくても行けなかったんだろうな、学校。

「で、香精展の件だろ？　ルイはまだ見習いだし、ルイの瓶ならこっちも色々冒険できるな」

イリアンはニヤリとする。

「香精第一もいいけど、流行もちゃんと考えろよ」

「わかってるよー。それでさ」

私もスツールに座ると、台の上に身を乗り出した。

「どんな香りを作るか、っていうところから、一緒にやらない？」

イリアンは目を見開く。

「はぁ？」

「だって、イリアンもお客さんに名前を売るチャンスなんじゃないの？」

私は口説く。

「今の段階からイメージを共有してれば、きっといいものができるよ。ね、やろう！」

イリアンは軽く肩をすくめた。

「……別に、断る理由はないな」

よっしゃ、決まり！

「イリアン、もしこういう香りを使いたいとか、何か希望があれば言ってみて」

「ルイはどうなんだよ。やってみたいことはないのか？」

「うーん……もう一つ展示するのが、レモンペッパーなんだよね。だから、それとは雰囲気を変えたいな。あと、あえて言えば」

私はポップをちらりと見た。

「ポップ。エクティスって、私なんかにも協力してくれるかな」

『お、そっち系か！』

ポップはばっちーんとウィンクした。

『会えさえすれば、オレの魅力全開で口説いてやる。任せろ！』

……心配だ。

大精霊の声が聞こえないイリアンは、私がポップと話し終えるのを待っている。私は説明した。

「今、ポップを入れて七人の大精霊がいるんだけど、【エキゾチック】の大精霊エクティスには、私はまだ会えてないの。気まぐれ屋さんなんだって。会いたいし、もし会えたら貴重な機会だから、エクティスと一緒にやってみたいと思うんだけど」

「ふーん。でも、会えなかったら話にならないわけだろ」

「まあね」

このあいだ、バラにイランイランが合うということで花を摘んでみたけど、ヴァシル様に調香陣を書いてもらったにもかかわらず、呼び出せなかったのだ。

二人でウーンとうなっているところへ、開けっ放しの扉から小さな姿が入ってきた。

「おにいちゃん、ただいま。……あ！　ルイ！　ポップ！」

リラーナが三つ編みを跳ねさせながら駆け寄って来る。胸に、あの紫色の香精瓶を下げていた。

「リラーナー！　ちょっと久しぶりだね」

私は仕事モードをいったんオフにして、すちゃっ、とリラーナの方に向き直った。

「また、お兄さんとお仕事するんだ。よろしくね！」

「やったぁ！」

ぴょん、とジャンプしたリラーナは、ポップにも目を向けた。彼女は大精霊を見ることができる。

「また遊んでね、ポップ」

『我が麗しのプリンセス、喜んで』

作業台の上、ポップは短い足でちまっと片膝をつき、まるで騎士のような挨拶をした。

はにかんだリラーナは、じっとしていられないのか、作業台に捕まってまたぴょんぴょんする。

「ルイ、こんど、わたしのすきなお花もつかって、香精さんつくって！」

「もちろん、いいよ。リラーナの好きな花って、何ていう名前？」

リラーナは「えっと」と思い出すように、視線を上に向けた。けれど思い出せないらしく、しばらくウーンとうなった後で、イリアンに目を向ける。

「おにいちゃん、なんだっけ……窓からいいにおいするの……」

「ああ……ジャスミンのことか」

「じゃすみん！」

リラーナがウンウンとうなずく。私もうなずいた。

「ジャスミンなら知ってる、白い花ね。私、故郷ではジャスミンの香りのお茶が好きで、よく飲んでたよ。おうちの近くに咲いてるの？」

「うん。おにわに、お母さんが植えたの。ねるとき、いいにおいなの」

説明してくれるリラーナ。

寝る時？　そういえば……。

「ジャスミンって、私の国では『夜香木《やこうぼく》』っていう別名があるって聞いたことがあるんだけど、もしかして夜に関係がある花なの？」

「何だ、知らないのか」

イリアンが当たり前のように言う。

「夜になると咲いて、香りがいっそう強まる。【花】の大精霊に詳しいことは聞いてみろよ。朝になるとまた閉じて、それを何日か繰り返したら散る花だ」

「へぇー！」

そうだったんだ！　侯爵邸の植物園にあったかなぁ。でも……。

私はふと、重い気分になった。

果物の旬もそうだけど、昼と夜でも香りが違うものがあるなんて。私、本当に足立さんの香りを作れるのかな。師匠のヴァシル様とも最近、何だか変な空気だし……。

もやもやを振り切ろうと、ブンブンッ、と首を振る。リラーナにびっくりされた。

「ルイ、どうしたの？」

「あ、ごめん！　ちょっと肩が凝って！」

考えても仕方ないんだから、行動あるのみだ！

新たな旬の果物に気づけ。昨日は咲いていなかった花に気づけ。昼と夜の違いに、気づけ！

「じゃあ、今日のところは帰るね。香精展用の香り、考えておくから、イリアンも何かやってみたいことがあったら教えて」

立ち上がると、イリアンは「わかった」とうなずいた。

「リラーナ、おみおくりする！」

リラーナが手をつないでくれたので、私たちは二人で連れ立ってイリアンの部屋を出ると、ホールの階段を下りた。私は彼女に聞く。

「ねぇ、ジャスミンってリラーナのおうちのお庭に咲いてるんだよね。お庭の外からも、香り、感じられるかな」

「うん！　あのね、うらのみちに、はみだしてる」

「あはは、そう。じゃあ匂い嗅げるね。もしヴァシル様の植物園になかったら、夜にそっちのジャスミンを嗅ぎに行ってみようかなー」

話しながらホールを出た瞬間。

「ジャスミンの香りを使うつもり？」

鋭い声が飛んできた。

私は一瞬固まってから、ゆるり、と振り向く。

ふわふわプラチナブロンドの下、眼鏡越しの鋭い目つき。

キリルだ。出くわしてしまった。

「こ、こんにちはキリル」

意識して笑顔を作ったのに、キリルは無表情のまま口を開く。

「こんにちはルイ。香精展に出す香精、私もジャスミンを使うつもりなんだ。……投票をやるって、知ってる？　対決が楽しみだね」

中性的なしゃべり方に、含みを感じる。

目つきも輪をかけて険悪だと思ったら、テーマがかぶってると思われてるのか！

これ以上彼女と揉めたくない私は、あわてて否定した。

「ううん、違うの、夜のジャスミンの香りを味わってみたいって話してただけ。私はまだ、どんな香りにするかは決めてないんだ」

「あらそう。まあ、修業を始めたばかりのあなたに、ジャスミンはまだ難しいかもね」

彼女はちらりと、私の隣にいるポップに視線を流す。

「新人なんだし、その大精霊さんと色々冒険してみるといいんじゃない？」

『君とも冒険してみてもいいんだぜ。どうだい、オレとめくるめく体験は？』

ニヤリと笑い、挑発的に言うポップ。

ちょっとお！

一瞬ひるんだキリルだったけれど、すぐに立ち直る。

「私には必要ないわ。コショウ、とか言うんですってね。珍しい香りを使って目立たなきゃいけないほど、私、苦労してないの。それじゃあ」

キリルはオリーブ色のローブを翻し、サッと私とすれ違うようにしてホールに入っていった。

あのキリルまで一瞬うろたえさせるポップ、なかなか手強い。こっちは緊張しまくってたのに。

ため息をつきながら再び歩き出すと、手をつないでいたリラーナがぷるぷるしている。

「いまのおねえさん、こわい」

「だ、大丈夫！　リラーナには何も怖いことしないよ！」

嫌われてるのは私だからね！

香精展にジャスミン使うのはやめよう。これ以上、キリルを刺激したくないもん。ジャスミンは夜の香りが確認できさえすればいいや。

うん、と一人でうなずいた私は、ギルドの門のところでリラーナと別れた。

「またね、リラーナ！　……ポップ、よくぶち切れないでくれたね」

私は歩きながら、ポップにささやきかけた。

彼は私の右肩で、遠ざかるリラーナに手を振っていたけれど、すぐに左肩へピョンと飛び移る。

『あの様子じゃ、キリルはブラックペッパーの香りを全然理解してないな。ただ目立つ香りだと思ってんだ』

「目立つことは目立つじゃない」

『そういう風に使えばな。でも、他の香りを引き立てる風にも使える。言っただろ、オレは精霊を「その気にさせるのがうまい」って』

ばっちーん、とウィンクするポップ。

まったく、こいつは。

キリルとの会話でもやもやした気分も吹っ飛び、私はポップに笑いかけた。

「そうだったね、すっかり忘れてたわ」

『ルイー！　君にだけは本当のオレを知っていてほしいもんだけど！』

「あはは、ごめんごめん」

私たちは掛け合いをしながら、帰途についた。

翌日の修業の時間、私は早速、ヴァシル様に質問した。

「この植物園に、ジャスミンはありますか？　香りを感じてみたいんです」

「香精展用の香りの候補に、ジャスミンを考えているんですか？」

ヴァシル様は、手にした本に視線を落としながらも答えた。視線は合わないけれど、今日も質問にはちゃんと答えてくれる。

私は首を横に振った。

「そうではないんですけど、夜に香りが強くなると聞いたので、面白いなと思って」

「官能的である一方、繊細で心地よい香りです。しかし残念ながら、私の植物園のジャスミンは、今は花をつけていません。女性に人気の香りですから、今年はもう花を使ってしまった」

ジャスミンの花のシーズンは、初夏から初秋。今は真夏なんだけど、もうなくなっちゃったのか。

「そうですか、見当たらないなと思ったんです。でも、他に咲いている場所を聞いてあって」

すると、ふっ、とヴァシル様の視線が上がって私の方を向き、軽く目を見開いた。

「おや、行動が早いですね。感心しました」

あ、こっち向いてくれた。それに褒められた。やったね！

会話が弾んでいる気がして、私は嬉しくなりながら続ける。

「それで、香りを感じに行きたいんです。夜に外出しても構いませんか？」

「ルイは大人の女性です、構いません。アモラは治安もいい」

ヴァシル様は淡々と言いながらも、うなずく。

「それで、場所はどこですか？」

「はい、香芸師のイリアンの家の庭……」

言いかけたとたん。

「ダメです。行ってはいけません」

いきなり、ヴァシル様の視線が氷の矢となって突き刺さってきた。

「えっ⁉」

私は思わずビクッとして、顔を引いてしまう。

そ、そんなぁ。何で急に⁉

ヴァシル様は、まるで氷の矢の精度を上げるかのように、目を細める。

「夜に男の家に行くなど論外です。年頃の女性としてあり得ません」

「に、庭の外ですよ。香りを確かめたら、すぐに帰ってきますから—」

ちょっとそこまで、という風に聞こえるように軽く言ってみたけれど、ヴァシル様の表情は冷え切っている。

「そこに声をかけられて誘われたらどうします」

「別に、断りますし、そもそもリラーナも一緒に住んでる家で」

「関係ありませんね」

かぶせるように言ってくるヴァシル様は、そのまま続ける。

「現在、君の身元引受人である私がダメといったらダメです」

ダメといったらダメって、何それ、まるで私を子ども扱い！

ヴァシル様が冷たくなるのに反して、ついこちらは熱くなってしまった。

「お願いします、外出許可を下さい。だって、まだ、日本に帰る手がかりを、少しも見つけていないんです、私！」

ヴァシル様にこんなに強く言い募るのは、家に帰らせてくれと言った時以来だ。ヴァシル様はどう思ったのか、視線を逸らして黙ってしまった。

けれど、私は一歩前に出て、力を込めて続ける。

「今この時期を逃して、もし夜のジャスミンの香りが手がかりだったら、丸一年帰還が延びてしまいます。無駄足になってもいいから、どうしても行きたいんです！」

――数秒の間、調香室はシンと静まり返った。

ヴァシル様は視線を逸らしたまま、右手で口元を隠すようにして、しばらく黙っていた。そして、椅子を回して植物園の方を向いてしまった。

さっきほどではないものの、やっぱり冷たい声が聞こえてくる。

「ルイ。素質があるからといって、香精師の技術はそう簡単に身につくものではありません。どうせ時間がかかるのだから、来年ここの植物園に花が咲くまで待てばいい」

「……っ！」

続ける言葉が、見つからない。

沈黙が、いたたまれなくなった。

「……紙がもうないので買い物に行ってきます。昼間だからいいですよね」

私は小声で早口にそう言うと、返事を待たずに調香室を出た。


「あーもうっ、どうしてわかってくれないの、氷アタマ！」

私は肩を怒らせながら、ずんずんと市場を歩いていた。

アモラ侯爵邸で働く使用人は、市場でツケで買い物ができるようになっている。後でまとめて執事のジニックさんのところへ請求が行く仕組みだ。

『ルイも必要なものは買っていいのよ。生活必需品とか、修業に使うものなら何でも』

こちらの世界に来て間もない頃、アネリアさんにそう言われて、修業に使う紙やペン、インクなんかを揃えさせてもらった。ヴァシル様にお借りしたペンダントは、その時に身分を証明するのにも使ったっけ。

「…………はぁ」

私はそのペンダントに手で触れながら、肩の力を抜く。

身元引受人、か。そりゃ、最初は不審者扱いされて、尋問されるところだった私を、ヴァシル様が保護して下さったことには感謝している。そんな私が勝手な行動を取ったらダメだ、また町長さんに何か言われちゃう……ってことも。

「来年まで待て、か」

つぶやいて、ため息をつく。

そりゃあ、一年経てばまた侯爵邸の植物園にジャスミンが咲くんだろうけど……。

軽く頭を振って、ヴァシル様の立場に立って考えてみる。

夜に男性のところに出かけるほどに、ジャスミンにこだわって焦るのはよくないってこと……？

もういい大人の私が、こんな風に行動を制限されるとは思わなかったけど、それは私が日本人だからそう思うのかな。こちらの人から見ると、私、非常識に見えるの？

「うん……そんな気もしてきた。非常識な行動をとるほど焦っているように見えて、そういうことが修業の妨げになっていると、ヴァシル様が判断したんだとしたら」

だってヴァシル様、修業に関することで無茶振りすることはあっても、理不尽なことを言ったことはないもの。瓶を作る時なんかは、自由にさせてくれたし。

熱くなった私を、ヴァシル様はクールダウンさせようとしてくれただけなのかもしれない。だとしたら、さっきの私の態度、あれはナイ。

「はぁ。ちゃんと謝ろう……」

そう決めて顔を上げた時、不意に、甘い香りが鼻先をかすめた。

私が立ち止まっていたのは、雑貨屋さんの前だ。屋台のようなお店で、露台には装飾品や革の小物が並び、日よけの屋根からは大小さまざまな籠がぶら下がっている。バナクの人が店主らしく、イリアンと似た服装の中年の男性がお客さんと話をしていた。

露台の一番端に、木の食器がいくつか重ねられている。そのうちの一つに、何か茶色い、短い釘のようなものが入っていた。

「あ」

私は近寄って、それを確かめた。甘い香りが強くなる。

「どうした？　お嬢さん」

店主のおじさんに話しかけられ、私は尋ねる。

「おじさん、これ、売り物ですか？」

「ああ、クローブかい？　いや、それは俺が時々噛んでるんだ。歯痛を抑えるためにね」

おじさんはちょっと恥ずかしそうに笑う。

やっぱり、クローブか。日本語では『丁子《ちょうじ》』という名前の花で、つぼみを乾燥させたものをスパイスとして使う。甘い香りがつくので、うちの店ではリンゴのコンポートを作る時に使ってた。

スパイスだから、もしかしたらポップの仲間になってくれるかもしれない。

「これ、生の花をどこかで見られますか？」

「エミュレフでは無理だけど、バナクの南の方で咲いてるよ。乾燥させたものを送ってもらってるんだ」

そっかぁ。でも、乾燥したものにも香りがあるんだから、ポップを生んだ時みたいに精霊を呼び出すことができるかも。ポップ、大精霊なのにひとりぼっちじゃかわいそうだから、そうできたらいいな。

……ひとりぼっちは、ヴァシル様も、だ。

「あの、おじさん」

気がついたら、私はおじさんにお願いしていた。

「クローブ、もしたくさんあるなら、買わせてもらえませんか？」


その日の夜。

私は調香室の扉をノックした。

「失礼します」

中に入ると、夕食を終えたヴァシル様は机で何か書き物をしていた。顔を上げ、私を見る。

「ルイ。どうしました」

口調は、冷たくはない。でも、どこか他人行儀な感じがする。

「あの……食後のお茶を、いかがですか」

恐る恐るお伺いをたてると、ヴァシル様はそのままじっと私を見つめてから、薄く笑んだ。

「……もらいましょう」

ホッとして、私は廊下に置いておいたワゴンを調香室の中に入れる。

温めたカップに紅茶を注いで、それから私は香りづけにあるものを入れた。

「どうぞ」

ヴァシル様の前に、カップを置く。

澄んだ紅茶の赤の中に、みずみずしいオレンジのスライス、そしてそのオレンジには飾りのように、クローブがいくつか挿してあった。

「オレンジクローブティです。少し、甘くしてあります」

ヴァシル様は黙って、カップを取り上げた。一口、口に含む。

「……うん……いいですね。オレンジのすっきりした香りを、丸みのある甘みが包んでいるような香りがします。美味しいですよ」

「私の世界で、オレンジとクローブは魔除けや病気除けに使われるんです」

私は説明し、ワゴンの下からもう一つのものを取り出した。

「オレンジポマンダー、と言います。これをヒントに、お茶を淹れてみました」

小ぶりのオレンジの実の表面に、釘の形に似た乾燥クローブをたくさん挿した。一部だけ挿さないスペースを残しておいて、十字にリボンを巻いてある。

「クローブには殺菌作用があるので、このまま乾燥させて飾っておけます。この香りを魔除けとして飾る文化があるんです。ヴァシル様が、私に魔除けのペンダントを下さったので……代わりになるかわかりませんが、おそばに」

ポマンダーを机に置くと、私はぺこりと頭を下げた。

「今日は、申し訳ありませんでした。いい弟子になりますってお約束したのに……。ヴァシル様を信じて、おっしゃる通りにするべきだったし、ヴァシル様を寂しくさせないって言ったのにあんな態度を取って……」

衣装部屋に隠された絵を私は見ていたし、ヴァシル様は寂しいって口にしていたのに、あんな風に感情に任せて飛び出すんじゃなかった……と、私は反省していた。

一人にして、傷つけてしまっていたら、どうしよう。ヴァシル様には、笑顔でいてほしいのに。

……なんて、ただの弟子なのに踏み込みすぎかもしれないけれど。

「これからも、おそばに置いていただけますか？」

小声になりつつも、私はそう尋ね、そして顔を上げてヴァシル様を見た。

すると。

なぜか、ヴァシル様は片手で口元を覆うようにしながら、視線を泳がせている。

「……あの、ヴァシル様？」

「少し待ちなさい、ルイ」

ヴァシル様は焦ったように素早く言い、片手をビシッと上げた。

「待ちなさい。考えるから」

……何を？　許すかどうかを？

ヴァシル様はサッと立ち上がり、ごちゃごちゃした調香室の中を歩き回り始めた。ヴァシル様が近くを通りかかるたび、棚の上やテーブルに置かれたいくつもの香精瓶から、小さな香精が『私の香りに用事かしら？』みたいな感じで、ひょこっと頭を出しているのが可愛らしい。

まるで困っているように見えるけれど、そんなに悩むことなのかな。あれ？　耳、赤い？　怒ってカッとなってるんじゃないよね？

――ようやく立ち止まったヴァシル様は、私に視線を流した。少し、頬が上気している。

「……仕方がない。いいでしょう」

「許して下さるんですか、よかった！」

胸を撫で下ろす私に、ヴァシル様はうなずいた。

「ええ。夜の外出を許します」

「へっ？」

変な声が出てしまった。

「そっち⁉　あ、いやでも、夜に男性の家に行くのは、って……」

「ですから、私も行きます」

「へっ？」

二回目の変な声が出る。

ヴァシル様は私の間抜け顔をまっすぐ見て、言った。

「君の誠実さに免じて、私も君と一緒に、イリアンの家に行ってあげましょう」

「ええっ⁉」

侯爵様が、一般の町の人の家を訪ねていくとか、アリなの⁉

「その代わり、条件があります。この件、修業の一つにします」

ヴァシル様は続ける。

「香精展用の香精として、ジャスミンを使ったものを考えなさい」

私はあわてて、ストップ！　というように両手を前に出した。

「ちょ、待って下さい！　ジャスミンはキリルが……！」

とたん、ヴァシル様の視線がまたもや冷たくなった。

「ほう……？　他の者の香精を気にする余裕があるとは、ずいぶん腕を上げたものですね、ルイ」

ひいい……！

ブリザードを食らってカチンコチンに固まっている私に、ヴァシル様は容赦なく続けた。

「ジャスミンの精霊を呼び出すには、エクティスの力が必要になります」

「エ、エクティスの……？　でも、ジャスミンは花ですよね。【花】のフロエの仲間かなって」

「確かにそうですが、私はジャスミンの香りを使う時はいつも、フロエとともにエクティスの力を借りています。説明が難しいのですが、ジャスミンの香りはエクティスの仲間たちに近いものがあると思うのです」

「つまり、異国を感じさせる、ということですか？」

「そうです。フロエとエクティスが揃う夜、ジャスミンの精霊は最も良い香りを放ちます」

ヴァシル様はうなずく。

「整理しましょう。ルイの課題は、香精展用の、ジャスミンの香りを使った香精を生み出すこと。そのためには、気まぐれなエクティスを呼び出さなくてはなりません。ルイはエクティスが興味を持つような処方を――そして呪文を考えること。思いついたら言いなさい。一度だけ、私は夜にルイと一緒にイリアンの家に行き、その場で調香します。あなたはまだ調香陣を書けないのだから」

「一度きり、ですか⁉」

「そう何度も、彼の家になど行くつもりはありません。そもそも、ジャスミンはそろそろ季節が終わります。のんびりしてはいられませんよ」

ヴァシル様は美しく微笑みながら、言い放った。

「ああ……もしうまく行かなくても、それを香精展に出してもらいましょう。ありのままの実力の程度を晒すといい」

ごくり、と、私は喉を鳴らした。

やるしかない。せっかく、ヴァシル様が私にチャンスをくれたんだ。自分を追い込んで腕を磨かなくちゃ、日本に帰る香りだって作れないに違いないんだから。そうだよ、考えようによっては、夜のジャスミンの香りを確かめつつ香精展に出す課題もこなせて、一石二鳥じゃないの！

私は勢いよく頭を下げた。

「わかりました、やります。ありがとうございます！」

頭を上げると――。

ヴァシル様は、『やれやれ』という風ではあったけれど、微笑んでいた。

よかった、と、私もつられて笑顔になる。

……それにしても、自分の家にヴァシル様が来るなんて、イリアンが驚きすぎてブッ飛ぶかも。

市場で売ってもらったクローブはまだ残っていたので、厨房スタッフの皆にもオレンジクローブティを淹れて、美味しくいただきました。

‡　‡　‡

オレンジクローブティを飲み終えた後、ルイがカップを片づけて調香室を出て行くなり、私は机に両肘をつき、顔を伏せて頭を抱えた。

「……はー……」

認めよう。ルイが可愛らしい女性であることは。

そんな女性に「おそばに置いていただけますか？」と言われて嬉しくない男はいないだろうし、そして私は男だ。それも認めよう。

しかし、認めるのはそこまでだ。

私は顔を上げる。

ルイに、自分からは深入りしないよう、気をつけていたつもりだった。今度の香精展に、ルイの香精も出品するという話をして、お互い教えることと教わることに集中するはずだったのだ。

しかしまずいことに、ルイの口からイリアンの名前が出たことで、私は過敏になってしまっていた。

彼女にとって彼は、大事な仕事上の相棒なのだろうということは理解している。だから、ルイの香精展用の香精瓶をイリアンが作ることには、異議を挟まなかったし納得もした。

しかし、ルイが夜にイリアンの家に行くと言い出した時は、反射的に引き留めてしまった。

「ダメです。行ってはいけません」

その次に出た言葉、

「夜に男の家に行くなど論外です。年頃の女性としてあり得ません」

というのは、嘘の気持ちではなくとも、ほとんど言い訳だ。

ルイが調香室を飛び出して行ってしまい、一人残された私は頭を抱えた。

今ごろ彼女は、屁理屈を言う私にはついて行けないとイリアンに愚痴をこぼしているんじゃないかとか、そして彼はそんなルイをなぐさめているんじゃないかとか、考えてしまった。そうやってすぐに彼に結びつけるところがもう、おかしい。心が乱れている。

しかし。

悶々としていた夕食後、ルイは私のところに戻ってきて――。

――甘くて美味しい、オレンジクローブティを淹れてくれた。

そして、可愛らしい贈り物までそっと差し出して、先ほどの言葉を言ったのだ。「これからも、おそばに置いていただけますか?」と。

彼女は、こんな私のそばにいようとしている。孤独を、見透かされているのだ。その上で、こんな風に優しくされたら……。

……気を引き締めよう。ルイは、師匠としての私を信じて、ついてきてくれようとしている。私はそれに応えなくてはならない。

もう、誘惑など必要ない。ルイは目標に向かってまっすぐな視線を向けている。

私のすべきことは、ルイがよそ見をしないように気をつけることと、彼女が思う通りの香精を作るのに協力すること、それだけなのだ。

第四章　夜のジャスミン

「なに――――っ⁉」

イリアンは、驚きすぎてブッ飛んだ。

香芸師ギルドの、イリアンの部屋だ。ヴァシル様が彼の家に来臨なさる、と知ったイリアンは、立ち上がって絶叫したのちに絶句している。

「やっぱりブッ飛んだ……おーい、イリアン、大丈夫？」

彼の目の前で手を振ると、はっ、と我に返ったイリアンは頭をブルブル振ってから、ぐわっ、と身を乗り出す。

「俺んちみたいなボロ家に侯爵様を、それも偉大な香精師をお呼びしてどーすんだよ！　お前がジャスミンの香りを嗅ぎに来るだけじゃなかったのか⁉」

私は小さくホールドアップしながら答える。

「だ、大丈夫、家には上がらないっておっしゃってた。用が済んだらすぐ帰るって」

イリアンは私を睨んだ。

「何でこんなことになったのか、説明してもらおうか」

はいーっ。

私は小さくなって、事の次第を説明する。

イリアンは黙って聞いていたけれど、やがてため息をついた。

「ヴァシル師は、とんでもなくルイを大事に思ってるんだな」

「大事に？　……あ、そういえば、香芸師の弟子にはやりません、って言われたことがある。私の弟子だということを忘れないように、って」

「つまり、ルイは自分のものだ、イリアンのところには行かせない、ってことだろ」

「私、レモンペッパー香精瓶の時、結構ギルドに入り浸っちゃってたからね」

ははは、と笑うと、イリアンは額に片手を当てて大きくため息をついた。

「それだけならいいけどな……」

「他に何かあるの？」

「それ本気で言ってる？　鈍感な奴」

えええ？　何でイリアン、呆れ顔？

「だって、こっちに来たばかりの時から、ヴァシル様って私を弟子にする気マンマンだったっぽいんだよ」

私はムキになって説明する。

こちらの世界に現れて、お屋敷の裏口から厨房に行こうとした時のことだ。ヴァシル様に、こうささやかれた。

『いつまでも使用人でいられても困りますがね。早く正面玄関から来なさい』

「あれ、早く一人前の香精師になれ、って意味だと思うんだけど。もしあの時からヴァシル様が私の素質を認めて下さっていたなら、他の人には、渡したくないって、思う、かも……」

言いながら、尻すぼみになってしまった。

『他の人には渡したくない』――口にしてみると、妙に甘いというか、独占欲を感じる。そんな気持ちを、ヴァシル様が、私に？

……何か……ちょっと顔が熱くなってきた。

「ま、弟子として大事にしてるってのも本当なんだろうけどな。あーくそっ、ルイに難しい課題を押しつけたのは照れ隠しか!?」

イリアンが何やらぶつぶつ言っている。

「あっ、そう、課題。展示会の香精、ジャスミンはやめようと思ってたのになぁ。キリルとかぶるんだもん」

気を取り直して話を変えると、イリアンも姿勢を正して私に向き直る。

「ジャスミンは、人気の香りの一つだ。キリルの師匠のルミャーナ師が作る香精は、香精を持つ人に対する効果は弱いんだが、周りの人が魅力を感じるような香りを作るのがうまいんだよな。流行もきっちり取り入れて来るし。香精展向けだと思う」

「じゃあきっと、キリルもそういう技を学んでるよね。あー、私の一番、自信ないところだ……」

私は頭を抱える。

「レモンペッパーだって、流行とは全然違うでしょ。変わりすぎというか尖りすぎというか。たまには変わった香精も、みたいな感じで、一度だけでも楽しんでもらえれば、それでいいのかなぁ」

すると――。

イリアンがふと、息をもらすように笑った。この人、笑うとすっごく悪役顔になるな。何かたくらんでるみたいに見える。

失礼なことを思いながら、私は彼を睨む。

「何よ」

「確かに変わってるけど、尖っちゃいないよ、ルイの香精は」

「……そう？」

驚いて聞き返すと、彼はうなずいた。

「ルイは、いい香りのする食べ物を作るよな」

「え？　ああ、うん」

彼はレモンペッパー香精や、バジルペッパースコーンのことを言っているのだろう。

イリアンは続ける。

「食べ物の香りって、満ち足りた気分にならないか？　安心感があるじゃないか。客をそんな気持ちにさせられる香りが作れるなら、ルイの香精は受け入れられるだろ。俺はそう思う」

「そ、そうかな……？」

照れつつも、私は嬉しくなってきた。

ヴァシル様もそんな風に思って、私に目をかけて下さってるのかな。だったら嬉しいんだけど。

「安心感か……それが感じられるなら、変わった香りを一度だけ楽しむんじゃなくて、ずっとまとっていたいって思うかも。新しい流行を作れるかもしれないよね。ありがとう、イリアン」

お礼を言うと、イリアンは鼻を鳴らした。

「そのくらいの意気で行ってくれないと、ルイと組んでるこっちも困るんだよ」

「はーい、ごめん。でも、やれそうな気がしてきた。やっぱりイリアンに相談してよかったよ」

「おだてても何も出ないぞ。とにかく、ルイが香りの組み合わせを決め次第、うちの庭にヴァシル様がいらっしゃって一緒に調香する、ってのは了解した」

イリアンは難しい顔になり、顎を撫でる。

「裏通りで調香ってわけにはいかないだろ、庭には入っていただいて……とすると椅子は必要だな。あと、あれか、茶くらい用意しないとまずいか？　そんないい茶はないぞ？」

うろたえるイリアンを見ていると、ヴァシル様のこの国での地位の高さを改めて感じる。彼、ヴァシル様のところにお使いに来た時も、すごく緊張してたもんね。

「わかった、じゃあ、お湯だけ沸かしてくれる？　私、お屋敷の厨房からお茶の葉を少しもらっていくよ。そうだ、ヴァシル様お気に入りのカップも持って行こうかな」

提案すると、イリアンは立ったまま腕を組み、呆れ顔になった。

「お前、いつもそんな気楽にヴァシル師に接してんのか？」

「気楽なんかじゃないよっ、うっかりしたことすれば即座に氷の矢のような視線がっ。毎日お会いしてるから怖さに麻痺してきただけだよっ！」

「ふーん。まあいい、とにかく準備はしておく」

湯と椅子、湯と椅子……と、イリアンは呪文のようにつぶやいた。


その日の午後の修業は、植物園でのものだった。しかも、ヴァシル様と一緒だ。

オレンジクローブティのあの夜以来、ヴァシル様は再び、私とたくさんお話しして下さるようになった。オレンジポマンダーも、窓辺に下げて飾って下さっている。まあ、妙な接触はなくなったけれど……。

夏の終わりのアモラは、日本よりマシな暑さとはいえ、それなりに日差しが強い。ヴァシル様は、レースの綺麗な日傘を差していた。

レースの日傘って女性的なアイテムだと思うんだけど、ヴァシル様って外見は男性らしいのに様になっているんだよねぇ。日本でも、女ものの着物を粋《いき》に着こなす男性っていたけど、男性の色気を醸し出しながら高貴さも強調されてるって、これがヴァシル様の『粋』なのか。けしからん。

「今日は、この植物園のことでわからないことがあったら、私に聞きなさい」

ヴァシル様は、日傘を肩で支えてゆったりと歩きながら言う。

「この時期は、大精霊たちが忙しい。彼らがいくらルイに甘いからといって、そうそう時間をとらせるわけに行きません」

「う、はいっ」

そうだよねぇ、私って大精霊たちに甘えっぱなしだもん。

今の時期は、香精師たちやその弟子たちが展示会のための香精を色々と作ってみてるんだろうから、大精霊たちもそっちに呼び出されがちで忙しい。私は私でちゃんとやらないと。

ジャスミンと合う、私らしくて安心感のある香りを見つけてみせる！

私は植物園を巡りながら、ヴァシル様を質問攻めにした。特に、エクティスに来てもらうためには【エキゾチック】の香りについて、色々と知らなくちゃいけない。

「この高い木が、香りを持ってるんですか？」

植物園を取り囲んでいる木々の中でも、ひときわ高いその木を見上げて、私は感嘆の声を上げてしまった。

十メートルくらいはあるかな。細長い葉がたくさんついている常緑樹だ。

「サンダルウッドです。樹皮に香りがあります。精霊が教えてくれるでしょう」

ヴァシル様に言われ、私は樹皮に顔を近づけた。すると、あのキラキラ、つまり精霊が、香りを送ってくれる。

「わ、知ってる、この香り。白檀《びゃくだん》だ！」

法事の時、この香りのする扇子を誰かが持っていたような気がする。扇子の骨が、白檀でできていたんだろう。あおぐとお線香みたいな香りがふわっと……何となく仏教的なイメージの香りだ。

「甘い……でも木の香りがする」

「【樹木】の仲間が持つ香りも、感じさせることができますね」

「はい」

私はボードに載せた紙に情報を書き込む。

「他にもあるんですか？　エクティスの仲間の香り」

「もちろん。こちらです」

ヴァシル様に連れられて畑に移動した私は、『ベチバー』という稲みたいな植物を教えてもらった。

「…………」

「どうしました、ルイ」

畑を離れて歩きながら黙りこくっている私に、ヴァシル様は日傘を傾けて聞く。

「あ、はい。……もしかしたら、日本からこちらに来た時のあの香りには、この【エキゾチック】系の香りが入ってたのかもしれないと思って」

私はたどたどしく説明する。

「土っぽさっていうか、苔《こけ》みたいな香りがあった……と思うんですよね。湿った森の中みたいな。そういうのって、エキゾチックな感じがします。私は、ですけど」

すると、今度はヴァシル様が黙ってしまった。

「……どうかなさいました？」

「いや」

無表情で、ヴァシル様はつぶやくように言う。

「ルイにジャスミンを扱わせるのは、やめておいた方がよかったかもしれない」

「えっ？　ど、どうしてですか？」

「ああ、いや……あまりすぐに帰る話題になると、修業に集中できなくなるかもしれないと思っただけです」

ヴァシル様は微笑み、そしてお屋敷の方を向いた。

「さて、私はそろそろ戻り……」

「待って！」

私はとっさに、ヴァシル様の袖を捕まえてしまった。

「もう少し、一緒にいて下さい！」

ヴァシル様が目を見開いて振り返る。

「な、何ですかルイ、そんな顔をして」

たぶん、ヴァシル様は、私に秘密にしていることがある。多くのことを教えてくれる一方で、わざと教えてくれていない肝心なことが、たぶん、ある。

もっとヴァシル様を知ることができれば、それがわかるかもしれない。

「教えて下さい。私、まだまだ聞きたいことがたくさんあるんです。ほら、あの、今日は、わからないことは教えて下さるっておっしゃったじゃないですか」

引き留めようと思って、ヴァシル様の顔を見上げながら説得する。

ヴァシル様は静かに私を見下ろしていたけれど、やがて苦笑した。

「こんな風にすがられたら、応えないわけにはいきませんね」

「えっ。……あっ！」

私はあわてて、ヴァシル様の袖からパッと手を離した。

「すすすみません、つい、ええと」

「それで？　何が聞きたいのかな」

すぐに、ヴァシル様はクールな通常モードに戻る。

ええと、質問質問……あ、そうだ、【果実】のことでも聞きたいことがあった！

「あの、【果実】にはオレンジやレモン以外に、香精を生む精霊はいるんですか？」

「……いますよ。こちらです」

私たちはちょうど、果樹園の近くにいた。ヴァシル様は少し移動すると、私の背より少し低い木を指さす。

「カシスの木です」

確かに、ここは以前、厨房メイドさんに教えてもらった場所だ。

「でも、前に実を摘んでみた時には、精霊が見えなかったんです」

言うと、ヴァシル様は茂みに手を入れた。ぷつん、と葉を摘み、私に差し出す。

「香精の元になるカシスの精霊は、実ではなく、葉の新芽にいるのです」

実じゃなかったのか……！

葉を受け取ると、本当に、キラキラした精霊の光が見えた。目を閉じて、香りを感じてみると、葉っぱなのにフルーティな香りがする。

日本で見たアロマのお店に、カシスの精油なんてあったっけ？　あったとしても、きっと珍しいに違いない。

カシス――ブラックカラント。ブラック、か。

課題に使うジャスミンは、夜香木。色のイメージが繋がった。でも、これだけじゃ足りない……

そこへ、声がかかった。

「ヴァシル様！」

アネリアさんだ。手に、ガラスのデキャンタのようなものを載せたトレイを持っている。

「飲み物をどうぞ。ずっと外にいらっしゃるでしょう。ルイもよ、ちゃんと水分をとらないと」

「あ、ありがとうございます！　いただきます！」

しまった、夏の植物園でヴァシル様を引っ張り回してたのに、そういうことに気が回らなかった！

「ここに置きますね」

アネリアさんはガゼボの椅子にトレイを置き、二つのカップに飲み物を注ぎ分けると、一礼して仕事に戻っていった。

鳥籠のような形のガゼボは、木陰になっている。ここで調香陣を書くことがあるため、テーブルは置かれておらず、中に大理石のベンチがぐるりと作られていた。

ヴァシル様は中に入り、ゆったりと腰かける。

「ルイも座って飲みなさい」

「あっ、はい、ありがとうございます！」

ありがたく座って、カップを手に取った。

ミントティだ。デキャンタごと水で冷やしてから持ってきてくれたのか、冷たくてスーッとして、とても美味しい。

「お疲れですよね、申し訳ありませんでした」

「いや、暑かったけれど、私はそれほど疲れていません。精霊たちが力をくれますからね」

精霊たちが？

私はまじまじと、ヴァシル様を見つめてしまった。

「ヴァシル様は、精霊たちに愛されているんですね」

……そんな話を、誰かとしたような。

そうだ、最初はビーカにその名前を聞いた。それから、アネリアさんからも聞いたんだ。精霊に特別に愛された人は、寿命が延びて、不思議な力を持つ。そして、国に恩恵をもたらすから『精霊王』と呼ばれるって。エミュレフ公国は『精霊王』の誕生を待っているから、王の座は空けてあって、大公が国を治めている。

「ヴァシル様、『精霊王』って、どんな存在なんですか？」

何気なく、聞いた。

ふっ、と、ヴァシル様が目を細める。

「どんな、とは？」

「ビーカが言ってたんです、私の料理の香りが精霊たちに好かれてるって。精霊たちにすごく好かれていることを、精霊王様に好かれてるっていう言い方をするんだとか、何とか。擬人化されてるような言い回しだったけど、でも過去には実在したんですよね？」

思い出しながら言うと、ヴァシル様が低い声で言った。

「……ビーカにも困ったものだな」

「え？」

「いいえ。そう、過去には偉大な精霊王が実在し、国に恩恵をもたらしたと言われています」

ヴァシル様はうなずいて、長い睫毛を伏せる。

「君がこちらの世界に来て、新たな香りをもたらしているのも、もしかしたらどこかにいる精霊王の仕業かもしれませんよ。君を気に入って呼び寄せたのかも。ビーカはそう言いたかったのでしょう」

そして、薄い唇をカップに当てたヴァシル様は一口お茶を飲み、ふっ、と私に視線を戻す。

「……もし、精霊王がルイの目の前に現れて、君をそばに置きたがったら、どうします？」

「ええ……？」

何と返事をしたらいいのか困ってしまい、私は逡巡したのち、とにかく確かなことを口にした。

「でも私は、ヴァシル様の弟子ですから」

すると、ヴァシル様はくすっと笑った。

こんな綺麗な人が、私の作るお菓子を喜びを隠し切れない様子で食べてるんだなぁ、と思うと、こちらまで幸せになってしまう。

うっかりときめいちゃったよ、修業中なのにね！　美形は罪だ。なんて、ヴァシル様のせいにしちゃいけないいな。

その琥珀色の瞳が、植物園の方へ逸らされる。

「しかし、精霊王になりたくてなる人はいないでしょうね。元々は人として生を受けたはずなのに、精霊王などと持ち上げられ、まるで人間ではないかのように扱われるんですから」

えっ……。

そうか。そんな風に考えたこと、なかった。ヴァシル様はそんな風に感じてるんだな。

——自分のことのように……？

「……何です？　そんなに私を見つめて」

「あ、いえ、すみません」

私はあわてて顔を伏せ、お茶の残りを飲んだ。

そうだ、お茶。イリアンの家に行く時、お茶の葉を持って行くのを忘れないようにしないと。そして、彼の家の庭でヴァシル様にお茶を飲んでいただく……。

お茶。

庭。

ジャスミン。

夜。

そして、カシス。

脳内のどこかで、白い光がフラッシュした。

「来たぁ！　これだ！」

私は思わず、立ち上がった。ヴァシル様が目を見開いて、私を見上げる。

「な、何です？」

「香精展に出す香精の、イメージが固まったんです！」

私は興奮して、拳を握る。

私が出展する香精の一つは、レモンペッパー。明るい陽光のもとで目覚めるような、そんな香り。

そして、今思いついた香りは、それと対になるような香りだ。

「もう一つか二つ、香りがあれば、その通りにできるはず……！」

「ほう」

ヴァシル様はカップを置き、面白そうに目を細めた。

「よろしい。それでは明日の夜、イリアンの家に行きましょう。彼に連絡しておきなさい」

私はごくりと喉を鳴らしてから、「はいっ！」とうなずいた。


そして、その夜がやってきた。

早めの夕食をとってから、ヴァシル様と私はお屋敷を出た。何と、馬車で、である。

屋根のない馬車は一頭立ての小さなもので、でも荷台は彫金がされているしクッションは豪華な織物だしで、美しい。まるでどこかの国のロイヤルウェディングみたいで、平然としているヴァシル様の横で私はお尻がぞわぞわして落ち着かない道中だった。

御者さんが馬車を操り、緩いスロープに沿って町なかに下りていくと、行き交った人々が次々と馬車に向かって帽子を取ったり、膝を曲げたりして挨拶する。

ヴァシル様はそれに軽く手を上げて応えていたけれど、ただの弟子の私はヴァシル様の隣でなるべく小さくなって、目立たないようにしていた。

やがて、馬車は漆喰《しっくい》の白壁の家の集まる地域に入った。屋根は平らで、アモラの他の地域——赤煉瓦の町並み、三角屋根——とは雰囲気が違う。

「バナクの人々が多い地域です。赤煉瓦の家に住む人もいますが、このような家を好む人が多い」

ヴァシル様が説明してくれた。

小さな馬車がギリギリ抜けられるような路地は、もうだいぶ暗くなっており、家々から漏れる灯りが頼りだ。何か肉を使った料理の匂い、草の匂い、土の匂い。

「伺っていた住所は、ここですね」

御者さんが馬車を止める。

「あ……」

ふわり、と、花の香り。

腰までの高さの石塀に囲まれた小さな庭から、白い小さな花をたくさんつけた枝が伸びて、路地にまでいい香りを届けている。ジャスミンの花だ。イリアンとリラーナの家は、ここに違いない。

私とヴァシル様が馬車から降りると、

「それでは、一刻後にお迎えに上がります」

と言って、御者さんは馬車を操り去っていった。

馬車の音に気づいたらしいイリアンが、急ぎ足で路地に出てきた。あの、前に侯爵邸に瓶を届けに来た時のような、バナクの意匠《いしょう》の服を着ている。

「ヴァシル師、こんなところまでようこそお越し下さいました」

彼の横からはリラーナが顔を覗かせ、

「いらっしゃいませ……」

と恥ずかしそうにつぶやくと、隠れてしまった。

ヴァシル様は涼やかな微笑みを浮かべる。

「私の弟子のことで、騒がせてしまっているね。手際よく済むようにするよ」

肩に乗ったポップが、私の耳元でクククッと笑う。

『また、「ルイは私の弟子」アピールしてるぜ。独占欲丸出しだな』

ど、独占欲……ヴァシル様は私を、他の人に渡したく、ないんだ。

って、はいドキドキするのはやめやめ！　大事な日なんだから、目の前のことに集中！

私はにっこりと挨拶した。

「こんばんは、お邪魔します。お茶の葉を持ってきたよ」

「ああ。ヴァシル師、どうぞこちらへ」

イリアンが先に立って案内してくれた。

イリアンとリラーナの家も漆喰壁の家で、ちょっと穴蔵に入っていくような雰囲気があって面白い。玄関を入ると壁にくぼみがあって、そこにランプが置かれて通路を照らしている。左が居間と厨房、そして右側が開《ひら》けて庭になっていた。

そこにある小さな木のテーブルにはバナクの意匠のクロスがかかり、木の椅子が置かれている。

そして、庭の一角ではジャスミンがこぼれるように咲いていた。

「いい香り！　リラーナはいつも、この香りに包まれて眠るのね。いいなぁ」

私が言うと、ポップも厳《おごそ》かにうなずく。

『うむ。眠りまでも、姫君のようだ』

リラーナはウフフとはにかみ、今度は私の背後に隠れた。

イリアンがヴァシル様に椅子を勧める。

「ヴァシル様、こちらにおかけ下さい。ルイ、湯が沸いてる」

「あ、はい、ありがとう」

石積みの竈のある台所に入らせてもらい、私はお茶を淹れた。持参したカップに注ぎ、庭のテーブルに運ぶ。

「ヴァシル様、どうぞ」

「なぜルイが、この家で私に茶を淹れるんですか。この家の家族でもあるまいに」

どことなくむっつりしているヴァシル様。私はびっくりして言う。

「私のためにヴァシル様に来ていただいてるんですから。お客さん然としてるわけにはいきません」

「お茶などいいからさっさと始めればいいではないですか」

「今日はお茶も大事なんです！　雰囲気づくりとして！」

「では君も飲んだらどうです」

「じゃあいただきます。イリアンとリラーナにもごちそうしていいですか？」

「いいでしょう。『私とルイ』からの手土産としてね」

ポップが私の背後で笑い転げている。

『ぶはは！　あくまでも師弟セットにこだわるな、ヴァシルは！』

ああもう、何が何だか。

ふと、イリアンがヴァシル様を見て言う。

「あの……ヴァシル師とルイは、いつもこんな感じなんですか。それこそ、何だか家族みたいだ」

え……。そ、そうかな？

振り向くと、ちょっと驚いたような顔のヴァシル様と、目が合った。

でもすぐに、ヴァシル様は柔らかな表情になる。

「ええ、いつもこうです」

……機嫌、戻った？　やれやれ。

でも、家族みたい、か。イリアンからそう見える上に、ヴァシル様もそう思っているなら、私なんかでもヴァシル様の寂しさを紛らわせることができているのかな。

必要とされているなら、嬉しい。

そんなことを思いながら、イリアンの家のカップにお茶を注ぎ分ける。リラーナのお茶に蜜を入れて甘くするなど何だかんだごたごたして、ようやく一段落。

私は立ち上がった。

「それじゃあヴァシル様、そろそろ」

「そうですね」

ヴァシル様も立ち上がる。

「始めましょう」

イリアンの家の庭は地面が土なので、ヴァシル様はあの蠟石みたいな石ではなく、木の枝で調香陣を書いた。

私はそこに、持参した植物を置く。そして、庭で摘ませてもらったジャスミンも、置いた。

まだ見ぬエクティス……来てくれるかな……。

「始めます」

私は深呼吸した。今日の調香は、いつもと違う。

大精霊たちを、お茶会に誘うのだ。

「お菓子の用意！　甘酸っぱいカシス、ふわっとブラックペッパー！」

まずはトップノートの呪文。

ぽんっ、と宙に【果実】のシトゥルが現れた。

『お菓子にカシス、素敵ね！　甘酸っぱく香れ！』

『大人の菓子だぜ！　ブラックペッパーの隠し味を！』

【スパイス】のポップがシトゥルとハイタッチ。フルーティで爽やかな香りに、スパイスの香りが風味を添えた。

次の香り、ミドルノートだ。私は呼びかける。

「お茶を淹れて、クラリセージ！」

【草】のビーカ少年が現れた。

『へぇ、お茶会だっ。お招きどうもー。お茶の香りをどうぞ！』

クラリセージは、ほんのり紅茶の香りを思わせるハーブだ。

そして、ミドルからラストへ。私はお腹に力を入れた。

「一日の終わり、大人の夜のお茶会、ジャスミン香る異国の庭で。フロエ、エクティス、さぁどうぞ！」

目の前に紫色の風が流れ、まずはフロエがふわりと姿を現した。フロエは私に微笑みかけてから、ジャスミンの木に寄り添う。

『姉さま、みんなでお茶にしましょう……？』

すると。

宙に、ぽっ、と、淡い黄色の光が点《とも》った。

「あっ……」

息を呑んでいると――。

癖のある肩までの髪は黄色。豊満な身体、ふっくらした唇の、妖艶な女性の姿の大精霊が現れた。

【エキゾチック】の、エクティス！

彼女は不思議そうに、私を見る。

『あなたが、七番目の命名者のルイ？　今日は、あなたのお招きなの？』

「初めまして、エクティス。来てくれて、ありがとう」

ドキドキしながら、挨拶する。

ポップが飛び出てくると、片手を胸に当てて挨拶した。

『美しきエクティス、オレはポップ。どうぞお見知り置きを。……オレの刺激を楽しんでくれると嬉しいんだが』

すると、エクティスは微笑み、指先でポップの鼻をつついた。

『その刺激、味わわせてもらったわ。素敵ね』

うひゃあ、何だか、この二人がしゃべると大人の色気が！

エクティスは再び、私に視線を移す。

『美味しそうな香りに、引き寄せられずにはいられなかったの。ふふ……お茶会には、お花が必要ね。ジャスミンの花を差し上げましょう』

エクティスはフロエと見つめ合い、両手をそっと合わせた。

高貴で、官能的な、ジャスミンの香りが広がる……。

調香陣の上に、ろうそくの炎のように白い光が揺れた。

と思ったら、その光は一瞬で弾けた。

ジャスミンの香りの加わった、『夜の大人の茶会』の香精の誕生だ！

きらきらと光りながら、白い小さな光は庭を巡る。

「やりましたね、ルイ」

ヴァシル様が微笑んだ。

「君の思った通りの香精ですか？　『夜の大人の茶会』は」

「はい！」

私は大きくうなずいて、大精霊たちを見上げた。

夜に甘いお菓子で、ちょっと罪な雰囲気。そしてお茶とジャスミンでしっとり華やかに……香りを楽しむこんなお茶会、したかったんだ！

『夜の大人の茶会』の香精は、挨拶するように私の周りを回った。

私はイリアンを振り向く。

彼は瞬きもせずに、香精の誕生を見守っていた。その横で、リラーナが目をキラキラさせている。

「イリアン」

呼びかけると、彼はハッとしたように私を見た。私は香精を手に座らせて、彼の前に差し出す。

「このお茶会の様子を、覚えておいて。この雰囲気を、瓶にしてほしいの」

「……ああ」

イリアンは、大きくうなずいた。

「俺の家で、俺の目の前で調香してくれてありがとうな、ルイ。よくわかった。俺の持つ技術で、表現してみせる」

『楽しみね』

いつの間にかエクティスが近くに来ていて、イリアンに微笑みかけていた。

『夏の終わり、最後のジャスミン……この子を素敵な瓶に入れてあげてね』

イリアンには大精霊は見えていないはずなんだけれど、何か感じ取ったらしい。目を閉じて、深呼吸して、さらに香りを感じ取っているようだった。

エクティスは、私を見つめる。

『可愛い子。黒い瞳……エミュレフの人でも、バナクの人でもない……異邦人なのね、ルイ』

私はうなずいた。エクティスはゆったりとうなずき、そしてヴァシル様を見る。

『この子が、長い長い時を経て、ヴァシルがとうとう弟子にした子……どうやって見つけたの？』

「い、い、い、スタニスが、見つけてくれたんですよ」

ヴァシル様は短く答える。

『スタニス』……？　誰？　それに、長い長い時を経て、って、どういう意味だろう？

私にはよくわからない内容だったけど、エクティスにはわかったらしい。彼女は満足そうにうなずいた。

私は尋ねる。

「エクティス……あなたの仲間たちの香りは、どこか遠くを思わせるの。どうしてかな」

『それはね、ルイ』

エクティスは、まるで私を憐れむように、私の頭に腕を回して胸に抱いた。

『あなたが異邦人だからこそ、なのよ。周りの人々と……周りの香りと違うからなの。だから、過去は他の人より遥かに遠い』

「……孤独だね」

『そうね。けれど、そう思うのはおそらく、異邦人であるあなただけ』

エクティスは、声を低めた。

『他と違うものを、このエミュレフは孤独にはしておかない。自分たちと違うものだからこそ、注目する。そして、仲間にしようと試すの』

「どういうこと……？」

『そのままの意味よ。私も、私の仲間たちも、そうしてこの国の香りの一部になってきた。異邦という存在のままでね』

微笑みながら、エクティスは私から離れる。

『きっとあなたも、試されている。この国での役割を……』

――そのまま、彼女はスウッと消えていく。

気がつくと、調香を終えた大精霊たちは皆、姿を消していた。

お茶会は、終わったのだ。

ヴァシル様が静かに立ち上がる。

「帰りましょう、ルイ」

「あ……はい」

私は、「片づけはやっておく」というイリアンと、眠そうなリラーナに挨拶をして、ヴァシル様と一緒に外に出た。お茶会香精が、楽しそうに後をついてくる。

試されている……私が？　それって、香精師になれるかどうかっていう意味なんだろうか。それとも、他にも何か……？

隣のヴァシル様を見上げると、ヴァシル様は「ん？」というように軽く首を傾げる。私は曖昧に微笑みを返し、馬車を待つふりをして視線を逸らした。

長い長い時を経て、私を弟子にした、とエクティスは言った。それってもしかして、弟子を取るつもりが今までなかったのではなくて、ずっと弟子になる子を探していたっていうこと？

私の何が、ヴァシル様の条件を満たしたんだろう……。


それからしばらく経って、いよいよ香精展の会期が始まった。

紅葉を始めたアモラの木々は爽やかな風にそよぎ、町は秋の気配に包まれている。中央通りは、アーケードの屋根を透かして降り注ぐ陽光に穏やかに照らされていた。曇りガラスのようなこの屋根も、香芸師たちの仕事らしい。

煉瓦の道の両脇に、等間隔でガラスの台が並び、香精の入った香精瓶が展示されている。そして、それぞれの台にお客さんが近寄っては香りを楽しんでいた。その傍ら、ローブ姿の人が何人もいる。香精師だ。

私はヴァシル様のお許しをもらって、ポップと一緒に香精瓶を鑑賞していた。

ざっと見たところ、アモラには十数人の香精師がいるらしい。そして、弟子たちらしき姿も見かける。

「どれも見事に、違う香りで素敵だね。それに、香精瓶、本当に綺麗……」

私はため息をつきながら、一つ一つじっくりと見ていく。

やはり、多くの香精瓶は服に合わせやすいような淡い色だったけれど、物語の宮殿のような形の瓶、蝶々のような瓶、花束のような瓶など、どれも精緻で工夫が凝らされている。

「あ、ポップ見て。こっちのは何かの動物の形だ」

『いいな！　今度イリアンに言って、オレの形の瓶も作ってもらおうぜ！』

いや……それは賛成できかねるな……君はあのスカンクだし。

「ルイ！」

可愛らしい声で呼びかけられ、振り向くと、リラーナが駆け寄ってくるところだった。その後ろからイリアンもやってくる。

「ルイ、ポップ、いっしょにみよう！」

「もちろんいいよー。ねぇ、実は教えてほしいんだけど」

私は苦笑いしながら、イリアンとリラーナを見た。

「ルミャーナ師と、そのお弟子さんの瓶って、どれかな。私、文字にまだ自信がなくて」

そこそこ勉強してるし名前や簡単な文章ぐらいは読めるんだけど、展示品に付けられた名札、飾り文字なんだわ。お手上げっ！

「頭文字くらい、区別つくだろうがよ……あっちだ、ルイ」

イリアンが呆れながら教えてくれる。

もう少し進んだ場所の台のところに、細身の女性が立っていた。まっすぐな赤毛を顎で切りそろえ、眼鏡をかけている、初老の知的な女性……きっとあの人がルミャーナ師だ。

そしてすぐ側に、プラチナブロンドのカーリーヘアが見える。キリルだ。

彼女はこちらに気づくと、どこか挑発的に微笑みながら目を細める。ルミャーナ師は幹事だからか、すぐに忙しそうに立ち去ってしまい、そこにはキリルだけが残った。

気まずいなー！　ジャスミンは使わないようなことを言ったのに、使っちゃったもんなー！

「こ、こんにちは」

私はへこへこしながら近づき、そしてそのあたりの台を一つ一つ鑑賞した。

イリアンが、小さな動きでちょいちょいと指さす。

「これだな、キリルの」

「わ、綺麗だ」

私は感嘆の声を上げた。

瓶は、まるで三日月のような形をしている。半透明の乳白色で、カメオのように浮き彫りになったジャスミンが美しい。優雅に飛ぶ香精からは、最初に百合のような香りが、それからジャスミンと樹木のような香りが届いてきた。

私は思わず、キリルに話しかける。

「月の細い暗い夜、花園を散歩してたら、白く光るジャスミンに出会った……みたいな、素敵な香りだね！　私、こんな香り欲しいわ」

ぎょっとしたようにキリルは身を引いたけれど、すぐにツンと顎を上げた。

「あなたも何だかんだ言ってジャスミンにしたんでしょう、結局。自分の香りを身につければいいじゃない」

「私のは私のですごく気に入ってるけど、それはそれじゃない？　色々楽しめるからいいよね、香精って。よかったら私のも見ていってね」

私はそう言うと、これ以上キリルに何か言われないうちに、そそくさとその場を離れた。イリアンとリラーナが待っている。

「お待たせ。さあ、お茶会香精の瓶のところに行こう」

「展示の仕方、工夫したとか言ってたけど」

イリアンに言われ、私はうなずく。

「うん、見てみて」

先に、レモンペッパーのケーキポップな瓶の台のそばを通った。香精は瓶の周りを元気に飛び回り、お客さんが香りを楽しむ表情がにこにこしているので、ホッとする。

そして、その台から少し、間を置いて……。

「へぇ」

イリアンが感心したような声を上げた。

台の端に、ちょっとしたスタンドを置いて、ヴァシル様が着るローブのような孔雀色の布をかけてある。布は台を覆って、下まで垂れ下がり――。

――布を背景に、香精瓶は置かれていた。

形はシンプルで、厚みのあるメダルのような形をしている。直径は十センチもない。

瓶を透かして、中にぐるりとジャスミンの白い花。花には淡い緑で陰影がついていた。中心に向かって夜空の色、カシスのような深い紫へとグラデーション。そして、瓶の底に白いティーカップが一つ、置かれている。カップの中で香精が休んだり、また外に出てきて飛び回ったりしている。ジャスミンの花と夜空の見下ろす庭で、お茶会をしたあの日の様子を、イリアンが表現してくれた。

背景として布を飾ったのは、淡い色の瓶でなくてもこんな風に服に合わせられますよ、というのを見せたかったからだ。

「きれい……お茶のカップも、お花みたい」

リラーナが見惚れている。イリアンが香りを確認した。

「隠し味みたいに、ブラックペッパーの香りが全体をまとめてるな」

「だってよポップ、よかったね……あれ？　ポップ？」

見回してみると、ポップは香精師たちの一人一人のところへ飛んでいって、何か話しかけている。

私はちょっと噴き出してしまった。

「営業かけてるんだ、自分の香りを使ってくれって。七番目の大精霊、あまり知られてないもんね」

「でも少し、香精師たち、引いてるな」

イリアンは呆れたように肩をすくめた。そこへ、お客さんから声がかかる。

「あのう、この瓶を作った香芸師さんですか？」

「え、あ、そうです」

あわててイリアンが対応する。

おお、瓶も評判になってる？　よかった！

私はリラーナに手を振って、こっそりとその場を離れた。歩きながらもう一度、自分の香精たちの展示されているあたりを振り返る。

香精師のローブに似た、白と赤の変わった服装の人が、レモンペッパー香精のそばにいた。

誰かな、何の職業だとああいう格好をするのかな……と思っているうちに、その人はすぐに人ごみに紛れて見えなくなった。

アーケードを抜けたところにテーブルや椅子がたくさん出ていて、関係者たちが座って休んでいる。その中に、ヴァシル様の姿もあった。

「ヴァシル様」

「ルイ。見てきましたか」

「はい！　すごく勉強になりました！」

ヴァシル様は「そう」と微笑むと、ちらりと横を見た。

「あそこで、投票の集計をやっていますよ」

見ると、長机に何人かの人が腰かけて、何か書いている。

そうだった、そういえば人気投票があるんだった。

「どの香りもよかったから、順位をつけるのが何だかもったいないですね、ヴァシル様」

「それもそうですが、今現在どんな香りが人気なのか知ることは仕事に役立ちます。結果はただ、受け止めればいい」

確かに、その通りだ。こういう仕事なんだから、優劣というよりも流行を知ることが大事だよね。

私は「はい」とうなずいた。

やがて、掲示板に票数が貼り出された。

一位は、ヴァシル様だ！　さすが！

ヴァシル様は三つの香精を出展しているんだけど、その中の一つが一位に輝いている。とても複雑な香りで、何と何と何、とは言えないんだけど、レモンから秋の花や桃のような実り、そして木々の香りを感じさせる。夏から秋への移り変わりを、そのまま香りにしたみたい。

香精は暖かみのあるオレンジ色で、瓶もほんのりオレンジを滲ませたすらりと細長いスタイリッシュなものだった。

「わあ、おめでとうございます！」

「いいから自分の順位も見なさい」

ヴァシル様はクールだ。

私の順位は……と、上から見ていく。ルミャーナ師の名前、再びヴァシル様の名前、知らない名前……と続き、それから知っている名前が出てきたのはキリル。

ああ、キリルの方が私より上だったー。でも、本当に素敵な香りだったもん、納得。

「正直、ちょっとホッとしたわ」

ぼそっとつぶやくと、頭の上にいたポップが『ケッ』と笑う。

『キリルに恨まれないからだろ。文句のつけようのないくらい叩き潰したっていいのに！』

「やめてよ……。あ、私の、あったよ」

キリルの二つ下に、夜の大人の茶会香精とレモンペッパー香精が続けてランクインしている。

「思ったより気に入ってもらえてる！　やった、嬉しい！」

正直、心配していたのだ。イリアンは励ましてくれたけど、やっぱりレモンペッパーは他の香りとあまりにも違ったから。

「ヴァシル様、あの、私の順位……」

「ふん」

ヴァシル様は鼻を鳴らしたけれど——。

私の表情を見ると、ちょっと苦笑してから、ふわりと微笑んだ。

「よかったですね」

「えっ」

ちょっとドキッとして、まじまじとヴァシル様の顔を見つめてしまった。ヴァシル様はひるんだような表情になる。

「……何です？　嬉しいのでしょう？」

「あっ、ええと、はい！　自分では、とてもいい香りを作れたと思うんです。だから、気に入ってくれた人がこんなにいただけで、もう」

私は答え、何となく恥ずかしくて目を逸らしてしまった。

だ、だってヴァシル様ってこういう時は容赦がないから、「あのくらいで満足していてはいけません」とか「私の弟子なのに、この順位では恥ずかしい」とか、そんな風に言われると思っていたのに！　何で今日は優しいの、ドキドキしちゃうじゃん！

ヴァシル様の声が、降ってくる。

「自分の愛する、納得のいく香りを作るのが、一番です。その香りを好きになる人は、必ずどこかにいる」

そっか。そうだよね。よかったんだよね。

私はもう一度、感謝の気持ちを込めてヴァシル様に笑顔で言った。

「はい。ありがとうございました！」

ヴァシル様も再び微笑んで、私を見つめる。

すると、そこへ――。

「ヴァシル様」

声がかかって振り向くと、キリルが立っていた。

「キリル。とてもよい香精を作りましたね」

ヴァシル様が言うと、キリルは頭を下げる。

「ありがとうございます。……でも私、もっともっと、上を目指したいです」

顔を上げた彼女は、まっすぐにヴァシル様を見つめた。

「改めて、お願いします。私を、弟子にして下さい」

私はギョッとして、キリルを見た。肩の上でポップが何か言おうとしたのを、素早く手で口をふさいで止める。

ヴァシル様はゆったりとした口調で答えた。

「順位も素晴らしかったし、君はルミャーナのもとでさらに力を伸ばしていくと思いますよ」

「ルミャーナ師に不満があるわけではないんです。ただ、私にとって、ヴァシル様は特別なんです」

キリルは真剣な目つきで言う。

「香精師になりたい、と思ったのは、ヴァシル様がきっかけでした。私が七歳の時、ヴァシル様はやっぱり香精展で一位をお取りになって、この会場で調香の実演をして下さいました」

実演……そういうのもあるんだ。

私はちょっとハラハラしながらも、思い出を語るキリルを見守る。

「その時の呪文が、声が、香精が……本当に素敵で、忘れられなくて」

キリルは言い、もう一度、頭を下げる。

「お願いします！」

「………」

ヴァシル様は表情を変えないまま、キリルを見ていた。そして、口を開く。

「私は、わがままな師匠でね。弟子に求めるものが、他の香精師と違うのですよ」

「何が必要なんですか⁉」

顔を上げたキリルは、一歩前に出た。

「私、素質はあるはずです。今日も、ルイより順位が上でした！　教えて下さい、私はヴァシル様のようになりたいんです。他に、何が」

「私のようになりたい？」

ヴァシル様は、そう問い返した。

私はハッとして、ヴァシル様を見る。その口調が、いつものクールな雰囲気と少し違うような気がしたからだ。

膝の上で手を組んだヴァシル様は、その手をじっと見つめた。

「キリルは、香精師になりたいのでしょう？　それなら、ルミャーナについていきなさい。私のところでは、君は香精師にはなれない」

その声は、静かなものだったけれど……抑え切れていない。苦々しい、自嘲のようなものが。

キリルがさらに言い募ろうとしたところで、香精展のスタッフらしい女性が声をかけてくる。

「ヴァシル様、お願いできますか？」

「ええ」

もうキリルに視線を戻すことなく、ヴァシル様はスッと立ち上がった。そして、広場の真ん中へ出て行く。

スタッフの女性が周囲に呼びかけた。

「それでは、毎年恒例、投票結果第一位の香精師の実演です。ヴァシル様、お願い致します！」

いつの間にか、広場には大勢の人が集まっていた。実演を見に来ているのだ。スタッフ数人の手によって木箱が運ばれ、そこにいくつもの植木鉢や果物が入っている。調香に使う素材だろう。

「どなたか、何かテーマを頂けますか」

よく通る声で、ヴァシル様が観客に問いかけた。私のすぐ後ろにいた人たちが、ひそひそと話しているのが聞こえる。

「言えないよねぇ。あのヴァシル様に、私の好きな香精を作って、なんて」

「タダで、でしょう？　罰《ばち》が当たりそう。神様みたいなんだもの」

最初は、私もそう思ったっけ。

私は、こちらの世界に来たばかりの頃を思い出す。ヴァシル様の第一印象は、『神様みたい』だった。

でも、ヴァシル様が私の作ったお菓子を美味しそうに食べてくれるのを見ているうちに、親しみが湧いて、距離が縮まった気がして。イリアンに、家族みたいだって言われた。

よし、誰も言わないなら、ここは私が！

口を開きかけた時、視界の隅で、キリルがサッと手を挙げるのが見えた。

「お願いします。ヴァシル様から見た、精霊の世界を、香精にして下さい。ヴァシル様からはどんなふうに世界が見えているのか、知りたいです」

拍手が起きる。

ヴァシル様は軽く目を細め、キリルを見つめると小声で言った。

「……いいでしょう。これでおそらく、君は私を諦める」

えっ……。

ヴァシル様は蠟石を手にすると、広場に調香陣を書き始めた。書く姿さえ絵になるヴァシル様の姿に、皆、固唾を呑んで見入っている。

やがて陣を書き終わると、ヴァシル様は木箱からいくつかの素材を取り出して陣の上に置いた。

そして、いつもなら陣から少し離れた所に立つのに——まるで自分も素材の一つであるかのように、陣の円周の上に立った。

「果実の、甘い香りに囚われて」

『私の世界にようこそ！　さあ、一緒に行きましょう？』

ヴァシル様の背後から【果実】のシトゥルが飛び出した。今日は、オレンジの甘い香りが濃い。

誘われて、引き込まれる。

彼女に視線をやることなく、ヴァシル様は続けた。

「森の奥へと分け入って行け。水の音、鳥の声もやがて消える」

『下界を離れ、僕たちの支配する世界へ』

すっ、と空気中から滲み出すように、【樹木】のトレル青年が現れた。

ヴァシル様は素材の名前を言わないけれど、何か木の香りが……そして、どこか重みのある苔の匂いがする。

私は少し、不安になり始めた。

美味しそうな果物に誘われて歩いていくうちに、樹海に迷い込んだみたいな気分だ。鬱蒼《うっそう》として、薄暗くなっていくイメージ。

もっと進んで行ったら、どうなるんだろう。

そして。

「花咲く谷に、落ちて行こう」

ヴァシル様がささやくと、ふわりと【花】のフロエが下りてきて――。

陣の上のヴァシル様自身から、甘い芳香が立った。

樹海の作る暗闇の中、ふっ、と足元の地面が消えて、落ちる。這い上がろうとしても、甘い香りに囚われて出られない。もう、人間の世界には戻れない。そんな香り……。

くらり、と目眩がして、私はハッとあたりを見回した。

足立さんの香りとは違うけれど、あの時に似ている。別世界に連れて行かれそうな感覚だった。

キリルは、ヴァシル様から目を離さないまま、白い顔をしていた。小さく震えている。怖がっているのだ。

そして周囲の観客は、ぼーっとした表情をしている。どこからか、子どもの泣き声が聞こえてきた。私の隣の男性がふらついた、と思ったら、膝から崩れ落ちる。

「だ、大丈夫ですか？」

あわててしゃがみ込んで顔を覗き込むと、その若い男性は片手で顔を覆った。

「すみません、何だか、気分が……」

これ、まずい？　まずいよね？

調香陣の真ん中に、光の球が生まれつつある。

「ヴァシル様っ」

思わず駆け寄り、陣の外から呼びかけると、両手をだらりと下げたヴァシル様は少し身体を捻って私を振り返った。

いつもと違う。太陽の光が琥珀を透かしたような、澄んだ瞳のヴァシル様じゃ、ない。暗闇の中、何も見ていないような目をしている。

ヴァシル様がこの場から消えてしまいそうな気がして、私はヴァシル様の袖をつかみ、もう一度、呼んだ。

「ヴァシル様っ！」

「ルイ、どうかな？　人間のいない、精霊たちだけの世界のイメージです、想像できますか？」

香りだけじゃなく、囁くような声までが、私を引きずりこもうとする。闇の中、ふわふわと蛍のように舞う精霊たち――でもそこには、私の大好きなものがなかった。

弾ける料理の香り、美味しさを味わう笑顔、そして、誰かに喜んでもらえる嬉しさ。

人間のいない世界――孤独。みんな、それを怖がってるのか。これは、この場所で作る香精ではない。何だかヴァシル様の様子も変だ！

「ポップ！」

『よしきた』

私の意志をくみ取って、ポップは私の頭の上に飛び上がると、まるで飛び込みでもするかのように、頭から陣に突入した。

『目を覚ませ！』

鮮烈な香りに、ぱん、と張り詰めていた空気が弾けたような感覚がした。

商店街のアーケードを通り抜けて、スーッ、と風が吹いてくる。ブラックペッパーの香りをまとって、風は広場で渦を巻き、淀んだ空気を吹き散らして消えていった。

ヴァシル様は、宙を見つめたままその場に立ち尽くしていた。広場の人々が、目をぱちぱちさせて不思議そうにあたりを見回している。

「……っごめんなさい、調香を中断させてしまって！　つい、つられて【スパイス】の大精霊を呼んでしまいました！」

私はそう言って、三百六十度、あちこちにヘコヘコと頭を下げた。そして、つま先立ちになり、ヴァシル様の耳元で言う。

「ヴァシル様！　申し訳ありません！」

「…………ルイ」

ヴァシル様は、呆然とした表情で私を見下ろす。

そして、ぎゅっ、と眉根を寄せて顔をゆがめた。いったん口元を覆って何か考える様子を見せたかと思うと、近くにいたスタッフさんに小声で言う。

「申し訳ない、今日は調子が悪いようです」

「大丈夫ですか？　こちらにお座り下さい。あ、馬車を呼びましょうか」

「私、行ってきます！」

身を翻そうとすると、いきなりガシッと誰かに手をつかまれる。

振り向くと、ヴァシル様だった。

「ルイは、ここにいて」

声は静かだったけれど、目がとても真剣で、まるですがってくるように感じられて、私はとにかくこくこくとうなずく。代わりにスタッフさんが馬車を呼びに行った。

ローブの襞《ひだ》の陰になって誰にも見えていないと思うけれど、ヴァシル様はそのままずっと、椅子の横に立つ私の手を握っていた。

侯爵邸に戻ると、執事のジニックさんと従者さんが心配そうに出迎えた。二人に支えられて調香室にゆっくりと歩いていくヴァシル様の後を、私も追う。

「大丈夫、少し疲れが出ただけです。紅茶が欲しいな。あと、夕食は軽くして」

ソファにゆったりと座ったヴァシル様は、従者さんにそう言ってから、後ろから覗く私を見た。

「ああ……あと、食後に何か甘いものがあると嬉しいですね、ルイ。疲れが取れる」

「あっ、はい！」

実は元々、『夜の大人の茶会』香精を調香していただいたお礼に、お菓子を作ろうと思って材料は用意してあったのだ。

私は厨房に飛んでいくと、猛然とそれを作り始めた。様子のおかしいヴァシル様に、元気になってほしかった。

「手伝うよ。これを泡立てればいいのか？」

横から料理長が言ってくれる。

料理長に手伝わせるなんて、と最初は断ろうと思ったんだけど、「何かあったんだろう？　弟子も色々と大変だな」と労《ねぎら》われるとジーンときてしまって、甘えてしまった。


そして夕食後、私は調香室の扉をノックした。

「入りなさい」

声に促されて中に入ると、ヴァシル様はソファに身体を預けるようにして座っている。

「お持ちしました。どうぞ」

私は廊下のワゴンからお皿を運び、ヴァシル様の前に置いた。金属の覆いを取る。

「カシスムースです」

濃い紫の艶のあるカシスジャム、そして柔らかな紫のムースと、一番下のスポンジが層になっているケーキだ。

ムースはゼラチンを使って作ることが多い。こちらにもないかなと思って料理長に相談すると、とある豆から作るゼラチンに似たものがあったので、ムースを作ることができた。

スポンジに、ほんのりブラックペッパーを忍ばせてある。お酒もちょっと利かせた、大人の夜のデザートだ。

「美味しそうですね」

ヴァシル様は微笑み、フォークを手に取った。

しゅわっ、と音を立てて、フォークがムースに埋まっていく。一番下までたどり着くと、フォークがお皿の上を滑ってケーキを割り、ヴァシル様の口まで運んでいく。

ヴァシル様は、目を閉じて味わった。

「……うん……これは……口の中に、カシスの甘酸っぱさ、爽やかさが広がりますね。溶けて消えていく感じもいい。鼻に抜けて、香りを楽しむことができる」

「お茶も、お淹れしますね」

私はポットから、カップにお茶を注いだ。ジャスミンの香りをうつした茶葉、ジャスミンティだ。

「あの日のお茶会を、お茶とお菓子で再現してみました」

「いいですね。……うん、美味しい」

ヴァシル様は満足そうに、一口、一口と口に運んだ。私はホッとしながら、それを見守る。

食べ終えたヴァシル様はお茶を飲み、そして私を見上げた。

「ルイ」

「はい」

「ここに座って。私の隣に」

ヴァシル様は、ソファの座面を左手で軽くポンポンと叩いた。

いいのかな、と思いつつも近づき、浅く腰かける。

すると、ヴァシル様は私をじっと見つめてから、手を伸ばした。膝の上にある私の両手、その右手に触れ、さっきのようにきゅっと握る。ひんやりとした感触に、少し心配になる。

「ルイ。……済まないことをしましたね。私の失敗の尻拭いを弟子にさせるなんて」

「い、いえっ、そんなこと！　それより、もう具合は大丈夫ですか？」

「うん。ただ、ちょっと……キリルに挑発されてしまったな」

私の手を握ったヴァシル様の指が、手の甲を軽く撫でる。

「彼女が、私のようになりたいなどと言うから、『私』を教えてやろうと思ってしまった。私自身の持つ香りを素材に使ってまで、ね」

「ヴァシル様ご自身が素材になることなんて、できるんですね」

「うん。あんな特殊な技術まで見せるつもりはなかったのに。……私はね、ルイ。君が目的を果たしたら、引退しようかと思っているんです」

「えっ」

息を呑むと、ヴァシル様は続ける。

「私が一人で暮らしているのは、かつて共に暮らしていた家族が、人間ではないものを見る目で私を見ていたからです。自分たちと私が、違い過ぎたのでしょう」

ドキッ、とした。

ヴァシル様には結局、私が衣装部屋で家族の肖像画を見たことは話していない。でも、隠されていたあの絵が脳裏に鮮やかに蘇る。

あの、お父さんとお母さんとお姉さんが、そんな目でヴァシル様を……？　そりゃ、私だってヴァシル様を初めて見た時は神様みたいだと思ったけれど、でも、人間なのに。

「そ、そんな風に、言われたんですか？　家族から？　人間じゃない、って」

動揺して、声が震えてしまった。

ヴァシル様は、そんな私の様子に驚いたのか、目を見開く。そして、私をなだめるように、また手の甲を撫でた。

「はっきりと言われたわけではありません。でも、共に暮らしていれば、わかります」

そして、ちょっとおどけた風に笑う。

「まあ、私が香精師として優秀過ぎたということでしょう。……どうせ人間ではないという風に見られるのなら、そうなってしまおう、と思っていました。人間よりも、精霊に近いものになりたかった。人里離れた山奥で、自然に溶けるようにして心安らかにいたい、と」

ヴァシル様は、繋いだ手に視線を落とした。

「私が君を弟子にしたのは、君がいずれ元の世界に帰ることを望んでいるから、というのが理由の一つです。それまでの期間限定なら、と、思いました」

ああ、だから、ヴァシル様の弟子になっても香精師にはなれないってキリルに言ったのか。ずっと面倒を見ることはできない、という意味で……。

「でも」

私は思わず言った。

「私が帰ると、寂しい、って、おっしゃいました」

そう言った時のヴァシル様は、本心から言っていたと思う。家族とうまくいかず、一人でいるのなら、そんなの……寂しいに決まってる。

ヴァシル様は少し黙っていたけれど、やがて微笑んだ。

「君がいい弟子だからですよ。さっきのケーキもとても美味しくて、元の世界に帰したくなくなるほどの味でした。レモンペッパー香精もそう、素晴らしかったしね。全く、どうしてくれるんです」

きゅっ、と、私の手を握る手に力がこもる。

「え、いや、あはは」

ヴァシル様こそどうしてくれるんですか、ドキドキして落ち着いて座っていられない！

「作り方なら書いておきますから、次のお弟子さんが作ってくれますよ！　だから引退なんて」

言いながら、立ち上がろうとした瞬間――。

思いがけない素早さで伸びた両腕が、私の身体を引き寄せ、私はヴァシル様に背中から抱きしめられていた。

首筋にヴァシル様の頬が当たるのを感じて、頭が真っ白になる。

私には少し硬めに感じられるローブの生地、それを難なく着こなす身体つきに、綺麗で細身に見えるヴァシル様も男性なんだ、と思い知らされてしまった。

どうして、抱きしめるの？　どうして、私に独占欲なんて感じるの？　……私を、特別な人だと思っているから？

混乱して、口を開けたり閉じたりしていると、ヴァシル様が耳元でつぶやいた。

「ルイは、とてもいい匂いがしますね。落ち着く匂いだ」

に、匂いを確かめるために抱きしめてるの⁉　まさか違うよね⁉

頭の片隅でそう思ったけれど、パニックになっていた私の口からはただ、感じたことがそのまま出てしまう。

「ヴァシル、さまも、いい匂い、です」

わー、何をのんきなこと言ってんだ私！　でも、匂いには逆らえない！

アロマテラピー講習会で足立さんが、『嗅覚は、五感の中で唯一、情動にダイレクトに伝わります』って言ってた記憶が再生される。鼻の奥から脳に伝わり、感情を揺さぶる、香り。

「私の匂いを、君が気に入ったなら、嬉しい」

耳に当たるささやき声に、クラクラし始めた時――。

トントン、と、ノックの音がした。

「はい」

返事をしたヴァシル様の腕が緩み、私はガバッと立ち上がった。ぴゅんっ、と音がしそうな勢いで、ソファの後ろに回る。

従者さんが遠慮がちに顔を出した。

「遅くに申し訳ありません、ヴァシル様。お客様が見えているのですが」

「誰です？」

「神官の、ネディア様です」

し、神官？　神官って、町の中央にある神殿で働いている人だよね。こんな、夜に？

バクバクする胸を押さえながらも不思議に思っていると、ヴァシル様は即座に答えた。

「通して下さい」

従者さんはすぐに、一人の女性を案内してきた。

背の高い人だ。まっすぐな金髪をワンレンにのばし、淡い緑の瞳をしている、綺麗な人。年は三十歳前後くらいだろうか。

そして、その人は白と赤のコントラストが鮮やかな装束を着ていた。まるで、ローマ法王みたい。白いローブに赤いケープ、そして金の刺繍。手には錫杖《しゃくじょう》のような、金の杖を持っている。

「こんばんは、ヴァシル様。夜分に申し訳ないことですわ」

柔らかく低い声が挨拶する。

「いや。来る頃かと思っていました」

ヴァシル様は彼女に向かいのソファを勧めた。

私はお皿やカップを急いで片づけ、調香室から出ようとした。すると――。

「あなたが、ルイ？」

声をかけられた。

「はい？」

振り向くと、ネデイアと名乗った神官は私を見つめている。

「ちょっと、話をさせてもらってもいいかしら。あなたにも、用事があるのです」

「あ、ええ……」

私は曖昧に返事をしながら、ちらりとヴァシル様を見た。ヴァシル様がうなずいてくれたので、落ち着いて向き合う。

「大丈夫です。どういったお話でしょう」

「香精展のあなたの香精を拝見しました。とても素敵な、そして不思議な、特徴的な香精でしたわ」

ネデイアさんは褒めてくれて。

そして、驚くようなことを口にした。

「実は、特徴的な香精を作る方に、協力をお願いしたいことがあるのです。エミュレフ公国そのものに関わることなのですが」

エミュレフそのもの⁉

話が大きいので現実感がないまま、私は再びヴァシル様の様子を窺った。

ヴァシル様は静かに、私を見つめている。

その表情から、悟った。

ネデイアさんの話は、重大なものだ。ヴァシル様もたぶん、詳しいことをご存じなのだろう。

「あの……見習いの私には、荷が重いように聞こえますが」

ビビってそう言うと、ネデイアさんは微笑んだ。

「あなただけに何か責任を負わせようというのではありませんから、安心して下さい。他に、ルミヤーナ師の弟子のキリルにも声をかけています」

げっ。キリルにも。

ポップが『うへぇ』と声を上げた。

『何だか知らないが、香精展でキリルより順位の低かったルイにも声がかかってる時点で、トラブルの予感だな』

うん。自分と私が同列に扱われるとキーッってなりそうだもんね、彼女……。

「一緒に説明をしたいので、明日、神殿に来ていただける？　ヴァシル様もお願いできますかしら」

ネデイアさんに言われ、ヴァシル様はうなずく。

「構いません。ルイ、とにかく話を聞きましょう」

自分がいったい、何に巻き込まれようとしているのか――。

私の胸は、重苦しい緊張感でいっぱいだった。

あ。こんな時に何だけど、カシスムースはワンホール作ったので、残りは厨房スタッフの皆で美味しくいただきました。

‡　‡　‡

ネディアが帰っていくと、調香室には再び私とルイの二人きりになった。

ルイと、目が合う。そのとたん、彼女は急に頬を染め、背筋を伸ばした。

「あっ、ええと、それじゃあ私も失礼します！」

挙動不審なのは、ネディアが来る前までにしていたことを思い出したからだろう。

私はただ微笑んで、「うん。おやすみ」と彼女を送り出した。彼女はぺこりと頭を下げ、急ぎ足で調香室を出て行く。

「……はぁ」

私は膝の上に肘をつき、組んだ両手に額を押し当てた。そして、目を閉じる。

「全く……今日の私は、極めつけに最低だったな」

近頃、感情の振り幅が大きくなってしまっていて、困る。

ルイの『夜の大人の茶会』香精を調香した日、私とルイの様子を見たイリアンに「家族みたいだ」と言われて、気づかされてしまったのだ。今のような毎日を、心地よいと感じていること。このまま本当に家族になれたらという気持ちが、心の片隅に温かい灯《ひ》を点したことに。

しかし今日、香精展で、その灯に影が差すような出来事があった。

成長したルイが生み出した香精を、神殿の神官たちが興味深そうに見ているのに気づいて、私は思ったのだ。

彼女が使命を果たす日は、近い。そして、元の世界へ帰る方法までも見つけてしまったら、来年の香精展の時には、ルイはもういないかもしれない。

そんな時、またキリルに、弟子になりたいと言われた。

『私はヴァシル様のようになりたいんです』

——私のようになど、ならない方がいい。

それを思い知らせようという気持ちが、心の中の影を膨れ上がらせ、暴走した。私が作り出した『孤独の香精』の香りは、周囲の人々の感情を巻き込んでしまった。ルイがとっさにポップを使役して止めてくれなかったら、心身ともに傷つく者が続出したに違いない。

孤独な世界から引き戻してくれた彼女の手を握っていると、まるでその小さな手が、私を人間の世界に繋ぎとめるよすがのように感じられる。

もしかしたら、私が『孤独の香精』を生み出してしまったのは、ルイに心の内を知ってほしかったから、なのだろうか。なぜなら、今の私が恐れているのは、ルイがいなくなった時の『新たな孤独』だからだ。

ルイにねだって甘いものを作ってもらい、ルイを腕に抱いて甘い香りを楽しみ、ルイに甘い言葉をささやく。完全に、私の方が、ルイの甘い世界に溺れている。

けれど、そんな束の間の幸せな時間を、ネディアの来訪が終わらせた。

さあ——ここまでだ。私の望みは心の奥にしまい込んで、気持ちを切り替えよう。ルイには使命を果たしてもらわなくてはならない。スタニスとの約束を、果たす時が来たのだ。

きっとルイは、この使命を通してさらに成長し、私の手を離れる。その後、彼女がどうするのかは、彼女が決めることだ。

私もいい年の男なのだから、せめて彼女の思い出の中に美しい形で残れる程度には、見栄を張らせてもらうとしよう。

第五章　選択のバニラ

ヴァシル様のお屋敷を、神官ネディアさんが訪ねてきた翌日――。

午前中の仕事を終えた私は、ヴァシル様と一緒に神殿に行くことになった。

またもや馬車に乗る羽目になり、堂々としているヴァシル様の隣で、セレブな雰囲気に慣れない私はひたすら縮こまる、という道中だ。

『よっルイ、貴族のご令嬢っぽいぜ！　せっかくヴァシルの弟子なんだし、贅沢を満喫しろよ！』

頭の上のポップはのんきにそんなことを言っているけど、根っから庶民の私は緊張するだけだ。

人間には分相応ってものがありましてね……！

気を紛らわそうと、私はヴァシル様に話しかける。

「あの……。香精って、神殿でも使われるんですか？」

「ルイの故郷では、そういった宗教的な施設で香りは使われませんか？」

逆に不思議そうに質問されて、あ、と私はようやく思い出した。

そうだ、日本にいた時に行ったアロマテラピー講座でやったじゃない。宗教と香りの関係。母の恋人である講師の足立さんを偵察に行っただけのつもりが、結構面白くて覚えている。

そう、香りは宗教儀式に使われる。お寺に行けばいつもお線香の香りがしていたし、護摩《ごま》を焚くって言葉もある。

テレビでローマ法王を決める選挙の様子を見たことがあるけど、あの時も確か、鎖にぶら下がったお香入れを振ってたような……振り香炉っていうんだっけ。煙が出てた。

「そっか、宗教に香りはよく使われるんですね」

「邪気を払ったり、清めたりするために使われますね。それに、神や神獣に香りを奉ずるという意味もあります」

「ははぁ……」

それと私に、いったい何の関係があるんだろう。

ネデイアさんは『エミュレフ公国に関わること』で協力をお願いしたい、と言った。特徴的な香精を作る人に頼んでいるそうで、私以外にも、ルミャーナ師の弟子キリルに声をかけていると。

私だけに責任を負わせるようなことはない……とか言ってたけど、その言い回しだと、私を含めた何人かに何らかの責任がかかってくるってこと?

「あのう、このお話、どうしても引き受けなくちゃいけないんでしょうか」

私は、ちょっと渋るようなことを、ヴァシル様に言ってしまった。

責任がかかってくるのも困るけど、他にも理由がある。

私が何のために香精師の修業をしているかといったら、日本に帰るためだ。他のことにかかずらっている場合ではない。

すると、それを見透かしたかのように、ヴァシル様は言う。

「ルイにとって、よい経験になることは間違いありません。客からの注文仕事ではできないことが、神殿ではできますからね。ルイが元の世界に帰るための香精を作りたいなら、かえってこちらの方が近道かもしれません」

え、本当……？

でも言われてみると、世界を渡るような超常的な、神秘的なことをやろうっていうなら、神殿みたいな場所で使う香りは参考になるかもしれない。

「わ、わかりました。とにかくお話を聞いてみます」

私は言った。

まぁ、ヴァシル様がいらっしゃるんだし、大丈夫だろう。お手伝いならいくらでもするし、私はとにかくキリルと揉めないように気をつけよう。

「神殿には、専属の香精師が数人と香芸師が一人います」

ヴァシル様は続ける。

「神殿の裏手に植物園があって、素材はそこから。建物内に硝炉もありますよ。もちろん、主に宗教観に基づいた意匠の瓶を作るためのものですが。……ああ、神殿が見えてきました」

ヴァシル様の声に顔を上げ、進行方向を見る。

午後の柔らかな光の中、馬車はいつの間にか、緑に包まれた大きな庭園の中を走っていた。

中央にいくつもの水盤が点々と続いており、その両脇が広々とした通路になっている。神殿に向かう私たちの馬車、そしてすれ違うようにしてどこかの馬車が水盤の反対側の通路を走っている。ちらほらと、歩いている人の姿もあった。

突き当たりに、ヴァシル様のお屋敷から見えたドーム状の白い建物がある。神殿だ。

「あそこに、神様が祀られているんですね」

「少し違いますね。神殿は、神を信じる人々が集い、祈りを捧げる場所です」

ヴァシル様が説明してくれる。

「偶像崇拝は禁じられていますから、神の像があるわけでもない。神獣なら祀られていますが」

「神獣……どんな姿なんだろう。神獣は、像があるんですか?」

「…………」

ヴァシル様は、ふと口をつぐんだ。

「ヴァシル様? あの……」

「まあ、行ってみればわかります」

答えがあった直後、馬車は大階段の前に横付けされた。

神殿の内部は、輝いているかのように美しかった。

ドーム状の天井には不思議な幾何学模様の青いタイルが一面に貼られ、真っ白な柱と床は磨かれて光っている。祭壇には銀の装飾に青い布、その奥にはシャンデリアに似た装飾が天井から吊り下がっていた。

会衆席《かいしゅうせき》のようなベンチはなく、広いホールで多くの人々が小さなクッションの上に膝をつき、手を組んでお祈りをしている。

そして、何より特徴的なのは、ホールのぐるりに点々と台が置かれ、そこに花瓶くらい大きな香精瓶があることだ。

一つの香精瓶に、何体もの香精が住んでいるようで、きらっきらっと粒子を光らせながら香りを振りまいている。甘くて陶酔感のある不思議な香りが、広いホールに満ちていた。

「ルイも真似してみなさい」

ヴァシル様に促され、私はヴァシル様と並んで、クッションに膝をついた。

手を組み合わせ、目を閉じる。香精のもたらす香りが、気持ちを集中させてくれる。

(この世界の神様、ご挨拶が遅れて申し訳ありません。日本から来ました、楠木泪です)

心の中で、祈った。

(どうか、私が香精師の仕事をちゃんとこなせるよう、そして日本に帰るための香りを見つけられるよう、見守って下さい。あっ、あと、もし神様が私の世界とも関係があるなら、母がトラブルに巻き込まれないように見守っていただけると嬉しいです……)

目を開き、ふと下を見ると、私の前でポップが膝をついて両手を合わせていた。

『魅力的な香精たちと、気持ちイイ仕事ができますように！』

……ふと、思った。

もし私が日本に帰れることになったら、このポップともお別れなんだなぁ。だって、連れて帰れたとしても、日本には他の大精霊がいない。ポップは日本では香精を生み出せないのだから、存在意義がなくなってしまう。

この騒々しいのと会えなくなったら、きっと寂しいだろうな、と思った。


神様への挨拶を済ませ、ヴァシル様と私はホールの脇の通用口みたいな場所を抜けた。

渡り廊下を歩き、別の建物に入る。そこへ、廊下の向こうからネデイアさんが歩いてきた。

「ご足労、ありがとうございます」

ネデイアさんは、胸に下げていた長いネックレスを両手で握って掲げるようにする。神殿での挨拶なのかな。ネックレスは、パワーストーンか何かなのか、石がいくつも連なったものだ。

「この奥が神官たちの仕事場になっています、どうぞ」

案内され、もう一つ渡り廊下を渡った先に、小さなドームがあった。中に入ると、私は「わぁ」と声を上げて天井を振り仰いだ。

ドームは二階建てになっていた。二階の床は中央部分が吹き抜けになっていて、手すり越しに硝炉がいくつか円状に並んでいるのが見える。

そして一階が、香精師の仕事場だった。

ガラスの大きな箱のようなものが、一見無造作にあちこち立っていて、それぞれの箱の中に本棚付きの机と椅子があった。香精師らしき人が中にいる箱もある。どうやらあの箱の一つ一つが、研究スペース兼調香ブースになっているようだ。床は少しざらついた変わった感触の材質で、調香陣が書きやすそう。

ちょうど中央に、ルミャーナ師とキリルがいた。

ふわふわプラチナブロンドのキリルの頭が、物珍しそうにあちらこちらを向いていたけれど、私たちに気づくとピッと背筋を伸ばし、ジロッとにらみつけてくる。

「ルミャーナ師、お待たせしました」

ヴァシル様が近づくと、赤毛おかっぱのルミャーナ師が細い目をさらに細めて微笑んだ。

「ああ、ヴァシル師。いいえ、ちっとも。今、うちの弟子にここを見せておりました」

軽くひっくり返ったような、キンキンした声が特徴的なルミャーナ師は、細いけど何だかパワーを感じる人だ。

ヴァシル様はうなずく。

「貴重な経験になりそうですね。この子が、私の弟子のルイです」

ご紹介にあずかり、私はあわてて頭を下げた。

「初めまして」

「こんにちは。展示会の香精、面白いアプローチで素敵でしたよ。【スパイス】の大精霊ポップも一緒なのね」

『何と魅力的な方だ、覚えていて下さったとは光栄です』

おお、展示会の時に営業した成果が出てるみたいだね。よかったじゃん、ポップ。

「こっちがキリルです。ルイとは顔見知りなんだそうですね」

ルミャーナ師の紹介に、キリルは「挨拶程度です」とそっけない。

ネデイアさんが、手で奥を示した。

「まずは今回の件についてご説明しましょう、どうぞ奥へ」

彼女の後を、まずはヴァシル様とルミャーナ師が続き、少し間を空けて私とキリルが追う。

キリルが横目で私をにらみ、私にだけ聞こえるように低く言った。

「どうしてあなたが、ここに呼ばれている？　いくらヴァシル師の弟子だからといって、たかだか数ヶ月修業しただけのくせに。図々しい」

やっぱり言われたー。

イラッとはしたものの喧嘩するわけにもいかない。私はなるべくサラリと聞こえるように答える。

「私もよくわからないけど、特徴的な香精を作るってことで呼ばれたんだとか……。上手《うま》い下手じゃなくて、何か変わったことをしたいのかもね」

「変わったこと……？」

いぶかしげに眉根を寄せたキリルは、それ以上何か言うことはなく、黙りこんだ。

もっと色々言われるかなと思ったけど、キリル、案外おとなしい。もしかして、彼女もどうして呼ばれたのかわからない状況なんだろうか。

ドームの奥の扉を抜けると、目の前に裏庭が広がった。ネデイアさんは扉のすぐ脇にある階段に足を踏み入れ、地下へ下りていく。天井が磨《す》りガラスになっていて、陽光が入ってふんわり明るい。

そして、その奥に――〝神獣〟がいた。

思わず、息を呑んだ。キリルが小さく「あっ……」と言うのが聞こえる。

それは、巨大な水槽のように見えた。水槽にも上から淡く陽光が入り、水泡や底の小石をきらめかせている。

ゆったりと身体を横たえているそれは、巨大な爬虫類《はちゅうるい》——ううん、率直に言って、私には恐竜に見えた。双頭の白いティラノサウルス。身体を丸め、二つの頭は二つとも眠っているようだけれど、時々、その太い尾がユラリと動いた。

水槽の両脇に、私の背丈ほどもある大きな香精瓶が置かれていた。それぞれ、香精が一体ずつ入っているのが見える。瓶の中を、まるでイルカのようにゆったりと回っていた。

「お、大きい」

キリルがつぶやく。

そう、瓶の中の香精は、大きかった。今まで見た香精たちは指先ほどの大きさしかなかったのに、ここの二体の香精は手のひらほどの大きさがある。

「近づいてごらんなさい」

ネデイアさんにうながされ、私たちはおそるおそる、瓶に近づいた。

ふうっ、と、陶酔感のある香りが漂う。オシャレで身につける香精と違って、何だか鼻から通って脳まで一直線に向かってくるような、強い香りだ。

ん？　強い香りの中に、今、何かなじみのある香りが混じっていたような……。

私は改めて鼻をうごめかせたけれど、その拍子に少しクラッとくる。香りが強いので、あまり吸い込むとよくないかもしれない。気をつけよう。

瓶の中の香精は、顔かたちも羽の複雑な模様も、はっきり見えるほど大きかった。片方はピンク色、もう片方は水色の身体をしている。

けれど、目はまどろんでいるかのように半ば閉じられている。その動きは普通の香精と比べて、あまり精気がない。まるで夢遊病か何かみたい。

ネデイアさんが説明する。

「神獣を守っている、古代の香精です」

「古代」

「はい。この二体は、百年近い時を生きています」

キリルがギョッとしたようにネデイアさんを見る。

「百年⁉　私、長くて二年の香精しか知らない……」

私はちらりと、ヴァシル様とルミャーナ師を見た。お二人とも、落ち着いている様子だ。

このお二人、私とキリルがどうしてここに呼ばれたか、知っている？

ネデイアさんは、私たちに向き直った。

「キリル、ルイ。これから話すことは、他言無用です。……あなた方には、この二体に代わる『封印香精』を作ることをお願いしたいのです」

私はキリルと、顔を見合わせた。

どういうこと……？

応接室のような場所に通された。向かい合わせのソファに、師弟が一組ずつ座り、ネディアさんは立ったまま話し始めた。

「ルイは異国からエミュレフにやってきたということなので、一応、基本的なことから説明させていただきますね。先ほどの白い姿が、神獣プルフィエート。かつて世界に災厄をもたらし、破壊しつくした獣です。神がプルフィエートを鎮め、破壊の跡に新しい世界を築きました」

し、神話だ。神話の世界の生き物が、今も生きてるんだ……！

ネディアさんは、詳しいことは省いている様子ながらも説明してくれた。

神獣プルフィエートは、不完全な世界には決して満足しない生き物なのだそうだ。今までにも、繰り返し世界を破壊してきた。もしまた目覚めることがあれば、神様が新しく作った今のこの世界も、破壊してしまうだろうと言われている。

そうなることのないよう、神様は『完全な世界』を目指して人々を導いているのだそうだ。

プルフィエートが満足するような完全さって、どんな感じなんだろう。ちょっと想像がつかない。でももしかしたら、そうやって「何が自分にとって『完全』なんだろう？」と問い続けることが大事なのかもしれない。

「そして、その両脇にいた香精は、ナーグとスラープ。プルフィエートを鎮め、眠らせている、封印香精です」

ネデイアさんはいよいよ、香精の説明に入った。

「ナーグとスラープは、古代からの記憶を持ったまま、およそ百年ごとに代替わりをします。神殿の香精師たち——香精神官と呼びますが、彼らが新しい封印香精を生み出して記憶を受け継がせるのです」

神官さんって、そんな香精を作ることができるんだ。すごい……。

ああ、でも、日本でも式年遷宮《しきねんせんぐう》ってあったよね。新しい宮を建てて、神様に住まいを移ってもらう。宮大工さんたちは、そういう技術を連綿と受け継いできているんだ。この国の神官さんたちも、特別な調香の技術を受け継いできているんだろう。

「今のナーグとスラープは、九十六歳。もういつ代替わりをしてもいい時期です」

そう言ったネデイアさんが、不意に話を変えた。

「ルイは、かつてエミュレフがバナクと戦争をしていたことは知っている?」

「あ、はい。聞きました。隣の国ですよね、バナク」

イリアンとリラーナの、お母さんの故郷だ。

ネデイアさんは続ける。

「戦争があったのは、六十年ほど前のことです。この、神殿の町アモラにもバナク軍が侵入し、神殿は占拠されました。プルフィエートのいる神殿を掌握すれば、エミュレフはバナクの手に落ちたも同じ。そこで神官長は、ナーグとスラープを調香する処方箋が書かれた秘伝書を持って神殿を脱出しました。処方箋がないと、いずれプルフィエートを封じておくことはできなくなりますから、バナクとの交渉に使おうとしたのです。ところが……」

ネデイアさんは目を伏せる。

「そうとは知らないバナク兵が、脱出してきた神官長を発見し、殺してしまったの。アモラの町にかけられた火の中で」

「えっ」

私は目を見開いた。

「そんな……。あっ、じゃあ、処方箋もその時、燃えちゃったんですか⁉」

「その通りです」

ネデイアさんはうなずく。

「それからしばらくの間、エミュレフはバナク軍に支配されていましたが、政治的な取引の末、エミュレフは独立を回復しました。処方箋は失いましたが、神殿の神官たちはその時はまだ、そこまで深刻には考えていなかったの。だって、今代のナーグとスラープが無事なのだから、同じものを作ればいいのですもの。香精神官たちは、代替わりの時に焦ることのないよう、封印香精を調香する素材を今のうちに確認し、新しい処方箋を作っておこうと考えました。ところが……」

言葉を切ったネデイアさんに、キリルが身を乗り出して尋ねる。

「できていないんですか」

「ええ」

ネデイアさんはうなずいた。

「どうしても、あの香りにならないの。いったい、何が足りないのか」

じゃあ、今のナーグとスラープが力尽きてしまったら、プルフィエートが目覚めてしまう？

ま、まさかね。神話でしょ？　本当に世界が滅びる、なんてことは……。

私は思わず、ヴァシル様の顔を見た。ヴァシル様はクールな表情で、ただ黙ってネデイアさんに視線を向けている。

そういえば、ヴァシル様の従者さんが言ってた。私がこちらの世界に来る前、ヴァシル様がしょっちゅう神殿に行ってたって。それに、香芸師の親方の伝統的な技について話していた時に、「しばらくは色々と試さなくてはいけないことがある」とも言ってた。

あれは、封印香精を作ろうとして試行錯誤しているという意味だったんだ。

キリルが続けて、ネデイアさんに質問した。

「亡くなった神官長以外に、処方箋の内容を知っている人はいなかったんですか？」

「戦争の際には、多くの神官が亡くなりましたから……」

現代日本に生きていた私から見ると、バックアップは必須だろう！　と思うけど、今さら言っても仕方ない。ナーグとスラープを調香する処方箋は、失われてしまった。

何だか、胸に何かが詰まったような感じがして、重苦しい気分だ。

「もちろん、調べて少しはわかっていることもありますので、現在の神官長から後ほど説明を」

ネデイアさんが言いかけた時、コンコン、とノックの音がした。

「ああ、いらしたわ」

彼女は扉に近づいて開ける。

神官服姿の、壮年の男性が入ってきた。

こちらの人にしては彫りの深すぎない、親しみやすい顔立ちの男性は、胸にかけたネックレスを両手で掲げる挨拶をする。

「皆さん、おいでくださってありがとうございます」

あれっ、と思った。

この人と、どこかで会ったことがある。顔も見たことがあるし、誠実そうな話し方も知っている。

一体、どこで……ギルドか、それとも展示会……？

ふと、初夏の庭のような、柑橘のような香りが鼻の奥によみがえった。

香りは、記憶に残る。そんな話をしたのは、誰とだっけ？

数秒考えた私は、思い出した瞬間、中腰で立ち上がった。男性が「おや？」という風に私を見る。

まさかという思いが、大きな声をあげることをためらわせた。ささやき声が漏れる。

「……足立さん……？」

その顔は、母の恋人、アロマテラピー講師の足立さんだった。不思議そうに私を見ている。

ううん、そんなはずない！　だって足立さんは日本にいる。うちのお店で会って話したんだから。

そう、この人は信用できそうだと……この人が日本で母のそばにいてくれるなら、私がいない間もきっと大丈夫だと、そう思っていたのに！

「ど、どうして」

エミュレフにいるんですか、と問い詰めかけて、私はようやく気がついた。

瞳の色が違う。足立さんはハーフっぽい見た目をしていて、日本人にしては色素の薄い茶色の瞳だったけど、この神官長さんは深緑色の瞳をしていた。

よく似ているけれど、別人……？

『ルイ、どうしたんだよ⁉』

耳元で声がして、我に返った。ポップが私の肩でささやいている。

『気分でも悪いのか⁉』

「違……あの」

答えかけた時、手にさらりとしたものが触れた。

ハッ、と隣を見下ろすと、ヴァシル様が私の手を緩く握っている。

「ルイ、座りなさい」

「あ……」

気がつくと、その場の全員が私を見ていた。あわてて腰を下ろす。

「ご、ごめんなさい。知っている人に、ええと、似ていて」

「大丈夫ですか？　ご気分が優れないようでしたら、おっしゃって下さいね」

足立さんそっくりの神官長さんは、気遣わしげに言った。私を知っているようなそぶりはない。

「大丈夫、です、すみません」

かろうじてそうは言ったものの、動揺が収まらない。

似てる、本当に似てる。これは偶然なの？　偶然じゃないとしたら何？　まさか、日本の足立さんと、エミュレフの神殿の神官長との間に、何か関係があるなんてことは……。

「神官長の職を務めさせていただいております、カルダムと申します」

偉い人なのにとても丁寧な口調のカルダム神官長は、ネデイアさんに勧められて一人掛けのソファに座り、話し始めた。

「だいたいのところは、ネデイアから説明があったと思いますが――」

そこから先のカルダム神官長の話は、ちっとも耳に入ってこなかった。


気がついたら、私はヴァシル様と一緒に、神殿の正面まで出てきていた。夕焼けが、西の空を染めている。

階段の下に馬車が止まっているけれど、アモラ侯爵邸の馬車ではないみたい。ルミャーナ師とキリルが「お先に失礼しますね」と言って、その馬車に乗り込んで去っていく。

「私たちの馬車も、もう少しすれば来るでしょう。陽が沈む頃に迎えに来るよう言っておいたので」

ヴァシル様が庭園を眺めながら言う。

ポップが私の前にふわりと浮かんだ。

『大丈夫かよ、ルイ？　さっきからヘンだぞ、ボーッとして』

「…………ねぇ」

私はポップを見つめ返す。

「ナーグとスラープを調香する話、キリルは引き受けたの？」

『え、聞いてなかったのか？　そりゃまあ、な。あいつが引き受けないようなタマだと思うか？』

ポップは言い、そしてキリルの口真似をした。

『「やれるだけのことはやらせていただきます！」だってよ』

「そう」

私はヴァシル様の横顔を見上げた。ヴァシル様は庭園の方を向いたまま、言う。

「ルイは体調が悪かったのでしょう。屋敷に戻ったら早く休みなさ――」

「あの」

私は思い切って、言った。

「このお話、お断りすることもできるんですよね？」

「…………」

ヴァシル様は、私を見ないまま黙っている。

私も、ヴァシル様から視線を外してうつむいた。

断ったら、怒られるかもしれない。破門されるかも。それは困るけど、引き受けるのも無理だ。

考えがまとまらないまま、言葉がこぼれ出す。

「わ、私は、早く元の世界に戻りたくて、ヴァシル様の弟子にしていただきました。……母が今どうしているのか、気になって」

目元が熱くなり、涙が滲んでくる。声が震える。

「私、カルダム神官長そっくりの人と、日本で会ったんです。足立さんと言って――どうして？　世界が違うのに、こんなの変です。母のそばにいる足立さんは誰？　母が無事なのか確かめたい。ただでさえトラブル引き寄せ体質なのに、もしもあの人までが、お母さんに何か」

「ルイ」

その、私を呼ぶ声がいつもと違って、私は顔を上げた。

あのヴァシル様が、困り果てたような、どうしていいかわからないような表情をしている。

「泣かないで下さい。とにかく、屋敷に戻りましょう」

「でも、封印の何とかって、できません私……！」

「うん。封印香精の話は、ひとまず脇に置いていい」

ヴァシル様はそっと、私の肩に手を置いた。

「屋敷に戻って、落ち着いて、ルイが君の世界で会ったという人の話をしましょう」

「え……」

まばたきすると、涙がこぼれる。

頬を伝うその感触で、急に羞恥心がよみがえってきて、私はあわてて袖口で頬を押さえた。

「も、申し訳ありません、取り乱して」

「いや、ほら、馬車が来ました」

ヴァシル様が指さす方から、見慣れた馬車がこちらに向かってくるのが見えた。

屋敷に戻ると、ヴァシル様は夕食を少し遅らせるようにジニックさんに言い、そして私をいつもの調香室に招き入れた。すぐに従者さんがお茶を持ってきてくれる。

彼が出て行くとすぐ、私は勧められた椅子に腰かけたまま身を乗り出した。

「ヴァシル様、私が日本で会った人についてのお話って？　何か、ご存じなんですか？」

「知っているというか……日本に神官長に似た人物がいるのはなぜなのか、ということに、心当たりがあります」

ヴァシル様は机の向こうで、窓の前に立った。窓からは、植物園を見渡せる。

「ルイ。この植物園には、君の知っている植物がたくさんあったでしょう。……不思議に思いませんでしたか？　二つの異なる世界で、植生が同じだということを」

「……？　ええ、少し」

異世界だなんていうから、とんでもない色や形の植物があるのかと思ったら、見たことのある植物だらけで意外だった。

「ヴァシル様は、二つの世界につながりはないとおっしゃっていましたよね。でも、知っている植物や動物ばかりだったので、実はつながりがあるんじゃないの？　って、チラッと思ってました」

「行き来をしたり、声を届けたりといった、物理的なつながりは、本当にないのです。ルイが帰れる可能性はゼロではありませんが、相当難しい。……ただ、二つの世界の関係はかなり深いと言っていいかもしれません。君が期待するといけないと思って、言いませんでしたが」

「関係が深い？　どんな風にですか？」

つい先を急かしてしまう。

ヴァシル様は自分の椅子に腰かけると、私を見つめた。

「君の世界で死んだ命は、こちらに生まれ変わる。こちらの世界で死んだ命は、君の世界で生まれ変わる。二つの世界は、そういった関係にあります。……二つの世界の間には、『死』が存在するのです」

私は、息を呑んだ。

「じ、じゃあ、私は、死なないと帰れない……？　ううん、もしかして向こうで死んだからこちらに」

「いいえ。こちらに来た時、君は元の世界で生きていた時の姿そのままだったでしょう？　大人の姿だ」

「あ、そ、そうか……」

死んで生まれ変わるなら、また赤ちゃんからスタートだ。でも、私はそうではなかった。私は大人の私のままで、世界を移動したんだ。どうして？

ヴァシル様はカップのお茶を一口、飲んだ。

「いったん、カルダム神官長の話に戻りましょう。ルイが元の世界で神官長そっくりの人物に会ったと聞いて、私は思いました。それは、神官長の親族の誰かが、君の世界で生まれ変わった姿ではないかと」

え……？

「う、生まれ変わった後も、顔が似るんですか？　全然別の姿に生まれ変わるのではなく？」

「神官長の家系には、前世の記憶を持って生まれる者がちらほらいるのです」

ヴァシル様は微笑む。

「まあ、だからこそ、こちらとは別の世界があることや、そことどんな関係にあるかを知ることができたわけですが。……そういった者たちはもしかしたら、記憶だけでなく姿も、次の世に持って行っているのかもしれませんね」

「前世の記憶……あっ」

足立さんとの会話を思い出し、私は勢い込んで話した。

「そうだ、香りの話をしていました。香りを作らなきゃ、という使命感があるのに、何の香りかは覚えていないって。で、ついに再現したその香りを嗅いだら、私、こっちに来ちゃったんです！」

次々と、足立さんと会った時の会話が脳裏によみがえってくる。子どもの頃から、色々な匂いを嗅ぐのが好きだった、と話していたっけ。

「足立さんはもしかして、前世、こちらの世界で香精師だった……？　そのことを、うっすら覚えているんでしょうか？」

「カルダム神官長の祖父スタニスが、生前、香精神官でした。そして、カルダムは祖父にそっくりです。もしかしたらルイが会ったのは、スタニスが生まれ変わった姿だったのかもしれません。時期も合う」

何だか、納得してしまった。ああ、そういうことだったのか、って。

「でも、足立さんの言う『使命感』って、何なんでしょうか。人を異世界へ飛ばしちゃうような香りを作らなきゃ！　っていう使命感なんて。……あ！　その香りを記憶していたということは、前世にその香りがあった、ってことになりませんか？　世界を渡る香りがあったのかも！」

興奮して、私は声を弾ませる。

「もしかして、こっちにその香精の処方箋が残っていたりとか！」

「可能性はありますね。でも、ルイ」

ヴァシル様は肘掛けで頬杖をついて、私を流し目で見る。

「まさか、神殿の頼みを引き受けずに、処方箋だけ見せろ……なんて、言いませんよね？」

「うっ」

た、確かに。それは虫が良すぎるというものだろう。

「わ、わかりました。引き受けます」

「よろしい。……それと、ルイ、あまり期待しすぎないように一応確認しておきます。元の世界でスタニス……いや、アダチと言いましたか、その男性が作った香りを嗅いだのは、君だけですか？」

「えっ？　あ、いいえ。他の人にも試してもらったって言ってました。会う人会う人に……あ」

私は一瞬、口をぽかんと開ける。

「そうか。あれが人を異世界に飛ばす香りだとしたら、私以外の人もこっちに来てないとおかしいんだ。母だって嗅いだと言ってたし……」

するとヴァシル様は微笑んだ。

「君だから……なのだと思います」

「え？　それは、どういう意味ですか？」

聞き返したけれど、ヴァシル様はただこうおっしゃっただけだった。

「『その香り』を『君』が嗅いだ。運命的な出会いだったのでしょう」

そして私は、ヴァシル様に詳しい話をしてもらった。何しろ、カルダム神官長の顔を見て動揺しすぎて、そこから先は聞いていなかったんだもんな。申し訳ない。


「――今代のナーグとスラープが生まれてから三十数年が経った頃、バナクとの戦争が起こり、それから数年経ってエミュレフは独立を回復しました」

カルダム神官長は、簡単な歴史を説明したそうだ。

「それ以来、私たちは処方箋を作り直すべく、ナーグとスラープを調香する方法を探し続けてきました。香精神官たちが見つけられそうもないとわかると、高名な香精師に密かに事情を打ち明け、調香を依頼しました。……が、現在のところ、成し遂げることができずにいます」

ヴァシル様とルミャーナ師も、調香に挑戦したらしい。

でも、できなかった。実力者のこのお二人にさえ、できなかったのだ。

カルダム神官長は続けた。

「この件には、新しい視点が必要ではないかと思うのです。キリル、ルイ、君たちにも協力をお願いしたい。常識に囚われず、できることは何でも試してみてもらえないでしょうか」――

「――神殿に、ルイとキリルの仕事場を用意してくれるそうです。もちろん、神殿の香芸師も協力します」

ヴァシル様が教えてくれる。

「エミュレフの存亡に関わる、などと、一般の人が混乱するといけないので、この件は口外無用。また、君の行動もある程度は制限されます。まあ仕方がないでしょう」

「……あまり、期待されても困ります」

自信のない私は、聞いてみた。

「ダメだった時のことは、すでに考えておいでなのでしょうか」

「もちろんです。素材も探し続けていますし、もしも神獣が目覚めたとしても、押さえて破壊衝動を鎮めます」

「できるんですか⁉」

「私には、押さえることができます」

ヴァシル様は言い切った。

「目覚めたとたんに世界滅亡ということはありません。ただ、完全に押さえたままでいることは不可能ですから、全くの無事で済むというわけにはいかないでしょうね」

どの程度の話なのか、ちょっと想像がつかないけれど、とにかく事が起こらない方がいいに決まってる。

「……あの、忙しくなるということだけ、イリアンに言ってきてもいいですか？」

私はヴァシル様に頼んだ。

「私が突然来なくなったら、イリアンも、妹のリラーナも不審がると思うんです」

「いいでしょう。ただ、一般の人々は神獣のことも、そして二つの世界の関係も知りません。くれぐれも、この件については漏れないようにして下さい」

ヴァシル様は念を押したのだった。


「神殿に呼ばれた？」

イリアンが眉をひそめた。

香芸師ギルドの、イリアンの部屋だ。私はうなずいた。

「そうなの。神官長が私の香精を気に入ってくれたとかで、少し神殿でも修業してみないか、って。短期留学みたいな？」

……まるきりの嘘というわけでもないので、バレにくいだろう。

『ま、オレのルイの実力だし、当然だな』

ポップは私の頭の上で得意そうに言っているけれど、もちろん、イリアンには聞こえてない。

「ふーん。つまりルイは、香精神官の修業に加わらせてもらうわけか」

「そうそう。だから、しばらくこっちには来れなくなるんだ。リラーナによろしくね」

イリアンはうなずいた。

「わかった、言っておく。いつぐらいまでの予定だ？」

「えっ？　ええと、それはちょっと聞いてなくて」

「聞いとけよそういうことは。また俺と仕事するだろ、予定を空けておいてやろうとしてんのに」

イリアンは不機嫌そうに眉根を寄せた。

……いい奴だよね、ほんとに。でも、詳しいことはまだわからない。

私はごまかすように笑う。

「私のことは気にしないで、予定入れちゃって。わかったら連絡するから。……でも、また一緒に仕事しようね。イリアンの瓶の助けがないと、何か足りない、って感じがするんだよ」

「ルイの突拍子もない発想を形にしてやれるのは、俺くらいだからな」

一度はヤレヤレという表情になったイリアンは、ふと、珍しくニヤリと笑った。

「実はさ、知ってるか？　展示会に出した茶会の香精瓶、今、ちょっとした評判になってんぞ」

「えっ、本当⁉」

ぴっ、と背筋を伸ばすと、ポップも『本当か⁉』と一回転してテーブルの上に下り立った。

「今までは、どんな服にでも合わせられる、淡い色の香精瓶ばっかりだっただろ。そんな中、茶会の瓶は布と一緒に展示したじゃないか。あれをきっかけに、個性的な瓶の方に服を合わせたり、香精と瓶と服を同時に考えたりっていうのが流行《はや》りつつあるんだってさ」

「うわ、うそ嬉しい、流行作っちゃった⁉」

思わずガッツポーズをすると、イリアンは右の拳を突き出してきた。

「やったな、相棒」

「おー！」

彼の拳に、私の右の拳をぶつける。

本当に嬉しい。こっちの世界で、何か、一つやり遂げたような気持ちになった。


イリアンと別れ、ギルドを出て歩きながら、私はつい、ひとり言を言ってしまった。

「イリアンも、一緒に修業にできたらいいのにな……」

ナーグとスラープを作れなかった場合でも、私には他にできることがあるかもしれない、と思っている。どんな仕事をするにしても、香精を作るなら瓶ももちろん必要だろう。

その時、初めて組む神殿の香芸師と一緒でうまくいくだろうか、という不安があった。

ヴァシル様の指導と、イリアンの協力。ここに来てからの私を支えてくれていた人たちが二人とも、神殿でもそばにいてくれたら……と、つい思ってしまったのだ。

「はぁ……まあ、できることをやるしかないか。うん。頑張ろう」

つぶやきながら歩く。

ポップは私の肩にいたけれど、珍しく黙っていた。

そして、お屋敷の使用人さんたちが壮行会を開いてくれ、快く送り出してくれて――。

いよいよ、神殿での仕事が始まった。

ヴァシル様のお屋敷にいた頃は、午前中は厨房の仕事だったけれど、ここではフルタイムで香精の研究をすることになる。

とにかくまずは香り探しだ、と、神殿が所有している植物園を歩きまくった。ヴァシル様のお屋敷よりは小規模なんだけど、逆にコンパクトで回りやすいともいえる。

数日かけて、どこに何が生えているのか、私はどんどん覚えていった。

「あああ、キリルがうらやましいよおお」

休憩時間、私は植物園のベンチで足をじたばたさせる。ポップがベンチの背で逆立ちしながら聞いてきた。

『おっ、珍しいなルイ、キーキーしてるなんて』

「だってポップ、私、文字がほとんど読めないじゃない。神殿に所蔵されてる記録や研究書が、全然読めないいんだもん！」

そう。特に研究書が読めないのだ。

香精神官が過去に試した組み合わせなんかは、材料名が読めればどうにかわかるので、二度手間は省ける。でも、ちょっと細かい内容になってくるともうお手上げ。その、ちょっと細かい内容に、重要な情報が入っているかもしれないのに。

キリルは毎日、時間を決めて、片っ端から文献を読み込んでいっているようだ。

『ないものねだりしたって仕方ないぜー。ルイはルイで、キリルができないようなことをやりゃあいいじゃないか』

「簡単に言うなぁ。そりゃ、私とキリルが別のことをやった方が、ナーグとスラープを作れる可能性は広がるんだろうけどさ」

でも、私はついでに、日本に帰る方法も探したいのだ。キリルが読んでいる文献の中にそんな情報があったらと思うと、つい焦ってしまう。

「かといってキリルに、これこれこういう情報があったら教えて！　なんて言っても教えてくれないだろうしね」

『そういや、キリル、こないだ植物園を歩きながらつぶやいてたぜ。「ルイには絶対に負けられない」とか何とか』

「やっぱりかー。だよねぇー」

展示会の時は、大勢の香精師の中に私とキリルがいる感じだったけど、今の状況だと何だか一対一みたいになっちゃってるもんね。キリルにしたら、負けられないんだろうな。

私は別に、自分以外がナーグとスラープを作ってくれるならそれでいいんだけど。むしろウェルカムなんだけど。安心して、帰還方法探しに没頭できるもん。

「あーあ、誰か私に文献を翻訳してくれないかな」

言っても詮無いことをぶつくさつぶやいてみたけれど、言うだけ言ったらちょっとスッキリした。

「仕方ない、私にできることをやるか。ちゃんと仕事を頑張って、その後なら、ええっとスタニスさん？　カルダム神官長のおじいさんの記録、見せてもらってもいいよね」

『ご褒美がぶら下がってると思えば、やる気になるよな！　で、次は何に手を着ける？』

「そりゃあ」

私は、ぴっ、とポップを指さす。

「あなたの出番でしょ」

『おっ。待ってました！』

ポップは、ぽん、と宙返りをした。

今まで多くの香精師たちができなかったことを、私に期待するなら、やはり七番目の命名者として【スパイス】の大精霊を駆使してみなくてはならない。

私はブラックペッパーの香りを知ってもらおうと、香精神官たちにポップを紹介した。

「精神的に元気を与えてくれる香りか。しかしルイ、これはプルフィエートを鎮めるのには使えないな」

「はい。ただ、今のナーグやスラープを助けるかもしれません」

「助ける？　香精を、香精で？」

「香精だって、生きています。彼らを元気にできれば、力の持続が期待できるかもしれません」

「なるほど。時間稼ぎになるな」

「【草】や【柑橘】と相性がよさそうだ。これはこれで、用意しておくといいかもしれない」

最初は、近くにいた香精神官に話しかけて説明したんだけど、いつの間にか何人もの神官が集まってきていた。

ナーグやスラープを元気にするという発想は新しかったらしく、封印香精に馴染む香りとブラックペッパーを合わせるならどんなものがいいのかとか、神殿で使われる珍しい香りとか、私は色々なアドバイスをもらうことができた。

「ルイ」

「あっ、ヴァシル様！」

自分のブース前に戻ってくると、ヴァシル様が面白そうな微笑みを浮かべて私を待っていた。

「数日経ったので様子を見に来たんですが、順調のようですね」

「まだ何か作れたというわけではないんですけど、できることからやろうと思って」

「いい心がけです」

「それにしても、いいところに来て下さいましたっ、これ読んで下さい！」

読めなくて困っていた資料を、師匠に読ませる弟子。図々しいとは自分でも思うけど、仕方ない。

「これ全部ですか」

「いえいえ、ええと、この項の内容だけで！　ひとまずは！」

「ひとまずは、ね」

ヴァシル様は肩をすくめ、そして軽く私の背を押した。

「……中で少し待っていて」

「あ、はい」

おとなしくブースの中に入り、座って待っていると、やがてヴァシル様が戻って来る。

「机の上を空けなさい」

「えっ？　わあ！」

私は驚いて立ち上がった。ヴァシル様は、湯気の立つ紅茶のカップを二人分と、何かお菓子のお皿を載せたトレイを手にしていたのだ。

えっ、ヴァシル様にお茶を淹れさせてしまった⁉

「ちょ、ヴァシル様っ、ごめんなさい、こういうのは私が」

あわてていると、ヴァシル様は微笑んだ。

「頑張っているルイを私が労おうというのだから、これでいいんです。ああ、こちらのケーキは料理長からの差し入れです」

「んあああ、ありがとうございます！」

感動のあまり、もはや意味をなさない声を上げながら、私はダッシュで机の上の籠やら本やらをどかす。

どうしよう、嬉しい。ヴァシル様が私のためにお茶を！

——ふと、視線を感じた。

開けっ放しのブースの出入り口から外を見ると、キリルが、彼女のブースの前からこちらを見ていた。

彼女はサッと視線を断ち切ると、自分のブースに入っていく。

「ルイ。読みますよ」

ヴァシル様の声に我に返り、私は「あ、はいっ！」とあわてて中に戻ったのだった。

あっという間に、十日が経った。

私は自分のブースの机で、肘をついてボーッとしていた。机の左右には書類や本が積み上がり、真ん中だけが開いている。そこに、青い香精瓶が一つ。

瓶に住む香精が、ほのかに紫色の光をまとって瓶の周りを飛んでいる。私の鼻に届くのは、すっきりする香りから、干した果物のような濃い甘い香り、そしてワインみたいな香りへの変化だ。ブラックペッパーも加わっているせいか、温かみも感じる。

『行き詰まってんなぁ、ルイ』

ポップがちょっと心配そうに、私の頭の上から言った。

「うーん。何だろう、どこかズレてる感じがして」

身体を起こし、私は椅子の背にもたれて腕を組んだ。

今まで何人もの香精師たちによって、ナーグとスラープを作ろうという努力がされてきたわけだけど、その中で最も『それっぽい』とされている香精の処方箋がある。仮に、『そっくりさん香精』と呼ぼう。

ヴァシル様がその処方箋でそっくりさん香精を調香して下さり、私とキリルも香らせてもらった。本物と比較して、足りない物やよけいな物は何かを判断するためだ。

一方、私の方は、ナーグとスラープを元気づける香精を先に考えていた。本物の香りを邪魔せず、なおかつ香精自身を元気づけられる香りを作りたい。そして、それくらいだったら私みたいなペーペーでもできる気がしたのだ。

以前、リラーナの香精を元気づけた時は、バジルの葉を添えるだけだった。でも今度の封印香精は、二十種類近い素材から成っているそうで複雑だ。私は、そっくりさん香精の処方箋を参考に、一つの香精を作った。

「でもなぁ。元気になるような素材を、ちゃんと組み合わせも馴染むように、神殿にも合うように考えて調香したのに、どうにも場違いなんだよねぇ」

神獣のいる地下の、ナーグとスラープのいる場所に連れて行くと、小さな瓶は存在感を失ってしまった。香精までもが、瓶の中で縮こまってしまうのだ。

「何でだろうなー？　瓶もちゃんと、香精にも合うし宗教的なデザインも取り入れて作ってもらったのに。……あ、君のせいじゃないよ、とってもいい香り！」

私は、香精瓶のふちに腰掛けた香精に笑いかけた。そして、一度立ち上がる。

「うーっ、肩凝ってきた」

『たまには身体を動かさないと。オレみたいによ』

ポップが机の上でバク転を決めた。

「そんな、ガチで運動できる雰囲気でもないし場所でもないじゃん、神殿《ここ》は」

私は苦笑し、そしてため息をつく。

「……はー、やっぱりナーグとスラープそのものを作る方向に頑張らないとダメか。散歩がてら、植物園に行ってくる。何かいい組み合わせを思いつくかもしれないし」

私は、その香精瓶と自分のノート、それに採集用の籠を手に、トボトボとブースを出た。

ちらりと見ると、キリルもブースに籠もっている。彼女も、ここと書庫と植物園、それに香芸師さんの所をぐるぐるしながら、色々と試しているようだ。

「お疲れ」

聞こえないのはわかっているけど、私はつぶやいてから、植物園へと続く廊下に足を向けた。

『…………ん？』

頭の上でしばらく黙っていたポップが、ふとあたりを見回す。

『ルイ、オレちょっと行ってくる！』

「お、他の香精師のお仕事に呼ばれた？　忙しいね」

『いーや、プライベートさっ。気になる？　気になる？』

「ばぁか、さっさと行きなさいって」


植物園に出ると、私はまず温室に行った。ここでは、たくさんのフランキンセンス――乳香の木と、そしてミルラ――没薬《もつやく》の木が栽培されている。どちらも【樹脂】が香りとして利用される。

没薬、っていうのは、エジプトでミイラを作るのに使われていた薬の一つだ。足立さんの講座で知った。『ミルラ』がなまって『ミイラ』になった、なんて説もあるくらいだから、ミイラづくりのマストアイテムだったんだろう。

あと、イエス・キリストが誕生した時に三賢者がそれぞれ贈り物をしたという話があるけれど、その贈り物のうち二つが『乳香』と『没薬』だと本で読んだことがある。ちなみに、最後の一つは『黄金』ね。それくらい、価値があるってことだと思う。

神殿で作られる香精は、この二つのどちらか、あるいは両方を素材にすることが多い。神様がお好きなのかな。

温室で作業していた庭師さんに、少しだけフランキンセンスとミルラを分けてもらうと、私はそれを手にまた植物園に出た。

「この樹脂の木も、ここに生える前は私の世界で生えてたのかもなー。……ええと、基本から見直そう。樹脂の香りと相性がいいのは、樹木系とハーブ系……」

ぶつぶついいながら植物園を歩いていると——。

「ルイ」

小さな声がした。

ぱっ、と振り向く。茂みの陰から覗いていたのは、浅黒いなめらかな肌に紫の瞳。

「り、リラーナ⁉」

びっくりして聞いたとたん、ふっ、と空がかげった。

「俺もいるぞ」

「えっ」

しゃがんだまま見上げると、背の高い、見慣れたむっつり顔。

イリアン！

「やっぱりここ、入っちゃまずいんだよな？」

イリアンはそう言って、ちらりと植物園を見回す。

「リラーナを連れて、礼拝に来たんだ。そうしたら、急にリラーナがこっちに行きたいって」

「あのね、あのね……ポップがリラーナをみつけてくれたの……」

リラーナは恥ずかしそうに言い、えへ、と笑った。その頭の上で、ポップがピッ！　と右前足の親指を立てる。

『少しはおしゃべりでもして息抜きしろよ！』

……ポップってば。私が行き詰まってるからって、心配してくれたの？　イリアンとリラーナが神殿に来たのに気づいて、ポップを見ることができるリラーナを植物園まで誘導したんだ。

植物園があること自体は秘されてるわけじゃないんだから、このまま神殿を出れば問題ないだろう。別に、イリアンたちに詳しいことを知られなければいいんだし。

「リラーナ、ごめん、ちょっとびっくりしちゃって。会えて嬉しい！　学校はどう？」

「字をね、たくさんおぼえたの」

「えらーい！　え、じゃあ今度、お手紙ちょうだい。私も勉強中だから、交換こしようよ」

私はリラーナの頭を撫でながら立ち上がると、イリアンに笑いかけた。

「ここは一応、立ち入り禁止だから、とりあえず渡り廊下の方に出ようか」

三人で廊下へ向かう。イリアンが尋ねてきた。

「修業、順調か？」

「うん。神殿でしか使わないような香りがあって、面白いよ。資料が読めないから苦労してるけど」

話をしながら歩いていると、すぐ横からリラーナがこちらを見上げて言う。

「ポップが、ルイがこまってるっていってた」

「あはは、うん、難しい問題が解けなくて困ってるの。リラーナもそういうこと、あるでしょ？」

私が説明していると、イリアンがふと鼻をうごめかせた。

「その香精、ルイが作ったのか？」

私は、「ああ、うん」と籠に入れていた青い香精瓶を取り出した。

薄紫の香精が、まるで挨拶するように瓶の口からひょこっと頭を出す。

「神殿で作るにしては、華やかで蠱惑的《こわくてき》な香りだな」

「ええと、神様も退屈することがあるかもしれないでしょ。それで、元気づけるような香りを、と思って作ったの」

——神獣を眠らせている封印香精を励ます香りだ……とは言えず、当たらずといえども遠からずな、ふんわりとした説明をする。

イリアンは顎を撫でた。

「……この香り、何だか祭りみたいな印象がある。もちろん、儀式としての、って意味だけど」

「祭り……言い得て妙だわ」

宗教的な、神秘的な香りに加わった、スパイシーさ。浮き立つような気持ちになる。

神楽舞《かぐらまい》、という言葉が頭に浮かんだ。神様に踊りを献上して、楽しんでもらうような。

するとイリアンが続けた。

「しかし、それにしちゃ瓶が大人しいな。退屈してる神に献上するのに、神殿でよくある意匠の瓶じゃ、普段と同じだろ。目を引く要素はルイの得意分野じゃないのか？」

「……なるほど」

私も、まるでイリアンの真似をするように顎に手を当てる。

「そうか。元気になってもらうために、非日常のデザインが必要だったのかも。踊る……踊り子……異国の。見てもらうためには、気を引いて……」

ぶつぶつつぶやいていると、大人しく私と手をつないで歩いていたリラーナが、言った。

「バナクのかみさまも、おどるんだよ」

私が「そうなの？」と聞き返すと、今度はイリアンがぶつぶつ言い始めた。

「そうか。バナクの舞踊の神……祭り……」

「なに、なに？」

「この国でも、一年に一度、バナクの祭りがあるんだ。エミュレフの人たちも大勢見に来る。エミュレフの神に献上するなら、そういう踊りの要素があってもいいんじゃないかと思ってな」

【エキゾチック】の大精霊エクティスが、異邦の存在のままでこの国に溶け込んでいるように。

この国の神様は、異邦人に興味を持っている。きっと、そう。

私はパッと顔を上げた。

「イリアン、バナクの意匠と、私の国の意匠を取り入れた香精瓶、作れる？　この子に合うような」

薄紫の香精を示しながら言うと、イリアンは軽く目を見開いてから、うなずいた。

「やってみる。でもどうやって作る？　ここの硝炉を借りて――」

盛り上がっているところへ、澄んだ声が一陣の冷風のように通り抜けた。

「何をしているのかな」

いつの間にか、赤いローブ姿のヴァシル様がすらりと立っている。なぜか視線が冷たい。

「ヴァシル様！　いらしてたんですか」

「イリアン、ここで何をしているのかと聞いています」

ヴァシル様の方が、イリアンより少し背が高い。文字通り上から目線のヴァシル様に聞かれ、イリアンは直立不動で答えた。

「か、勝手に申し訳ありません。ルイが困っていると聞いて、ついここまで入ってしまいました」

「それを責めているわけではない」

ヴァシル様は少し呆れたように、ため息をついた。

「大方、ポップが引き入れたのだろうということは想像がつきましたからね。そうではなく、ここの硝炉を使う、などという話が聞こえましたよ」

「だ、ダメですか」

恐る恐る私が聞くと、ヴァシル様は苦笑した。

「さすがにそれは遠慮しなさい、ここの香芸師がいい気はしません。イリアン、ルイの作ったこの香精を連れていって、ギルドで作業することですね」

「えっ」

私はイリアンと顔を見合わせてから、もう一度ヴァシル様を見た。

「ギルドで作ってもらうのは、いいんですか⁉」

「ダメだと言った覚えはありませんが」

「よかった！　ありがとうございます！」

安心して、顔が勝手にほころんでしまう。ヴァシル様は軽く肩をすくめて視線をよそへ流した。

どんな瓶にするか、おおまかにイリアンと打ち合わせ、細かいところは彼に任せることにする。

「リラーナも、ありがとう！　おかげでいい瓶ができそう」

お礼を言うと、リラーナは「ほんと？」と嬉しそうにはにかんだ。

「じゃあな。二、三日のうちにはできると思う。ていうか、やる。ヴァシル様、失礼します」

イリアンは言い、リラーナを連れて立ち去っていった。

私はヴァシル様に向き直る。

「あの、私、イリアンに詳しいことは話していませんから！」

「わかっていますし、それなら問題ありません。ルイが悩んでいるのは知っていましたからね」

ヴァシル様は淡々とそう言って――。

――不意に、私の頭に軽くポンと、手を置いた。

「……？　あの？」

「さて、私は角が立たないように神官長にこの話を通しておきます」

すぐにその手を離すと、ヴァシル様はスッと踵《きびす》を返して去っていった。

『何だ？　今の』

ポップが私の肩に乗る。

「さあ……」

首を傾げながら、ヴァシル様を見送る。

ホールの向こうの方で、ちょうど資料を抱えて戻ってきたキリルが、ビシッとヴァシル様に挨拶するのが見えた。


翌々日の夕方、イリアンはまたリラーナと一緒に神殿にやってきた。

「これで、どうだっ」

私のブースで、作業台の上に籠を置いたイリアンは、籠にかかっていた布をサッと取り払った。

「おお⁉」

それは、深紅と金で作られた香精瓶だった。広げられた赤い扇の形をしていて、金の市松模様が入っている。

薄紫の香精がいったん飛び上がり、気取ったポーズで扇の上に腰かけた。相当気に入っているらしい。まるでこの瓶が楽屋で、香精は出番待ちをしている踊り子のように見えてくるから不思議だ。

「かっこいい！　テンション上がるー！」

「バナクの扇に、ルイの考えた模様がハマったな」

「これ、私の国の伝統的な模様なんだよ。ピッタリ！」

私はイリアンとハイタッチをした。ついでにかがみ込んで、リラーナの小さな手ともタッチする。

「ありがとう、早速これを提出してみる！」

ちょうどそこへ、ヴァシル様とカルダム神官長が連れ立ってやってきた。イリアンはお二人に挨拶すると、

「俺とリラーナはこれから礼拝だから、しばらくいる。何かあったら言えよ」

と私に言って、リラーナを促して礼拝堂の方へ戻っていった。

神官長が微笑む。

「ルイ、調子はどうですか」

「神官長、この香精と瓶を見ていただきたいんです！」

私は香精瓶を差し出し、封印香精を元気づけるためのものだと説明した。

神官長はうなずく。

「地下に連れて行ってみましょう」

「いいんですか⁉」

「ええ、この香りなら良さそうだと私は思います。どうでしょう、ヴァシル師」

神官長が聞くと、ヴァシル様もうなずく。

「相性のいい瓶を得て、香りが際だちましたね」

そして、ヴァシル様は私に微笑みかけた。

「私の弟子の、初仕事になりますね。屋敷に帰るつもりでしたが、神獣のところに行くなら私も見届けてからにします」

「はい、お願いします、師匠！」


私たちは神官長を先頭に、地下に下りた。

陽が斜めに差し込む巨大な水槽で、神獣は眠っている。両脇の香精瓶の中では、それぞれナーグとスラープが、脱力したように漂っていた。

神官長が、私の香精瓶を捧げるようにして持ち、まずは慎重にナーグに近づけた。

すると——。

——ナーグの目が、明らかに意志を持って動いた。

ゆらり、と、封印香精の身体がまっすぐに立て直される。ナーグがふわりと手をさしのべると、私の香精がその大きな瓶の中にするりと入っていった。

ピンクの封印香精の周りを、小さな薄紫の香精がゆっくりと巡る。まるで、踊りを見せるように。

「おお……気に入ったようだ。ああ、香りもわずかですが鮮やかになってきた」

神官長が、抑え気味ながらも興奮した声を出す。

ヴァシル様は私を見下ろすと、すっ、と右手を上げて、手のひらを私に向けた。

「成功ですね」

「はい！」

私も嬉しくて、同じように右手を出してヴァシル様とハイタッチしてしまった。ひょっとして失礼だったかな、と頭の片隅で思ったけれど、ヴァシル様は何だかくすぐったそうに微笑んだ。

ああ、いいな、と思う。ヴァシル様と過ごす時間が、こちらの世界に来たばかりの頃とは全く違ったものになっているのを感じる。そして、ヴァシル様も同じように感じてくれているような気がして、とても、嬉しい。

「それでは、同じ香精と瓶をスラープにも作るといい」

「はい！」

そんな話をしながら、私たちは香精師のブースに戻ってきた。

『いやー、さすがは七番目の命名者、オレのルイ！』

満足そうなポップに、私は「あんたの私じゃないってば」と突っ込む。

『ま、神獣の件が解決したわけじゃないけどな』

「それねー。でも、時間稼ぎができただけでも……」

いいかけて、私はふとキリルのブースを見た。

彼女のブースは、今は空だ。書庫にでも行っているのかな……。

「……ポップ。最近のキリルがどんな様子だったか、知ってる？」

『いつ見ても、目が吊り上がってたぜ。息抜きできるタイプじゃないよな、あいつ』

……何だか、今ちょっと、嫌な予感がした。なぜだろう……。

「それでは、今度こそ私は屋敷に戻ります」

ヴァシル様が言い、我に返った私は振り返って、頭を下げた。

「今日もありがとうございました！」

「引き続き頑張りなさい。何かあったら遠慮なく連絡を寄越すように」

そう言って、ヴァシル様が出口の方へと向かいかけた時――。


ズン、と、低い振動が響いた。


「……今の、何？」

『さあ？』

私とポップがきょとんとしているところへ、ヴァシル様が早足で戻ってきた。

「地下です。神獣のところだ」

「えっ」

思わず息を呑む。

そこへ、「ルイ」と声がして、ホールの出入り口の所に、イリアンとリラーナが姿を現した。

「さっきの香精がどうだったかと思って、帰る前に来てみたんだが……もしかして、何かまずいことになったのか？」

「え、あ、瓶のせいじゃないと思うけど……あの、ちょっと見てくるから、私のブースで待ってて」

すでにヴァシル様は先に行っている。私とポップは後を追った。

地下の通路に下り立ったとたん、背筋に悪寒が走った。

「何、これ」

うまく説明できないけれど、廊下の先から圧力を感じる。空気が突然重くなったような、そこにおかしな磁場があるかのような。

でも、ヴァシル様はどんどん先を行っている。

「ええい、行くよ、ポップ！」

『うぇぇ』

珍しくうろたえているポップを連れ、廊下を進んだ。

そうして、神獣のいる水槽のある場所まで来た時、私は立ち止まったまま動けなくなった。

割れている。

「うそ……！」

水槽の両側にあった、巨大な香精瓶——そのうちの右側の一つ、水色のスラープの瓶が、割れていた。

そして。

私の目の前で、双頭の恐竜の片方が目覚めつつあった。ゆっくりと目を開き、頭をもたげる。

「あ……ああ……」

しゃくりあげるような声が聞こえて、そちらを見ると、壁際にキリルが座り込んでいた。

血の気の引いた白い顔、眼鏡に水槽から発せられる青い光が反射して、まるで人形のようだ。

近くに、神殿の香芸師の女性が倒れている。

「キリル！　何があったの⁉」

駆け寄ってひざまずくと、キリルはようやく私を見た。

「わ、私はちゃんと、作ったんだ」

「何を⁉」

「ナーグや、スラープに代わる、封印香精。それで、あの瓶に入れようとしたら、暴れて……ちゃんと、あれで、合ってるはずなのに……」

悲鳴のような音が響いた。

振り向くと、神獣の周りを青白い光が走っている。

「あれが、あなたの作った香精⁉」

キリルに聞いたけれど、返事をしたのはヴァシル様だった。

「違う、あれはスラープだ。キリルの作った封印香精と反発し合って暴走しているんです」

「何事です⁉」

神官長や香精神官が数人、駆けつけてきた。けれど、皆、呆然とするばかりだ。

ビシッ、と音がして、水槽に亀裂が入った。

まずい！

ヴァシル様が声を張った。

「ポップ！」

『はいよっ』

ポップが宙をスライディングするように、後ろ足からヴァシル様の前まで突っ込んでいく。

「君に頼みたい。ルイの『踊り子』香精と一緒に、ナーグを支えてやってくれ！」

『了解！』

ポップが光の球となって、左の封印香精、ナーグの瓶のところへと奔《はし》った。

弾ける、ブラックペッパーの香り。スパイスが、たった一人で封印を担うことになってしまったナーグを、『踊り子』と共に力づける。

ヴァシル様はローブのポケットから蠟石を取り出し、水槽の前の床にものすごい勢いで調香陣を書き始めた。

こ、細かい！　いつもの陣と全然違う。何が起ころうとしてるの……!?

ヴァシル様は、とんでもなく複雑な調香陣を一気に書き上げると、中央にサッと立った。

「フロエ！　シトゥル！　ビーカ！　エクティス！　トレル！　ハーシュ！『精霊王』の名において命じる、急ぎ集《つど》え！　これは世の全ての営みに優先する！」

『御意！』

いくつもの声が、同時に応えて――。

――調香陣の上に、何本もの光の柱が立った。

フロエの華やかな紫の髪が、シトゥルのきらめくオレンジの瞳が、ビーカの緑の風のような仕草

が、エクティスのえもいわれぬ香りが、トレルのまとう澄んだ空気が、ハーシュの神秘的な威厳が……。

そして、ナーグと共にいるポップの閃光のような力が飛び込んでくる。

七つの力が、調香陣の上で一つになる。

「七大精霊の力で、神獣を仮封印します」

低く言うヴァシル様を、私は声もなく見上げた。

淡く光る白銀の髪、琥珀の瞳。ああ、ヴァシル様もまた、香りの一部になっている。

さっき、『精霊王』って……年を取らないという、精霊たちに愛された存在。エミュレフの元首である大公を上回る、王……。

「ルイ」

ヴァシル様の鋭い声に、私は我に返った。

「えっ、あっ」

琥珀の瞳が、私を貫くようにとらえる。

「神殿の香精師は意識がないようだ。イリアンを呼びなさい。暴走するスラープを落ち着かせねば。彼に、スラープの瓶を作らせます」

「は、はいっ！」

呆然と座り込むキリルが心配だったけれど、私は転びそうになりながら立ち上がり、廊下を走った。イリアンを呼び戻すために。

礼拝堂のすぐ外でぶらぶらしていたイリアンを呼び止め、私は隠していた事情を手短に話した。

イリアンはさすがに衝撃を受けた様子だった。リラーナが心配そうに、彼を見上げる。

けれど、彼は臆することはなかった。

「ナーグって方の瓶は無事なんだよな？　見せろ」

「うん。あの、リラーナは」

「聞いた話が本当なら、安全な場所なんてどこにもない。連れて行く」

「わかった。こっち！」

私は二人を連れ、地下へと下りて、神獣とナーグの所まで案内した。

ヴァシル様の作った調香陣は、七体の大精霊たちによって七色に光り、静電気のようにピリピリしたものをまとっている。そしてその光は、神獣をも包んでいた。獣は、まるでうなされているようにうごめきながら、それでも水槽の中にとどまっている。

ヴァシル様は目を閉じ、集中しているようだ。

「……これは」

息を呑むイリアンに、私はささやく。

「ヴァシル様、さっき大精霊たちに『精霊王の名において命じる』って、言ってたの」

「精霊王」

イリアンはつぶやいた。

「母が言ってた。ヴァシル師は三十数年前、アモラ侯爵の位を継承して、この町にやってきた。母が子どもの頃から、年を取ったように見えないって。この方が……精霊王……」

「そうです」

ヴァシル様が、光を見つめたまま低く笑った。

「自分がそうだということは、もちろん気づいていました。老いないことを周囲に知られるまでは、政治的に利用されたくないので黙っていようと思っていただけです。……とうとうその時が来たようですが、今はそれどころではない」

その言葉に、イリアンが我に返ったようにその場を見回した。

「ナーグの香精瓶は、これか」

彼はナーグの瓶を観察し、水槽全体を観察し、かがみ込んで床で割れたスラープの瓶を観察する。

「たぶん、この場所は光の入り方も考えられて作られてる。とすると、瓶の位置がここで、色は」

イリアンはつぶやきながら考え込み、そして顔を上げた。

「硝炉はどこだ」

「上です」

応えたのは、ヴァシル様だった。調香陣の中に立ったまま、イリアンを見る。

「私はここで、神獣を仮封印するのに集中します。神殿の人々の知識を合わせ、瓶を作って下さい。君ならできます」

「はい」

「香芸師ギルドのイリアン、ですね。案内します」

他の神官と何か話をしていたカルダム神官長が、すぐにイリアンを呼んだ。すぐに二人で階段の方へと向かう。

「ルイ……わたし、ルイと一緒にいていい？」

兄が大事な仕事を始めるのだと悟り、リラーナは不安そうに私を見上げる。

私は「もちろん」とうなずき、リラーナと手をつないだ。リラーナの手も、私の手も、緊張で少し汗ばんでいる。

私は、調香陣を見つめた。

ヴァシル様は、神獣にまっすぐ視線を向けている。周りを渦巻く七大精霊の大きな力が、ヴァシル様の存在を要《かなめ》としてぶつかり合うように一つになり、風を巻き起こしてローブをはためかせた。

時折、神獣との間で小さく火花が散る。

細い糸が張り詰めているような感覚もあるのに、同時に何か重いものがこの場にのしかかっている。気を抜いたら身体が引きちぎられるか、それとも潰されてしまうかもしれない。ヴァシル様は一人で凛と立ち、そんな場を支え、守っている。

ああ、私なんかじゃ、今はできることが何もない。どうしたらいいの？

「リラーナ、もう少し後ろに下が……」

言いかけた時、不意に脳内に声が響いた。

『……に……をさせ……』

女の子の声だ。でも、リラーナではないみたい。

「誰？」

ぐるりとあたりを見回す。

すると、ナーグの方を見た瞬間、まるでそちらにアンテナが向いて電波を受信したかのように、はっきりとした声が飛び込んできた。

『わしに、これ以上何をさせる気じゃ！　いい加減にせい！』

フワッ、と、私の身体がわずかに浮いた。

「え」

「ルイ！」

ヴァシル様が珍しく、焦った表情で顔を上げる。

ぐんっ、と、身体が引っ張られた。

昔、こんな場面を映画で見た……飛行機の窓が割れて、機内の人や物が窓から外へと吸い出されていく場面。

あんな感じに、私の身体はナーグの瓶へ、ズルズルと踵を引きずりながら吸い寄せられていく。

「う、嘘」

ギョッとなりながらも、私は反射的にリラーナを突き飛ばした。

巻き添えにするわけにはいかない！

直後、まるで身体が液体になったかのように、しゅうんっ、とどこかへ吸い込まれる感覚があって、あたりが薄暗くなった。

「ルイ！」

リラーナの泣きそうな声が、聞こえた気がした。


ゆっくりと、落ちていく感覚。

私はおそるおそる、目を開いた。

夜明けの空のような、薄い青の世界だ。雲のような、霧のような、白いヴェールが幾重にも重なった場所を、ゆるゆるとかき分けるようにして落ちていっている。

「こ、ここは」

『ナーグの瓶の中だ』

「ポップ！」

はっ、と見回すと、ポップが肩の上に下りてきたところだった。

『大丈夫かな？　俺の美しきルイ』

ばっちーん、といつもの調子でウィンクするポップに、ちょっと落ち着く。

「う、うん、たぶん。そっか、ポップはナーグと一緒にいたんだもんね。ええと、瓶の中って……」

『まあ、ナーグの精神世界ってことだな。ルイ、上を見てみろよ』

ポップの言葉に、私は上を見上げた。

遥か高い場所では、黒いもやが渦巻いていた。時々、稲妻が走る。

『スラープが怒り狂ってるんだ。もうすぐお役御免だったところを叩き起こされて』

「嵐……」

「あー……怒るよねぇ、そりゃ」

百年近くに渡って役目を果たしてきたのに、引き継ぐための封印精霊ではない何かが来てひっかき回しちゃったんだもんね。

「キリル……焦ってたのかな。憧れのヴァシル様がしょっちゅう出入りしてたし」

『うん。そこへ加えて、ルイの方がうまくいっているように見えたんだろう』

「私だって、封印精霊を調香できたわけじゃないんだけどね。時間を稼いだだけなのに」

今は、ナーグがメインで神獣を抑えている。ヴァシル様の力はあるけれど、ヴァシル様は『精霊王』とは言っても人間なんだから、あんな張り詰めた状態をずっと維持できるわけがない。

きっと苦しいよね……身体は大丈夫なの……？

「ど、どうしたらいいんだろう。上が元の場所？　戻りたいけど、あの様子じゃ」

『とにかく、ナーグに会おう。奥に「本体」がいるはずだ』

戸惑いながら、再び下を見る。

と、ヴェールの向こうに何か別の色が見え始めた。

「ここは……」

何枚かのヴェールを通り抜けると、パアッと広がったのは美しい宮殿を上空から見た景色だった。

ドーム上の屋根、金の壁に赤い装飾タイル。オリエンタルな雰囲気の宮殿だ。

「これ、もしかしてバナクじゃない？　イリアンの家にあった織物やなんかと、タイルのデザインが似てる気がする」

『エミュレフとバナクは、昔から強いつながりがあったみたいだからな。封印香精にも関わってるんだろう』

「確か、封印香精は古代からの記憶を受け継ぐって……ってことは、この景色はその記憶？」

その時、ふっ、と鼻先をかすめた香りがあった。

「あれ？　今、何か香ったよ」

『何の香り？』

「ええと……他の香りと混じって、知ってる香りがあったのに」

脳裏に、故郷の我が家が浮かんだ。

『カフェ・グルマン』の座席で、スイーツを楽しみながら談笑するお客さんたち。コーヒーや紅茶の香りに混じって、甘い香り。

「この香り、エミュレフに来てから初めて香ったものだと思う。鍵になる気がする」

『封印香精のか？　あっ、なーるほど、エミュレフにない、バナクの方にある植物だったから今まで見つからなかったのか！』

「きっとそうだよ。仮で作ったそっくりさん香精に足りない部分に、まるでパズルのピースみたいにピッタリはまりそうな気がする。何の香りだったたっけ……」

そのまま、私とポップはゆっくりと下りていく。

宮殿の庭には大きな池があり、私たちはちょうどそこに下りた。さらに水面を突き抜け、濡れる感覚も全くないまま下りていく。

私は息を呑んだ。

「誰かいる」

池の底に、人影があった。

十歳前後くらいの女の子だ。変わったピンク色の髪に、クリーム色の肌をしていて、背中にはトンボのものに似た透明な羽。まるで天女のようなひらひらした衣をまとっている。

そんな可愛らしい外見の女の子は、ものっすごく不機嫌そうに、こちらを見上げていた。

『やあ、ナーグ姫』

ポップは、ひょい、と私の肩から離れた。女の子のすぐ脇に着地する。

「ちょ、ちょっとポップ」

少し下がった位置に着地した私は、ポップの後ろから近づいた。

『先ほど私を呼んだ、【スパイス】の大精霊じゃな』

女の子——封印精霊ナーグの本体は、腕組みをしてポップをにらみつける。この世界では、リラーナと同じくらいの大きさだ。

ポップは両手を軽く広げた。

『そうさ。オレの刺激、気持ちよかっただろ?』

『……お主が言うと卑猥《ひわい》に聞こえるな』

「そうだー、その通りー」

後ろから小声で突っ込む。

ナーグが私をちらりと見た。柳眉《りゅうび》を逆立てている。

『ふん、香精師か。代々、我らに何百年も神獣のお守りをさせたあげく？　引き継ぎに失敗し？自分たちの失敗を何とかするために、引退寸前の我らを叩き起こして頼る？　はっ。無能じゃの』

「か、返す言葉もございません」

『ふん、ここで永遠に反省するがよいわ』

「え、永遠に⁉」

そんなご無体な、と言いかけた私の頭に、ポップが飛び乗った。

『うはぁ、ナーグ姫、最高だな』

「へ？」

『は？』

私は小声で、ナーグ姫ははっきりと馬鹿にするように、ポップの言葉に疑義を表明する。

ポップはうっとりと、両手を広げた。

『見ろよルイ、この世界を。香りの生まれた場所を全て内包し、その寛容さで神獣を眠らせていた封印香精……しかも香精の可憐さを失わない姿……美しい』

『な、何を言い出すかと思えば当たり前のことを』

ナーグはちょっと身体を引いて、ふん、と横を向いた。ふくれた頬が艶めいて可愛らしい。

『香精師がそう作ったのであろうが！』

「で、でも、調香したのは香精師でも、何千何万とある香りからあなたという完成された存在が生まれたのは、すごいことだと思う」

恐る恐る言ってみると、ポップがすぐに付け加えた。

『そうさ、人間だけの力じゃこうはいかない。運命だ。奇跡だ。ナーグ姫は生まれるべくして生まれた美！』

彼はナーグの周りを飛び回った。

『あぁ、いい香りだ。ナーグ姫はすごい。オレ、惚れそう』

『そ、そんなに言うなら我の命令を聞くがよい！』

ナーグはひらりと、まとった衣を翻して片手を前に伸ばし、何かを指し示すようなポーズを取った。

『我を引き立てて、もっと力を強くするのじゃ！』

『気の強い香精、最高！　おおせのままにー！』

ポップはひれ伏し、ナーグのつま先にキスをした。

うわぁ……何なのこの、女王様と下僕みたいなアレは。

内心げっそりしたことは、秘密である。

「あの、でもいつまでもナーグ姫にお願いするわけにはいかないよ。スラープを何とかしないと」

今なら聞けそうな雰囲気だ、と、私はナーグに直接尋ねる。

「実は、封印香精の処方箋が失われてしまったために、引き継ぐ香精を作ることができないでいるの。さっき、その手がかりになりそうな香りがしたんだけど」

『全く、仕方ないのう。どの香りじゃ。連れて行け』

いきなり、私たち三人（？）の身体が浮いた。

もと来た空間をたどり、池から抜け出し、上空へと上っていく。

「あ、今。この香り！」

『宮殿から漂ってくるこの香りか。かつては香精によく使われておった。元になっている植物は、あれじゃな』

ナーグが指さした先にあったのは、太い木に絡まる蔓《つる》のような植物だった。白っぽい筋の入った幅広の葉っぱがついていて、かなり長い。

「これは……？」

『名前は知らんが、莢《さや》に精霊がおる』

『ルイ。たぶんこれ、オレの仲間だ。【スパイス】だ！』

ポップが嬉しそうに言った。

ポップの仲間？　莢をスパイスとして使う……？　それならきっと、この細長い莢を乾燥させるんだろう。乾燥したらきっと、黒ずんで……。

カチッ、と、香りと記憶が結びついた。

「わかった！　バニラだ！」

甘くて上品なこの香りは、バニラビーンズの香りだ。封印香精に必要だったのは、エミュレフにはなくてバナクには存在する、バニラの香りだったんだ！

『やれやれ、わかったならさっさと戻って調香し、引き継ぎをせよ。スラープの暴走の混乱で、こんな場所に香精師を引きずり込んでしまったが、不満をぶつけて少しはすっきりしたわ』

ナーグがシッシッと片手を振る。

「ありがとう、ナーグ姫！」

『そんなぁ、お名残惜《なごりお》しい』

ポップがくねくねしたけれど、ナーグ姫はクールだった。

『早《はよ》う、去《い》ね』

「ほら、行くよポップ！」

私はポップを急かし、上空を目指した。勢いがついたのか、少しずつスピードが上がっていくのを感じる。

「バニラか、そうかぁ。バナクに取りに行かないとね」

『だな。でも、それまでヴァシルとナーグ姫が保つかな』

会話しながら空を切り、再び白いヴェールの波間に入ったとたん――。


――もう一つの香りがした。

「えっ」

私は、ハッ、と辺りを見回す。勝手に身体にブレーキがかかり、私は宙に浮いた。

『ルイ、何やってんだ』

ポップがあわてて戻ってくる。

「ま、待ってポップ。今の……」

私は目を見開きながら、もう一度あちこちに視線をやった。

するとまた、かすかに、あの香り。

――何の香りなのか僕も知りたくて、会う人会う人に試してもらってるんですよ――

「世界を越える香りだ！」

私はその香りに集中した。身体が勝手に、香りに引き寄せられる。

『ルイ⁉　どこ行くんだ、ひとりじゃ危な――』

「ポップはヴァシル様にバニラのこと知らせて！　後から行くから！」

叫んだとたん、ざあっ、とまるで波が押し寄せたかのように、ヴェールがたなびいた。ポップの姿が見えなくなる。

「わっ⁉」

横から次々と、白い何かがぶつかってきた。

ううん、実際にはぶつかっていない、私の身体をすり抜けていくだけなんだけど、とにかく数が多い！

手で顔をかばうようにしながら、観察する。

それは、半透明の姿をした動物たちだった。私から見て右から左の方向へ、犬や猫、牛や馬、ウサギにキリンにサル……何種類もの動物たちの姿が群をなして、川のように流れていく。

彼らは、あふれる光から生まれるようにして、私の方へ流れてきていた。

「あの光は、何だろう……？」

つぶやいた時、私にはすぐにわかった。

「そうか。私の世界だ」

ヴァシル様が話して下さったことを思い出す。

私の世界で死んだ命は、こちらに生まれ変わる。こちらの世界で死んだ命は、私の世界で生まれ変わる。二つの世界は、そういった関係にあるのだと。

「私の世界で死んだ命が、こちらの世界へやってきているんだ。生まれ変わるために」

ただ一人、その奔流の中で立ち止まりながら、私は魂たちを見送る。

この流れをさかのぼったら、行き先は日本かもしれない。けれど、ここは魂の通り道なのだ。たぶん、本当の意味では帰れない。

「ちゃんと生きたまま、身体も帰らないとね。……それに……」

それに、もし今、帰れるとしても……。

ヴァシル様を、一人にしたくない。離れたくない。

そんなことを考えているうちに、何か、大きな魂が近づいてきた。

何だろう、本当に大きい。私の身体の何倍もあって少し怖くなり、私は少し脇に避けた。

その姿は……。

「クジラだ！」

ゆったりとひれを動かし、半透明のクジラが目の前を通り過ぎていく。

このクジラも、こちらの世界で生まれ変わるんだろうか？　エミュレフに来てから、まだ海に行ったことがないから、海の生き物がどんな風なのか知らないけれど……。

そして、クジラが私の目の前を過ぎ去る瞬間に、また、あの香りがした。

足立さんの作った香水の中に感じた、不思議な香り。

「あっ。そうだ、思い出した！」

ヴァシル様のお屋敷に出現して、町長さんに会った後、私はヴァシル様に初めて香精を調香するところを見せてもらった。その時、【果実】のシトゥルがこう言ったのだ。

『あなた、少し変わった香りがするね。……何かの、動物の香りかなぁ』

『残り香だけど、甘くて素敵な香りだなと思って』

日本からこちらにやってきたばかりの私に、足立さんの香水の香りが残っていたとしたら。

それを香ったシトゥルが、動物の香りだって言った！

「そうか。世界を越える香りには、動物の香りも必要だったんだ。それなら、私が探すべき香りは……！」

ついに、ついに手がかりをつかんだ！

気が急いた私は、動物の魂の群を抜けてナーグの世界から出ようとした。

けれど、大きな奔流の中にいるためか、うまく動けない。白いヴェールの向こうが、よく見えなくなってきた。

あれ……？　もがいてるうちに、何だか疲れて……身体が、魂たちと一緒に流される……。

「ヴァシル、様……」

その名前を呼ぶと、霞《かす》む視界にうっすらとヴァシル様の姿が映った。それに、ポップ、イリアン、リラーナの顔。

やだ、やめてよ、走馬燈とか言わないよね……？

ぼうっとなってきた私は、そのまま目を閉じ、ゆらりと空間に浮かんだ。


満ち溢れる光の中に、誰かが立っている。笑いを含んだ声が、聞こえた。

『やれやれ、一人で古代精霊の世界に行くなんて、無謀にもほどがある。今、助けますよ、ルイ』

そのすらりとした手が、こちらに伸ばされた時、爽やかな香りが漂ってきた。

ああ、この香り、知ってる。オレンジと……クローブ？　この香りは、私を守ってくれる。

私は安心して、身を委ねた。


ゆっくりと目を開いた時に見えたのは、神様みたいな、芸術品みたいな、綺麗な顔だった。真っ白な髪がさらりと流れ、切れ長の瞳は琥珀色。その目が、私を見て嬉しそうに細められる。

「ルイ」

「……ヴァシル様」

つぶやくように答えると、いつかのように抱きしめられた。

「ルイ……良かった」

ヴァシル様が私の額に頬をすり寄せると、ふわりといい香りがした。

「……この香り……」

「ああ、これです」

ヴァシル様は左腕で私の肩を抱いたまま、右手で自分の胸にかかった香精瓶を手に取り、私に見せた。

「オレンジポマンダーをイメージして作った、香精です。君が私に贈ってくれた香りをどうしても作りたくて、ポップに協力してもらい、乾燥クローブからバナクにいる精霊を呼び出しました。この、護りの香りがきっと、君を呼び戻してくれたんでしょう」

「本当だ……少し、紅茶の香りもします」

嬉しくなった私は、ちょっとふわふわした状態でヴァシル様に微笑みかけ、そして。

我に返った。

そこは神殿の一室で、私はソファの上でヴァシル様の、膝の、上に！

「きゃああ！」

本気の悲鳴を上げて、私はヴァシル様の腕から脱出した拍子にソファから転がり落ちた。ヴァシル様が少しあわてた様子で腰を浮かせる。

「ルイ、急に動かない方がいい」

「め、目が回るぅ」

「顔が真っ赤だ。ソファに座りなさい」

顔が真っ赤なのはヴァシル様のせいです！

そう思いはしたものの、私は恐る恐るよじ登るようにしてソファに戻った。ヴァシル様が腕を伸ばしてきたので、反射的にお尻をずらして距離を取ると、彼は苦笑する。

「何もしないから、少し落ち着いて」

けれど結局、ヴァシル様側の手を握られた状態で、私はソファの背もたれに身体を預けた。

「あの……封印精霊はどうなったんですか？」

『それな！』

いきなり、膝の上にポップが飛び乗ってきた。私は驚く。

「ポップ、いたの！」

『ひどいなルイ！　まあいい。イリアンが瓶を作ることに成功して、仮封印が安定したんだ。ちょっと待ってな』

彼はするりと扉をすり抜け、外へ出て行く。

ほとんど間をおかず、扉が開いてイリアンとリラーナが入ってきた。さらに後ろから、カルダム神官長とネデイアさん。揃い踏みだ。

でも、キリルがいない。

「ルイ、だいじょうぶ⁉」

飛びついてくるリラーナを、「大丈夫だよ、ありがとう！」と受け止めながら、私は目の前の人々を見渡した。

「あの、キリルは」

すると、カルダム神官長がうなずく。

「別室で休んでいます。先ほどルミャーナ師も来ましたから、任せておいて大丈夫でしょう。……私は、キリルとあなたを競わせるようなことをしてしまったのですね。二人の間柄を知らなかったとはいえ、申し訳ないことをした」

「自ら招いた荒療治で、立場を自覚したことでしょう」

ヴァシル様はばっさりと、クールな口調で評する。

「ルイ、スラープはひとまず安定しました。イリアンの瓶のおかげでね」

「いえ。ヴァシル師が大精霊たちの力でスラープと神獣を抑えてくださったおかげです。俺は言われるまま、その間に瓶を作っただけで」

立ったままのイリアンは、少し疲れているようだ。

ヴァシル様は、全員を促して座らせた。そして、手を握ったままの私を見る。

「後は、君とポップが見つけてきた『バニラ』の香りを使って、早急に新しい封印香精を調香するだけです」

「でも、あの香りはバナクに行かないとないんじゃ」

『オレが精霊を呼び寄せてやるよ。香り、あるんじゃないか？　クローブみたいに、バナク人の市場とかに、な』

ポップがニヤリと笑った。

カルダム神官長が、私を見つめて微笑む。

「【スパイス】の大精霊と、その命名者のおかげです。ルイはやはり、正しき候補者だった。祖父が見つけてくれたのですね」

「……え」

私は戸惑って、ヴァシル様を見た。イリアンも、何の話かわからない様子だ。

ヴァシル様はうなずく。

「今こそ、事情を明かす時ですね。……ルイ。カルダム神官長の祖父であるスタニス香精神官は、年老いて亡くなる時、私に一つの約束をしたのです。失われた封印香精の処方箋を完成させるためにさんざん探し回ったけれど、香精を作ることのできる香精師は見つからない。自分はこれから死に、あちらの世界へ行く。こちらでダメなら、あちらの世界にはきっといる。世界を救う人物を、捜し出してみせる、と」

「私の一族は、かすかながら前世の記憶を持ったまま生まれ変わります。ですから、ルイ、あなたの世界のことも知っている」

カルダム神官長が続ける。

「祖父スタニスは、二つの世界を渡る香精を研究していました。研究は完成こそしませんでしたが、その記憶を持ったまま、あなたの世界で生まれ変わった。どうやら、はっきりとは覚えていなかったようですが」

「あ、はい。足立さん、使命感みたいなものがあるとは言っていたんですけど」

以前ヴァシル様に説明したことを、もう一度説明する。カルダム神官長は繰り返しうなずいた。

「やはり。あなたの世界で祖父は処方箋を完成させ、その香りに反応する人を無意識に探していたんです。偉大な香精師になれる素質のある人をね。そしてとうとう、ルイがその香りに反応した」

「い、偉大な、って」

私はあわててしまった。

弟子として優秀でも何でもなく、私がやったことといえば【スパイス】に関することだけ。そんな私に、偉大とか言われても困る！

機嫌よく、神官長は続けた。

「祖父の生まれ変わりの男性は、ルイのお母上と一緒にいるそうですね。きっと、お母上を大事にしてくれると思います。孫の私が保証しますよ」

「あ……ありがとうございます」

急に、肩のあたりが軽くなったような感覚があった。

こんな突拍子もない話なのに、私、少し安心してる。きっと、お母さんは大丈夫だ、って。

そうだ。一つ気になることが。

「あの、カルダム神官長のおじいさんが、ヴァシル様にそういう遺言を残したということは……そのころ、ヴァシル様はすでに、あの……」

「ええ。大人でした。この姿でしたよ」

ヴァシル様はうなずき、私のためらいを見て取ったのか、微笑む。

「スタニスは、親友でした。老いなかったからこそ彼の想いをつなぐことができた。何より、君にも会えた。悪いことばかりではないのだなと、今では思っています」

そして、ちらりとイリアンを見ると、低い声で告げた。

「イリアン、そしてリラーナも、大精霊たちを使役する私の言葉を聞いていたでしょう。『精霊王』という言葉を。……他言無用ですよ」

イリアンは一度私の顔を見てから、ヴァシル様に視線を戻し、神妙にうなずいた。

カルダム神官長とネデイアさんがにこにこしているところを見ると、どうやらこの二人は元々知っていたようだ。

「さて、私はルイに少し話があります」

不意に、ヴァシル様がいつもの口調に戻った。

カルダム神官長が立ち上がる。

「では、我々は仕事に戻ります。イリアン、バナクの市場に香精神官を派遣するので、案内してほしい。バニラを探しましょう」

「はい」

イリアンはうなずき、私に軽く手を上げると、リラーナと一緒に部屋を出ていった。私も二人に手を振る。

続いてネデイアさんも、こちらに微笑みかけてから、部屋を出ていった。

ヴァシル様と私、二人だけになる。あ、いや、さりげなくポップはいるけれど。

ヴァシル様の形のいい、薄い唇が開かれた。

「ルイ。私は、君に謝らなくてはならないことがあります」

「えっ。な、何でしょう」

背筋を伸ばして姿勢を正す私に、ヴァシル様は少し眉尻を下げ、申し訳なさそうに微笑んだ。

「今までずっと、曖昧な態度をとってきたことです。二つの世界の関係すら、最近まで教えなかった。元の世界に帰るための修業だと言って色々とやらせながら、帰らなくてもいいとも言った」

「あ……」

そう。ヴァシル様が何か隠してると思ったから、私もいちいち戸惑ってしまっていた。

「どうして、なんですか?」

「それは……」

ヴァシル様は困ったように視線を逸らし、前髪をかき上げた。

「君は、封印香精の問題を解決できる候補者として、スタニスによってこの世界に送り込まれました。ですから私は、ルイに香精師としての知識を教え込みました。元の世界に帰れるかもしれない、という可能性をエサにして、役目を果たさせようとしたのです」

「うっ、は、はい」

「スタニスの望みだけは叶えて、全てが終わったら引退しようと思っていたと、言いましたね。けれど、ルイに気持ちを引き戻されたんです」

「え、私にですか⁉」

思わず自分を指さすと、琥珀の瞳が私を見つめた。

「君を頑張らせるために、私自身もエサになろうと思って誘惑していたんですが、気づいていましたか？」

「……へっ⁉　そ、それって、どういう」

「私を男性として好きになるように仕向けたつもりだったんですよ。気づいてもらえなかったようだけれどね。それどころか、私の方が……」

白い肌が、ふわり、と薄紅色に染まる。長い睫毛が伏せられる。

「君ときたら、私が寂しくないようにいい弟子になる、と言い出したり、私のために美味しいものを作ったり。こんな風に君と暮らしていけるなら、人間でいたい、と思ってしまった。そもそも、ポップを生んで命名者となり、大精霊たちに愛され、その後も特徴的な香りを作っていく君は、魅力的すぎました」

みりょくてき？　誰が？

「あの、今、私の話をしてますか？」

「そうだと言っているでしょう……」

ヴァシル様が口ごもり、ちょっと横を向く。その髪から覗いた耳まで、赤くなっていた。

恥じらっている？　あのヴァシル様が？　その原因が、私？

ヴァシル様が、私に視線を戻した。淹れたての紅茶のような琥珀色が、澄んだ熱を湛えて私を見つめている。その視線の意味に気づかないほど、私は子どもではなかった。

ナーグの世界で、ヴァシル様と離れたくない、と思ったことを思い出す。

ヴァシル様も、同じ気持ちなんだ。嬉しい。もっと、寄り添いたい。

自然と、顔が近づいて――。

――私は目を閉じて、唇に触れる柔らかさを受け入れていた。

長いこと、そうしていたような気もするし、瞬間的に終わったような気もする。時間の感覚がおかしくなってしまった。とにかく、気づいたら私はヴァシル様に再び見つめられていた。

ヴァシル様は、指の甲で私の頰を撫で、笑う。

「可愛いな。そんな顔も、するんですね」

ど、どんな顔してますか私⁉

「……ルイ。一度、考えてみてほしい」

あのヴァシル様が、頰を染めながら一生懸命、言葉を選んでいる。

「こちらの世界で、私と共に、精霊たちと生きることを。私は、一人で生きるより、君という女性と共に生きたい。そう、望んでいます」

「あ……」

日本に帰るための香りの手がかりを、ナーグの中で見つけたばかりだ。どうしたらいいのか、どう返事をしたらいいのか、今すぐになんて決められない。

うろたえて、目を伏せる。

「帰るのが、当然だって……気持ちが、ついていかなくて、あの」

「すぐに返事をしなくてもいい。私には、時間だけはあるのです」

ヴァシル様は微笑んだ。いつもの、余裕のある微笑みに戻っていたので、何だかホッとする。

「はい。すみません」

ぺこりと頭を下げたところへ、ヴァシル様の声が降ってきた。

「ただし、ルイに近寄ってくる男には渡しません。それだけは覚えておきなさい」

出た。ヴァシル様の必殺技、冷たい温度さえ感じさせる一言。

彼は、私の手をきゅっと力を込めて握ると、名残惜しそうに離した。そしてソファから立ち上がり、部屋から出ていった。

固まっている私の膝に、ポップが飛び乗ってきて、一言。

『こっわ』

「わあっ！　いたの!?」

『だからそれひどくない!?』

「ポップうぅ、どうしよう！」

今まで生きてきて、ここまで困ったことはあっただろうか。というくらい、私は混乱していた。

涙目になっている私を見て、ポップも同情したのか、私の肩をぽんぽんと叩く。

『ま、まあ、ゆっくり考えればいいんだから、少し落ち着け。うーん、しかし、そっかヴァシルはルイが好きなのか。ルイの方の結論が出ないまま、ヴァシルんとこで修業するのも気まずいよなぁ』

「ほんとだよ……それに、ヴァシル様の気持ちに、こ、応えるならまだしも」

『断るならよけい、ヴァシルんとこにはいられないよなぁ。って、えっ、チューしたよな⁉　断るつもりなわけ？』

「チュー言うな！　わかんないよ、ヴァシル様と私がどうこうなんて考えたこともなかったもん！」

『だよな、うん、ごめん。とにかく、何か食うか飲むかしようぜ。ルイは疲れてる』

「うん……」

私はふらりと立ち上がる。

そういえば、イリアンに鈍いって言われたことがあったけど、そういうことだったんだなぁ。ヴァシル様が、私を……。

本当に、どうしたらいいんだろう。


やがて、バニラの精霊は無事に見つかり、封印香精の処方箋が完成した。

新しい香精瓶が用意され、香精師が次代のナーグとスラープを調香した。そのメンバーにはヴァシル様と香精神官たち、そして何と私も参加した。

バニラの香りを、日本で使い慣れていたからだ。

調香の呪文の、バニラを呼び出す部分の構築から詠唱まで、私が担当。短い言葉ではあったけれど、いい香りを引き出すことができたように思う。

神獣は再び、深い眠りについた。

処方箋には、今回調香した担当者として、私の名前も小さく記された。神殿に名前が残るのはとても名誉なことだと、お屋敷の使用人たちみんなが喜んでくれた。

キリルは結局、神殿預かりになり、神殿で修業を続けることになった。

「香精師の修業もですが、キリルを丸ごと、受け入れてみたいと思ったんですよ」

というのが、カルダム神官長の弁だ。

焦っていい加減な封印香精を作り、世界を危険にさらしたキリルは、さすがに大反省したようだ。

「……【スパイス】の香りのことを……教えてほしい。私は、自分と違うものを、受け入れないといけない。お願い、します」

もごもご言いながら、私に頭を下げてきた時には、さすがにびっくりした。けれどももちろん、彼女の質問には心ゆくまで答えた。

なぜなら、私も少し、反省していたから。

帰ることだけを考えるあまり、この世界と一線を引いていた。自分の未熟さを棚に上げ、ヴァシル様とキリルに大事なところは任せようと考えてもいた。

キリルと同様、自分の世界と違うものを、ちゃんと受け入れることができていなかったのだ。

以前のような日々が、戻ってくる。

午前中は厨房で働き、そして午後はヴァシル様のところで修業。でも、気持ちを決めかねている私にとって、それはすっかり気まずい時間になってしまっていた。

修業に集中しようと思うのに、ヴァシル様の視線や、ちょっとした仕草が気になって集中できない。そんな私の様子を見ても、ヴァシル様はあの件に関しては触れなかった。

「大きな仕事をこなしたご褒美をあげましょう。何がいいか、考えておきなさい」

そう言ってくださった以外は、以前と変わらずビシバシと私に知識を叩き込んでいく。


そして、私は一つの決断をした。

「あの、ヴァシル様。下さると言っていたご褒美、考えました」

申し出ると、ヴァシル様は椅子に座ったまま私を見上げる。

「決めましたか。何がいいのですか？」

「氷を」

私は言った。

「氷をたくさん、取り寄せていただけませんか？」

北方から取り寄せてもらった氷、動物の乳、そして卵に砂糖にバニラビーンズで、私はアイスクリームを作った。

金属のボウルにアイスクリームの材料を入れ、ボウルを氷で冷やしながら混ぜる。ポイントは、氷にたくさん塩を混ぜ込むこと。塩は氷を解かすんだけど、その時に周りの熱を奪うので、普通の氷よりもめちゃくちゃ冷たくなる。それを利用すれば、アイスクリームが作れるのだ。

ボウルの中で、アイスクリームが固まっていく。

「す、すごいわ」

「お城で出る氷菓子って、こんなのかしら」

「ルイ、どうして作れるの⁉」

厨房の人たちからはものすごく注目されて、ちょっと得意になってしまった私である。

バニラビーンズを使ったお菓子は、カフェでもよく作った。お菓子のもたらす幸せが、バニラの香りが加わると、外へと大きく広がる。香りは、幸せを皆のものにする。

アイスクリームを丸くなるようにすくい、器に盛る。仕上げに、粗く挽いたブラックペッパーをパラリ。実はブラックペッパーは、バニラアイスにも合うのだ。

「バニラアイスのブラックペッパー風味です、どうぞ」

ミントの葉を飾った器を、私はヴァシル様の前に置いた。ヴァシル様は、冷やしておいたスプーンを手に取る。

ちょうどいい固さのアイスクリームに、スプーンがするりと沈み、すくい上げた。ヴァシル様の口の中で、とろりと溶けていくところを想像してしまう。

「これは……冷たい甘さが口の中に広がる……！　ぴりっとしたブラックペッパーがいいアクセントですね」

ヴァシル様は目をキラキラさせながらアイスクリームを食べる。甘いものを食べている時のヴァシル様は、失礼だけど、本当に可愛らしい。

この表情が、私、好きだ。

「珍しいし、とても美味しい」

「よかった。ヴァシル様に、喜んでいただきたかったんです」

「……」

ヴァシル様は、黙ってアイスクリームを平らげると、器を置いた。私を見上げたその表情は、少し翳《かげ》って不安そうに見える。

「君のご褒美で氷を取り寄せたのに、これではまるで私のためのようです。これを作ってくれたのは、理由があるのですか？」

「はい」

私はうなずいた。

「今までの、お礼をしたかったので。……ヴァシル様、お世話になりました」

深く頭を下げ、そして、言った。

「私、ここを、出なくてはいけないと思います」

ふっ、と、いつもヴァシル様がまとっている神々しいオーラが、弱くなったような感じがした。

「……私は、振られてしまったのかな」

「あ……ええと……」

自分で自分の視線が泳ぐのを感じる。ヴァシル様が首を傾げた。

「ん？　違うのかな？　迷っているようですね」

「も、申し訳ありませんっ」

私は思い切って、続けた。

「実は私、ナーグの世界の中で、元の世界に帰るために必要な——重要な香りのヒントを、見つけたんです」

「やはり、帰ることしか考えられない……？」

「ええと……少し、違います。こちらにいたいという気持ちも、あるんです」

頬が熱くなるのを感じながら、私は蚊の鳴くような声で告白した。

「ヴァシル様のそばに、もっといたい、とも、思うんです……」

「ルイ」

ヴァシル様が立ち上がり、こちらに近づこうとする気配を感じて、私はあわてて続きを口にした。

「でもっ、帰れないから仕方なくヴァシル様のおそばにいる、っていうのは嫌なんです。ヴァシル様をどう思っているのか、その気持ちさえ、自分で疑ってしまいそうで。……まずはちゃんと、帰る手段を確立したい。そうできたら、どちらの世界を選んでも、自信が持てると思ったんです」

この世界を一度、ちゃんと受け入れよう。この世界の一員になりたい。そして、香りがつないだ、香りが広げた二つの世界を見渡して、自分を見つめ直すのだ。

だ、だいたいね！　ヴァシル様ほどの人の気持ちに、私なんかが応えるか応えないかって決めるなら、生半可《なまはんか》じゃない覚悟が必要だと思うの！

ヴァシル様は、私のわがままを最後まで、黙って聞いた。それから、机を回り込んで私の前にやってくる。

「わかりました。待っています。前にも言いましたが、私には、時間だけはあるのでね。……それでは、香精の勉強は、続けるんですね？」

「そうさせていただけるなら」

「では、師を紹介しましょう。女性がいいですね。ルイを取られるわけにはいかないので」

「あ」

何と答えていいかわからず、ただ顔が熱くなるのを感じていると――。

――ヴァシル様の両腕が、そっと、私の身体に回った。

バニラの甘い香りと、ヴァシル様自身の香り。ふわっと心が軽くなって、私は自然に、ヴァシル様の背中に手を添えていた。つぶやきが聞こえる。

「ルイの香りがします」

ヴァシル様も同じように、私を感じていたみたい。腕の力が少し強くなって、私はすっぽりと、ヴァシル様に抱きしめられた。

「君の香りは、異世界からやってきた個性的な香りなのに、この世界の香りと馴染む。香辛料の香りのようだ」

ああ、いつか、イリアンにも言われたっけ。私の作る香りは変わっているけど尖ってはいない、食べ物の香りのように安心感があるって。

「私は、この香りのとりこになってしまった。君が元の世界に帰る手段を見つけるまでに、私も、君をとりこにしてみせます。私を選んでもらえるようにね」

額に、ヴァシル様の柔らかい唇が触れた。促されるように、そっと顔を上げると、今度はその唇が私の唇と重なる。甘い香りが胸の奥まで届いたかのようにキュンとなった。

「……ルイと毎日過ごしていたので、寂しくなります」

ささやき声とともに、身体が離れ、ヴァシル様は微笑んだ。私はドギマギしつつも答える。

「でも、ヴァシル様もお忙しくなるんでしょう……？」

「そうですね。仕方ありません、引退をとりやめたのですから」

『精霊王』発見の噂は、どこからか漏れて急速に広まりつつあった。近いうちに、大公が会いに来るのだとか。国の行事にも、あれこれ参加することになるらしい。

「疲れた時は、ルイのお菓子が食べたいですね」

「はい、作ります。時々、お届けに参ります」

「嬉しいことだ」

ヴァシル様は本当に嬉しそうに微笑み、そして私の胸元のペンダントに軽く触れた。

「これは、持っていてくれますね？　君を護り、そして、君を想う私をいつもそばに感じるように」

「はい。ありがとうございます」

私はヴァシル様の手に寄り添うように、ペンダントに触れた。

たくさん作ったバニラアイスは、使用人たちが開いてくれたお別れ会で、みんなで美味しく、いただきました。

† † †

それから、一年が経った。

海鳥が、空を飛んでいる。羽を広げ、グライダーのように空を滑っている。

扉を開けた私は、家の中を振り返った。

「雨、やみましたよ」

「あら本当、よかったわ！　それじゃあルイ、香精、頼みますわね」

黒髪の、ふくよかなご婦人のお客が帰っていく。

彼女は、服のデザイナーだ。香精と、香精瓶、そして服を総合的にデザインしようという試みのために、私のいる工房に通っている。

今、私はエミュレフ公国の南、海辺の町ストラージェで暮らしている。

ヴァシル様が紹介してくださった香精師は、高齢のおばあさんで、まるで魔女みたいな人。私に色々と教えてはくれるものの、すっかり隠居を決め込み、工房は私に任せきりだ。

でも、せっかく任せてくれているので、私は積極的にお客を取り、香精を作っていた。

香精瓶は、というと……。

「おーい、ルイ。前に言ってた瓶、できたぞ」

「イリアン」

工房に戻ろうとしていた私は、振り返った。

イリアンが、デザイナーさんとすれ違って挨拶してから、工房への道を上ってくる。手に持っていた籠を私に差し出した。

「ほらよ」

「ありがとう！　入って、今、お茶でも淹れるから」

「忙しいからすぐ帰る」

「そう？　仕事、順調そうだね」

「まあな」

ちょっと得意げに、イリアンは笑った。

彼は、香芸師ギルドの親方のもとから独立したのだ。そして、このストラージェの町とアモラの町の中間あたりにある別の町に、工房を構えた。

「たまには相棒と仕事がしたいし、でもヴァシル師が怖いからな。このあたりに住むのが妥当だろ。リラーナの通える学校もあるし」

……だそうだ。

「ヴァシル師も……違った、ヴァシル王も、忙しそうだぞ」

「そうだろうね。政治には関わらないとおっしゃってはいたけど」

「縁談も山ほど持ち込まれているらしい。ザクザク断ってるって」

ふ、ふーん。ちょっとモヤモヤするけど、でもっ、長生きのヴァシル様が一度選んだからには、そう簡単に気持ちは変わらないって信じてますけどね！　待ってるっておっしゃってたし！

「縁談のことなんか、私に教えてどーすんのよっ」

「いや、ヴァシル王に振られても、俺と仕事を続けてれば生きていけるからな、って言っておこうと思ってさ。じゃあなー」

イリアンは言うだけ言って、さっさと立ち去っていった。

「……全く。考え事を増やさないでほしいわ」

軽く頭を振って気持ちを切り替えると、私は朝焼いたバジルスコーンを包んだ。そして工房の扉に鍵をかけ、出発する。今日は外で、お昼を食べよう。

こちらのサンゴ礁の影響なのか、ほんのりオレンジがかった白い砂浜を、歩く。

日本では、私は関東地方の太平洋側に住んでいたので、海辺の砂は黒っぽいのが普通だった。故郷を遠く離れた場所にいるのだと、砂の色が教えてくれている。

「いつ、見つかるかな。あの香り」

立ち止まって、海を眺めながら、私はつぶやいた。

海辺の町を選んで住んでいるのには、理由がある。

『アンバーグリス』を探すためだ。

龍涎香《りゅうぜんこう》、とも言われるそれは、クジラの分泌物で、ものすごく貴重なものだ。黒っぽい塊で、ごくまれに浜辺で発見されることがあるという。

足立さんの作った『世界を渡る香り』を再現するのに、クジラから生まれるアンバーグリスの香りが必要なのだ。そのことを、私はナーグの世界で知った。

実はヴァシル様もシトゥルのように、こちらに来たばかりの私からその香りを嗅ぎ取っていたらしいんだけど、何の香りなのかわからなかったそうだ。それほど、こちらでは珍しいということだろう。

クジラも、あちらの世界からこちらの世界に生まれ変わる。この世界の海のどこかにも、クジラがいる。

もしも、私が日本に帰る運命なら、アンバーグリスと出会う奇跡もあるだろう。足立さんが母に恋をして、私にたどり着いたように。

だから、私は毎日、砂浜を歩くのだ。

「まさかアンバーグリスとはね。気づいたのは、ナーグ姫のおかげだなぁ」

つぶやいたとたん、びゅっ、とピンク色の小さなものが視界に入ってきた。

『呼んだか？』

「わあっ、ナーグ姫!?」

驚いてそちらを見ると、クリーム色の肌にピンクの髪のナーグ姫が、気取った表情とポーズで宙に浮いていた。手のひらくらいの大きさの、封印精霊。半透明の羽が美しい。

『ルイ、会いに来たぞ』

『ルイ、会いにきたぞ』

全く同じ口調で言ったのは、隣にひっついているもう一人、スラープ姫だ。ナーグ姫とそっくりの姿で、髪は水色をしている。

ここにいるナーグとスラープは、先代の二人だ。引退して暇でしょうがないらしく、まだ残っている数年の余生をヴァシル様のそばでうろちょろして過ごしている。

その二人が、ここにいる、と言うことは……。

「やれやれ、日差しが強いですね、ここは」

繊細なレースの日傘が、砂浜に影を作る。

白いウェーブした髪、琥珀の瞳。孔雀色のローブが、海風に翻った。

「ヴァ、ヴァシル様!?　精霊王のあなたがなぜこんなところまで!?」

「ルイがなかなか私に会いに来ないからです」

不機嫌そうなヴァシル様が、私の真後ろに立っていた。彼はクールな視線で私を貫く。

「お菓子を作って持ってくると言ったのに。仕方ないので、休暇がてら私の方から来ました。歓待しなさい」

「は、はいーっ」

「それに」

ヴァシル様は傘を傾け、私をするりと包むようにかぶせて、耳元でささやく。

「そもそも、私が来ないと思う方がおかしい。君は口説かれている最中だということを、忘れないように」

ちゅっ、と音がして、耳にキスされた！　ひえええ！

「あの、ええと」

「仕事は順調ですか？」

あわてる私を楽しそうに見つめながら、ヴァシル様は微笑む。

「相変わらず、大精霊たちに好かれているようですね。見ればわかります。もしかしたら君も、私と同じように精霊王になるかもしれませんね」

「ええっ⁉」

「そうしたら、ずっと、一緒にいられますね」

ヴァシル様はまたもや私を抱き寄せて、今度は唇にキスしようとした。

そこへいきなり、騒がしいのが飛び込んでくる。

『あれっ、ヴァシル王じゃーん⁉　ナーグ姫とスラープ姫も！』

黒と白の小さなスカンク、【スパイス】の大精霊ポップだ。

『うっひょーう、ルイも入れて綺麗どころがよりどりみどり！』

……彼は性的魅力を意図してはいないらしいんだけど、この言い方は誤解しか招かない。まあ、私たちはわかってるからいいけどさ。

「おや、ポップ。バナクにスパイス探しの旅に行っていたのでは？　私は呼んでいませんよ」

邪険にするヴァシル様。

『そりゃ、香精師に呼ばれればどこにでも飛んでいくけど、たまには自分の意志でここに来るさっ。美しきルイ、会いたかったぜー！』

ひし、と私の頭にしがみつくポップ。

『なあなあ、バナクで新しいスパイスの精霊を見つけたんだ。聞いてくれよ、オレの冒険を！』

「はいはい、とにかく工房に戻ろう。そこで聞くから。ヴァシル様、お昼は召し上がりましたか？」

「当然、まだです。ルイのところで食べるつもりでしたからね」

「了解でっす」

ああ、しばらくは、このにぎやかな日々が続きそうだ。

その日のお昼ご飯は、バジルのスコーンとレモンペッパーチーズケーキ。

私とヴァシル様、二人で美味しく、いただきました。

あとがき

お待ちしておりました、あとがきへようこそ。遊森謡子《ゆもりうたこ》と申します。

初めましての皆さんもお馴染みの皆さんも、読んでくださってありがとうございます。


さて、ここにおいでくださった皆さんはきっと、『異世界トリップ好き』の同志でしょう。日常から突然切り離され、放り込まれた異世界。平凡なヒロインは生き抜いて行けるのか、なぜヒロインはここに来たのか、帰れるのか帰れないのか、そして出会ったヒーローとの関係はどうなるのか。ヒロインと自分を重ね合わせて、ハラハラドキドキしますよね。

私もそんな物語が大好きで、何作も異世界トリップ恋愛ファンタジーを書き続けています。流行のジャンルのひとつですし、もう色々なパターンが出尽くしたのではないか……と思うそばから新しい物語が生まれてくるので、ポテンシャルの高いジャンルだなぁと感心しています。


今回の物語は、香りと、色と、美味しいものでいっぱいにしました。

本文中でルイがちらりと言っていますが、何十色もある色鉛筆やアイシャドウのパレット、ずらりと並んだ精油の瓶、可愛いカフェの写真入りメニューなどなどって、見ているだけでハッピーな気持ちになりませんか？　そんなハッピーをたくさん、物語に込めました。

ところで遊森作品なんですが、現在、書籍以外の形でも楽しむことができます。

練馬放送インターネットラジオにて、「オハナシナリオ。」という番組を放送しているのですが、そこで私の作品をシナリオ形式で紹介していただいています。練馬区だけではなく、インターネットに接続されたスマートフォンやタブレット、パソコンならどこでもお聴きいただけるので、ご興味がありましたらhttps://nerimabroadcast.jp/internetradio/をご確認ください（二〇一九年五月現在）。

こんな風に、たくさんの方に支えていただいているのがどんなにありがたいことか。

担当編集さんを始めとする編集部の皆さん、デザイナーさんや営業さん、校正さん（『香精』とごっちゃになってすみません）、印刷や流通に関わる皆さん、先述のラジオ番組の関係者の方々など、この本に関わるすべての皆さんに御礼申し上げます。

次はどんな物語を書こうか、今から楽しみです。

ヴァシルとルイの物語も、事情が許せば続きを書きたいなぁと……。ルイが異世界でヴァシルと人生をともにする覚悟を決めたら、ポップも喜びのブレイクダンスを踊っちゃうはずです。

それでは皆さん、どこかでまた、ご一緒に物語を楽しみましょう！

新しい時代が始まった月に　遊森謡子

フェアリーキス
NOW ON SALE
墓守OLは先帝陛下のお側に侍る
Utako Yumori
遊森謡子
Illustration den
先帝陛下（霊体）「さっさと死んで私の妾《モノ》になれ」
私「イヤです！」
冴えないOLトーコが異世界で任された仕事は、何と先帝陛下の霊廟の管理人。参拝客相手の簡単なお仕事だけど、問題は死んだはずの先帝陛下（霊体）が口説いてくること。おまけに尊大かつヤキモチ焼きの彼はトーコが不在だと自然の力を振るって暴れる始末。それでも生死の壁を超えた交流は互いの心に温かな火を灯し――魂同士だからこそ美しく響き合う感動の純愛ストーリー！
フェアリーキス ピュア
fairy kiss
定価：本体1200円＋税
Jパブリッシング　http://www.j-publishing.co.jp/fairykiss/

精霊王をレモンペッパーでとりこにしています
～美味しい香りの異世界レシピ～

著者　遊森謡子　© Utako Yumori

2019年6月5日　初版発行

発行人　神永泰宏

発行所　株式会社Ｊパブリッシング
〒102-0073　東京都千代田区九段北1-5-9 3F
TEL 03-4332-5141　FAX03-4332-5318

製版　サンシン企画

印刷所　中央精版印刷株式会社

ISBN：978-4-86669-204-3
Printed in JAPAN